中公文庫

ボートの三人男

ジェローム・K・ジェローム
丸谷才一訳

中央公論新社

目次

DTP　ハンズ・ミケ

ボートの三人男

犬は勘定に入れません

第一章

三人の病弱者　ジョージとハリスの悩み　致命的な百七の病気にかかっている一人の男　有効な処方箋　過労が原因、故に休息が必要だということに全員賛成　時化《しけ》で苦しむ一週間か？　ジョージは河を提案する　モンモランシーは反対する　三対一の多数によって原案可決

そのとき居たのは、ジョージとウィリアム・サミュエル・ハリスとぼくと三人、それに犬のモンモランシーである。三人はぼくの部屋で椅子に腰かけ、煙草をのみながら、どうも近ごろ具合がよくないということを喋りあっていた。具合がよくないというのは、もちろん医学的な見地から見ての話である。

三人とも気分がすぐれないし、三人ともそのことをひどく気にしていた。ハリスはときどき、眩暈《めまい》を感じるし、自分で何をしているか判らないことがある、と言う。ジョージは、自分も眩暈を感じる、自分も何をしているか判らないことがある、と言う。ぼくはと言えば、どうも肝臓の調子がよくない。悪いのは肝臓だ、ということはよく判っていた。とい

うのは、少し前に特許肝臓薬の広告を読んだばかりだったからで、それには肝臓がやられているときの徴候が詳しく書いてあったが、その徴候が全部ぼくにあるのだ。

これは大変なことだ。でも、ぼくは今まで、特許をとっている薬の広告を読んで、おれはこの病気にやられている、しかも極めて猛烈に冒《おか》されている、という結論に到達しなかったことは一度もないのである。徴候として書いてあるものは、あらゆる場合、ぼくが今まで味わったことのある感じに、ぴたりと一致するのだ。

ぼくはある日、大英博物館《ブリティッシュ・ミューゼアム》へ出かけたときのことを思い出す。ちょっと気分がすぐれなかったので——たぶん乾草熱だったと思う——手当てを調べに行ったのだ。まず書物を前に置いて、読むべき所を読んだ。それから、なんの気なしにページを繰って、遊び半分に、病気一般について研究しはじめたのであった。最初に頭をつっこんだのは何という病気の所だったか、すっかり忘れたけれども、とにかく恐しい、悲惨な結果をもたらす疾患だったと思う。ぼくはその病気の「前駆的症状」の項を半分も読まないうちに、おれはこいつにやられている、と考えたのだ。

ぼくはしばしのあいだ、恐怖のあまり凍ったようになっていた。が、やがて、絶望ものうさのなかにあって、ふたたびページを繰り、チブスの所をあけた。徴候を読んだ。そしてぼくはチブスにかかっていることを発見したのだ。どうやら、何ヵ月も気がつかないでいたようである。それからぼくは、他にも何か病気にやられていないかしらと考えた。

舞踏病のところをあけて見ると、予想どおりこれにもやられている。ぼくはすっかり面白くなって、徹底的に調べようと決心し、アルファベット順にはじめた。まず瘧《おこり》（Ague）の所を見ると、なりかけていることが判った。もう二週間もすると劇烈なことになりそうである。次に腎臓病（Bright's disease）。これはわりにお手やわらかなので、ほっとした。この病気に関する限り、ぼくはまだ数年間、生きていられそうであった。コレラ（Cholera）――これはひどくこじれている。ジフテリア（Diphtheria）――これは生れながらにかかっている。ぼくはアルファベット二十六文字の順を追って、几帳面《きちょうめん》に調べあげた。結局、かかっていないと結論をくだすことのできる病気は、ただ一つ膝蓋粘液腫《しつがいねんえきしゅ》だけであった。

実を言うと、最初は、この病気にだけかかっていないことにかなり不満だった。なんとなく馬鹿にされているような気がしたのだ。一体なぜおれは、膝蓋粘液腫にだけはやられなかったのかしら？　膝蓋粘液腫のやつ、なぜこんな厭味な遠慮をしやがるんだろう？　しかししばらく経つと、もう少し寛大な気持になった。おれはこれ以外の病気はぜんぶ所有してるんだからな、と反省し、鷹揚《おうよう》な心境になって、まあ、膝蓋粘液腫はなくても我慢しようと決心した。痛風（Gout）はちっとも気がつかないうちにとりついて、不治の段階に立ちいたっているようだし、疱瘡《ほうそう》（Zymosis）は明らかに少年時代からやられている。そしてアルファベット順でゆくと、疱瘡の後にはもう病気がないから、これで終りというわけであった。

ぼくは腰かけたまま、じっと瞑想にふけった。そして、医学的見地から見ておれは何という興味深い患者なのだろう、大学の医学部にとっておれは何という貴重な宝だろう、と考えた。学生たちは、ぼくをそばに置きさえすれば、大学病院になんかゆかなくてもすむ。何しろぼくは、体のなかに大学病院を一つかかえているようなものだからだ。彼らは、ぼくの所へやって来さえすれば、それでもう医師免許状は受取れるというものだ。

それからぼくは、一体これからどれだけ生きられるかしらと考え、自分で検討しようと思って、脈を計った。最初は脈搏が全然なかった。が、とつぜん打ちだした。懐中時計を出して計ってみると一分間に百四十である。次に心臓に手を当てようとしたが、どうしてもそれが判らない。ぼくの心臓は動くのをとっくに停止していたのだ。そのとき以来ぼくは、心臓はたしかにあるし、そして鼓動をつづけているにちがいないと考えているけれども、なあに、実を言うと、それだって本当は判ったものじゃない。

その次は、まず腰から頭にかけて前のほうを、そして次には左右両側を、それから背中を、という具合に軽く打診してみたが、手に触れるものも、耳に聞えるものもない。そこで舌を調べることにして、できるだけ遠くまで舌を伸ばし、片目をつぶって、残る片目で仔細に検査した。すると、舌の端が見えただけだった。けれども、猩紅熱《しょうこうねつ》にやられているという確信が、今までよりも強くなった。

こうして、幸福で健康な人間として図書閲覧室にはいったぼくは、その部屋から、半身不随の病人となってよろめき出たのである。

ぼくはかかりつけの医者へ行った。彼は昔からの友人で、ぼくが病気になったような気がするときにはいつも、無料で、脈搏を計ったり、舌を見たり、お天気の話をしたりしてくれるのである。だからぼくは、これから彼の所へ出かければ、たっぷりと日頃のお返しをすることになると思ったのだ。

「医者に必要なのは実地である」

と、ぼくは考えた。

「あいつがぼくを手がければ、普通の平凡な患者七千人を手がけるよりもずっと多くの勉強ができるわけだ。何しろ、普通の患者なんてものは、一人で一つか二つしか病気を持っていないんだからな」

そこでぼくは、まっすぐに彼に会いに行った。

友人は、

「やあ、どうしたんだい？」

ぼくは、

「ねえ君、どうしたのかを詳しく説明して、君の大事な時間をつぶす気持はないんだよ」

と言った。

「人生は短い。ぼくが喋り終らないうちに、君が死んじまうかもしれない。だから、どう、もしてないことのほうだけ、話すことにするよ。ぼくは膝蓋粘液腫にかかっていない。どういうわけで、この膝蓋粘液腫にかからなかったのか、判らないけどね。でも、とにかく、ぼくがこの病気にやられていないことは事実なんだ。しかしそれ以外の病気なら全部、かかっているんだ」

まず、そう言ってからぼくは、どういうふうにしてこの事実を発見したかを説明した。彼はぼくを寝台に横にならせ、胸をあけた。上からじろじろ見おろし、手首をつかまえた。それから、こっちがぼんやりしてる所を見すまして胸のへんを突然たたいた。（あれはどうも卑怯な態度だと思う。）そして次には直ちに、頭の横の部分でぼくの胸をこづいた。それがすむと、椅子に腰をおろして、処方箋を書き、それをたたんで、ぼくに渡した。ぼくはそれを受取って、ポケットにつっこみ、彼の所を去った。

ぼくは処方箋を開けて見もしないで、最寄りの薬屋へゆき、それを手渡した。薬剤師はそれを読んでから、返してよこした。

こういう品は備えつけてない、と言うのだ。

「君は薬剤師じゃないのかね！」

と言ってやると、

「薬剤師ですよ。消費組合の売店兼ホテルをやってるんでしたら、お役に立てたかもしれません。何しろ、薬屋なもんですから」

と答えた。処方箋を読むと、それにはこうあった。

ビフテキ　一ポンド
ビール　一パイント（六時間ごとに服用）
散歩　十マイル（毎朝）
就寝　正十一時（毎晩）
小難かしいことはいっさい頭に詰めこむな。

ぼくはこの指図に従ったのだが、結果はすこぶる良好だった。（他人は迷惑したかもしれないけれども。）すなわち、ぼくは命びろいをし、そしてぼくの命はまだつづいているのである。

肝臓薬の広告に話をもどすと、ぼくには肝臓をやられている徴候がはっきりとあった。そのなかで主なものは「総じて仕事をしたくなくなる」という奴である。

このことのためぼくがどんなに辛《つら》い目に会ったかは、まったく筆紙につくしがたい。まだあどけない子供のころから、ぼくはこの徴候に絶えず悩まされてきたし、少年時代には一日だってこれを免れ得た日はなかった。家《うち》の人たちは、当時、問題は肝臓なのだということを知らなかった。そのころは今にくらべて、医学がまだまだ発達していなかったので、ぼくが怠け者だというふうに考えられたのである。

「この怠け者め」

と、ぼくはしょっちゅう、どやされたものである。

「のらくらしてないで、さっさと仕事をしないか！」

もちろん、家の人たちには、ぼくが病気だということが判っていなかったのだ。

だから、肝臓の薬なんかもらえなかった。もらったものと言えば、拳骨《げんこつ》である。しかし、これはじつに奇妙なことだが、この拳骨がぼくの病気を治すことは、しょっちゅうだったのである。――もっとも、それとても当分の間の話だけれども。ぼくはよく覚えているが、頭をコツンとやられることは、一箱ぶんの薬を全部のむよりもずっと肝臓にききめがあったし、しかもそれをやられるとぼくは、その場でただちに立ちあがって、言いつけられることをしよう、という気持になるのであった。

御承知のように、こういう素朴で旧式な治療法は、薬局にある薬を全部あわせたよりも有効なことがあるものなのだ。

さて、ぼくたち三人は椅子に腰かけたまま、三十分ほどのあいだ、自分の病状を語りあっていた。ぼくはジョージとウィリアム・ハリスに、朝起きるときどんな気分かを説明した。そしてウィリアム・ハリスはわれわれに、夜寝るときどんな気分かを説明した。ジョージはと言えば、暖炉のそばに立って、巧みな、そして力強い演技をおこない、夜中にどんなふうな気持になるかを説明した。

ジョージは、自分が病気だと思いこんでいるのだ。しかし、断るまでもなく、彼はどこもおかしくないのである。

このときポペット夫人がドアをノックして、夕食の用意ができていますが、と言った。ぼくたちは悲しそうな微笑を浮べて、やはり、ちょっぴり食べるようにしてみましょう、と答えた。ハリスは、胃のなかに何か入れて置くと、病気の進行をとめることがあるそうだからな、と言った。ポペット夫人が食事を運ぶと、ぼくたちはテーブルを囲んだ。そして、玉ねぎを添えた小さなステーキとルーバーブ入りのパイをあっさり平らげた。

たしかに、ぼくはあのとき、体の調子がひどく悪かったに相違ない。というのは、食後三十分ぐらい経つと、食物になんの関心もなくなり——これは稀有《けう》のことである——デザートのチーズを食べたいと思わなくなったからである。

こうして、夕食という義務を終えると、ぼくたちはグラスに酒をつぎ、パイプをくゆらし、もういちど健康状態についての議論をはじめた。三人とも、どこが悪いのかは確信がなかったが、異口同音に言ったことは、たとえそれが何であるにせよ過労の結果である、という意見だった。

「おれたちには休息が必要だよ」

とハリスが言った。するとジョージは、

「休息と、それから気分転換だな。頭脳の極度の緊張が、全身の機能を低下させたんだ。環境を変えて、頭を使わなくてすむようにすれば、精神はまた安定するさ」

ジョージには従兄弟《いとこ》がいて、この男は警察の召喚名簿には医学生と記入されることになっていた。それでジョージには、従兄弟の影響を受けて、どうも物事を家庭療法的に簡単に片づける傾向があるのだ。

ぼくはジョージに賛成した。そして、われわれはどこか人里はなれた古風な所を探し、眠気がさして来るような小径《こみち》で日向ぼっこでもしながら、狂乱の群れを離れて暮そう――世俗のわずらわしさにまきこまれる恐れのない、妖精たちによって秘め隠されているような、忘れられかけた辺鄙《へんぴ》な所――この忌《い》まわしい十九世紀の騒がしい波の音がそこでは遠くかすかに聞えてくるだけの、いわば《時間》の絶壁に奇しくもぶらさがっている鷲の巣とも言うべき所で暮そう、と提案した。

ハリスは、そういう所は気分がめいるものだぜ、と水をさした。ぼくが言うような所を知ってはいるけれども、何しろそこでは、みんなが八時になると寝てしまうし、『レフェリー』一冊だってぜったい手にはいらないし、煙草を買おうとすれば十マイル歩かなくちゃならない、と言うのだ。そしてハリスは自説を述べた。

「駄目だよ。休息と気分転換のためなら、海へゆくのが一番だね」

しかし海の旅には、ぼくは強硬に反対した。二月《ふたつき》もゆけるのなら、海の旅というのはなかなか結構なものである。しかし、一週間では駄目なのだ。

月曜日に、さあこれからうんと楽しむんだぞと心に銘記して出発する。海辺の子供たちに対し、軽やかに別れを告げ、持っているなかでのいちばん大型のパイプをくゆらせ、キャプテン・クックとサー・フランシス・ドレイクとクリストファー・コロンブスとを一身に兼ねているような気持で、甲板の上を、肩で風を切って歩きまわる。そして火曜日になると、来なければよかったと思う。水、木、金は、死んだも同然だ。土曜日には、牛肉のスープをすこしばかり飲むことや、デッキで椅子に腰かけることや、誰か親切な人に気分はどうだと訊ねられたとき弱々しい微笑を浮べることなどができるようになる。日曜日になるとようやく、また歩きまわったり、固形物をとったりしはじめる。そして月曜日には、鞄と雨傘を手にして舷縁にたたずみ、上陸の用意をしながら、ああ、海はいいなあ、と思う。……

それにつけてもぼくは、義兄が短期間、健康のため海の旅をしたときのことを思い出す。彼はロンドン＝リヴァプール間の往復切符を買った。ところがリヴァプールにつくと、彼がしようと思ったことはただ一つ、帰りの切符を誰かに売りつけることであった。

ぼくの聞いた所によると、町じゅう歩きまわったあげく、結局、気むずかしそうな顔つきの若者に十八ペンスで売りつけたそうだ。言うまでもなく、大変なダンピングである。その若者は、海岸に行って運動しろと医者にすすめられていたのである。

「海だって？　海ならこれに限るよ、君」

　と義兄は切符を優しくその若者の手に渡し、

「さあ、君はこれで、一生わすれられない思い出が得られる。それに、運動にはなるしね。船に乗りさえすれば、ただ腰かけているだけでも、陸地でとんぼ返りを打つよりずっと運動になるんだよ」

　そして義兄のほうは汽車で帰って来た。彼の説によると、北西鉄道は彼の健康にたいへんよろしいそうである。

　ぼくの知っている別の男は、沿岸周遊の一週間の船旅に出た。出発前に給仕がやって来て、食事はその都度ばらいにするか、それとも前もって全額はらいこむか、と訊ねた。

　給仕は、ずっと安くつくからと言って、全額はらいこみのほうをすすめた。それだと、一週間二ポンド半で引受けるというのだ。給仕の説明によれば、朝食は魚類と焼肉。昼食は一時で四品。晩餐は六時で、スープ、魚類、主要料理《アーントレー》、大肉片《ジョイント》、鳥肉、サラダ、甘い料理《スウィーツ》、チーズ、それにデザート。それから十時に肉つきの軽い夜食という献立なのである。

　そこでぼくの友人は二ポンド半のほうにきめた。（大食いな男なのである。）

　テムズの河口を離れるとすぐに昼食が出た。思っていたほど食欲がなく、ボイルド・ビーフと苺クリームですませた。午後のあいだじゅう、彼はじっと黙想にふけっていた。何週間ものあいだボイルド・ビーフしか食べなかったような気がするかと思えば、また、何年間も苺クリームばかり食べていたようでもあった。

ボイルド・ビーフも苺クリームも厭わしかったし、どっちも胸をむかむかさせた。

六時に、晩餐《さん》の用意ができましたと言われた。その知らせは、彼の食欲を一向そそりたてなかったけれども、二ポンド半を無駄にするのも癪だと思って、手すりや何かにつかまって食堂へ向った。階段を降りると、魚のフライや野菜の匂いとまざった、玉ねぎとハムのあたたかい匂いが彼を出迎えた。このとき給仕が、脂ぎった微笑を浮べてやって来て、

「何にいたしましょうか？」

「ここから連れ出してくれ」

とかぼそい返事。彼は早速かつぎあげられて、何か支えを当てがってもらい、風下のほうにほうって置かれた。

それから四日間というもの、彼はキャプテンズ・ビスケットとソーダ水だけで、簡素にして潔白な生活を送った。が、土曜日あたりになると、すこし生意気になって、薄いお茶と、バターをつけないトーストを食べに食堂へ行った。月曜日には鶏《とり》のスープをたらふく飲んだ。そして火曜日には船を降り、岩壁を離れる船を怨《うら》めしそうな目つきで見送りながら、彼はつぶやいた。

「ああ、船はゆく。船はゆく。おれのものなのに手をつけなかった、二ポンド半ぶんの食

物をのせて!」

　ほかのときだったら、簡単に平らげてみせるのに、と彼は言っていた。

　ぼくが海の旅に反対なのは、つまりこういう訳だからである。が、断っておくけれども、自分のことを心配してではない。ぼくは船に酔ったことなんかない。心配なのはジョージのことである。するとジョージは、自分は大丈夫だ、海が大好きなほうだ、でもハリスとぼくには海の旅はよせと忠告したい、二人ともきっと船酔いするだろう、と言った。ハリスはハリスで、一体みんながどうして船になんか酔うことができるのか、どうにも合点がゆかない、多分あれは何か意図的に、見栄っぱりにやるのかもしれない、自分は何とかして一ぺん船に酔いたいと思うのだが、一度も成功したためしがない、とほざいた。

　そしてハリスは、英仏海峡を渡ったときの話をした。そのときは大変な時化《しけ》で、乗客はみんな寝棚に体をゆわえつけた。船のなかで酔っていないのは、船長と彼の二人だけ。もちろん、酔ってないのが二等運転士と彼だけのこともあったが、とにかくいつでも、元気なのは彼と誰かもう一人だったという。もし彼と誰かもう一人でないならば、すなわち彼ただ一人であった、と言うのだ。

　これは奇妙な話だが、一体、陸地にあがると誰ひとり船に酔う者がいないのはどういう訳だろう。海上ではあんなに大勢の人間が——まあ、船に乗っている者全員と言ってもいいくらいだ——船に酔う。ところがぼくは、陸上では、船酔いというものがどういうものかを知っている人に、出会ったことがないのである。汽船という汽船にむらがっている、船に弱い何千何万の連中が、上陸後どこへ身を隠すかということは、一つの謎と言っても差支えあるまい。

もっともこの謎も、ぼくがいつかヤーマスゆきの船で出会った奴と同じだとすれば、たちまち氷解してしまう。サウスエンド桟橋を出たばかりのとき、その男は舷窓の一つから身を乗り出して、今にも落っこちそうな危い様子だった。ぼくは助けてやろうと思って近寄り、肩をつかまえてゆすぶりながら、

「おい、もっと引っこみなさいよ。海のなかへ落ちてしまうぜ」

「ああ、いっそ、そのほうがいい」

というのが、その男のたった一つの答だったし、そしてぼくはその瞬間、彼のそばを離れなければならなかったのである。

三週間後、ぼくはその男に、バースの或るホテルの喫茶室でばったり出会った。彼は船旅の話をし、自分がどんなに海が好きであるかを熱狂して語っていた。

「ぼくのことを、船に強いですって？」

と彼は、おとなしい若者がうらやましそうな口調で訊ねるのに答えながら、

「でもねえ、打明けて言うと、一ぺん、変な具合になったことがありますよ。ケープ・ホーンの沖合のことでした。船がその翌日、難破しましたけどね」

ぼくは言った。

「こないだ、サウスエンド桟橋の所で、船酔いして、海のなかへ投げこまれたい位だと言った方じゃありませんか？」

「サウスエンド桟橋？」

と彼は不審そうな顔つきをした。

「ええ、ヤーマスゆきの船ですよ。三週間前の昨日」

するど彼は顔を赤くして、

「ああ……そうです。やっと判りました。あれは、ほら、ピクルズのせいですよ。ああいう立派な船で、あんなひどいピクルズを食べさせるのは、初めてのことでした。ねえ、そうじゃありませんか？」

ところでぼくは船酔いを避ける名案を発明した。それは自分でバランスをとるのである。まず甲板の真中に立ち、船が揺れると、自分の体がいつもまっすぐになっているようにして体を動かす。船首がもちあがれば、甲板が鼻さきに来るくらいに前にのめる。船尾がもちあがれば、後ろへのめる。この手で一、二時間は大丈夫である。しかし、まさか一週間もバランスをとっていることはできない。

ジョージが、

「河へゆこうじゃないか」

という案を出した。彼が言うには、河へゆけば、新鮮な水と運動と静寂が得られる。環境の変化はぼくたちの精神（ハリスの精神をも含む）を楽しませ、勤労は食欲を増進し、快い眠りを与えるであろう、とのことであった。

ハリスは、しかしジョージがいつも以上に眠くなるような勤労は、危険なことになるかもしれないから、させないほうがいいと思う、と言い添えた。夏だって冬だって、一日は二十四時間しかないのに、どうしてこれ以上睡眠をむさぼろうとするのか理解に苦しむ。もっとも、もしこれ以上眠るとすれば、つまり死んだも同然なわけだから、下宿代と食費を節約できるわけだけれども、というのがハリスの意見であった。

しかしハリスは、おれは河は大好きだ、と言った。

ぼくも河は大好きなので、ハリスとぼくはジョージの名案をほめそやした。ぼくたち二人の口調には、ジョージがこんなに頭のいい所を見せたのにびっくりした、という気味があった。

ジョージの名案に感心しなかったのは、犬のモンモランシーだけであった。彼は河には関心がなかった。彼が言うには、

「あなた方にはいいでしょうよ。あなた方は河が好き。しかしわたしは好きじゃない。河では、わたしがするべきことは何もない。景色なんて、わたしの知ったことじゃないし、それにわたしは煙草もすわない。もしわたしが鼠をみつけたとする。でも、あなた方は船

をとめてはくれないだろう。わたしが眠ろうとすれば、あなた方は船をぐらぐらさせて、わたしを河のなかへ落すだろう。意見を求められるなら、申上げますよ。ぜんぜん問題にならない、とね」

しかし、何しろ三対一である。動議は通過した。

第二章

プランについての議論　晴れた夜のキャンプの「楽しさ」　雨の夜のキャンプの「楽しさ」　妥協案成立　モンモランシーの第一印象　この犬は地上に住むべくあまりにも善良なのではないか、という根拠のない懸念　散会

ぼくたちは地図をひろげて、プランを練った。

今度の土曜にキングストンから出発しようということにした。ハリスとぼくは午前中に出かけて、チャートスィーへボートでゆく。ジョージは昼すぎまでロンドンの真中を離れるわけにゆかない身だから（彼は毎日、十時から四時まで銀行へ居眠りしにゆくのである。ただし土曜日は二時になると起されて外へ出される）、チャートスィーでぼくたちと落合う、というわけであった。

さて、キャンプにするか、それとも宿屋がいいか？

ジョージとぼくはキャンプのほうを主張した。このほうが、野趣があるし、くつろげるし、第一、古代の族長みたいじゃないか、という意見だった。

沈んでしまった太陽の黄金《きん》いろの名残りが、冷たい、悲しげな雲のあいまからゆっくりと褪《あ》せてゆく。鳥たちも、嘆いている子供のように静かに歌をやめてしまい、ただ雷鳥の単調な叫びと水鶏《くいな》の甲《かん》高い声だけが、水辺の威厳にみちた静寂を乱している。そして水辺では、日の光が最後の息をひきとる。

両岸の仄《ほの》暗い森から、《夜》の引き連れる幽霊のような群れ——灰いろの影が、足音も立てずに忍びよって来て、まだそここにためらっている日の光の後衛を追いちらし、その、眼にも見えず音も立てない足で、揺れている川草の上を、吐息をついている藺草《いぐさ》のなかを通りぬける。そして《夜》は彼女の暗い玉座から、次第に黒ずんでゆく世界へとその黒い翼を投げ、そして、淡い星たちによって飾られた幻の王宮にあって、ひっそりと君臨する。

そのときぼくたちの小さなボートは、静かな奥まったあたりへとはいってゆく。ぼくたちはテントを張り、質素な夕食をととのえる。やがて夕食が終ると、大きなパイプをくゆらせ、耳に快い低い声で楽しいおしゃべりを始める。そのあいだも、ぼくたちの座談の途切れるときには、河水がボートのまわりで戯れながら、怪異な古い物語を、神秘を、片言《かたこと》で語ってくれるのだ。そしてまた、今まで幾千年ものあいだ歌いつづけてきた古い子守唄を小声で歌うのだ。そう、河はこの唄を、これからも何千年、その歌声がしわがれるまで歌いつづけることだろう。それは、たえず変りつづける河川《かせん》の顔を愛することを知っているぼくたちには、そしてまた、河川の柔順な胸にしばしば憩うぼくたちには、なんとなく理解できるような歌詞なのだ。ただし、ぼくたちが耳かたむける物語の話の筋を、簡単にまとめることは不可能だけれども。

ぼくたちが河の岸に坐っていると、ぼくたちと同じように河を愛する月は、身をかがめて、ちょうど姉のくちづけのように河にくちづけする。そして、彼女の銀いろの腕をぴったりと河にまつわりつかせるのだ。ぼくたちは見まもる、河が流れるのを。河が、歌いつづけ囁きつづけながら、みずからの王である海へと出会うまで流れてゆくのを。すると、ぼくたちの語らいの声はやみ、みんなは黙りこむ。パイプの火は消える。ぼくたちのような平凡な連中の心に、血気にみちている連中の心に、悲しいような、甘美なような想念が、奇妙なくらいあふれて来る。そして——とつぜんぼくたちは笑いだし、立ちあがり、火の消えたパイプから灰をたたき落すと、「おやすみなさい」と言う。水の流れの音と梢のそよぎに寝かしつけられるようにして、ぼくたちは眠りに落ち、そして、世界が若がえった夢を見るのだ。世界が、苦悩と不安にみちた数多くの世紀によってその美貌をそこなわれる前の姿を、人間の罪と愚行によってその心が老いる前の状態を（造られたばかりの世界は、それらの日々、さながら母のようにわれわれ人間をその胸に甘美に抱きしめていたのだ）、虚飾の文明がわれわれを彼女の優しい腕からだまし取る前の有様を、われわれと世界とが一体になって送る簡素な生活や人類が遥かな昔そこに誕生した単純でしかも堅固な家庭を人工の毒々しい嘲りによってさげすまれたわれわれが羞じいる前の心を、ぼくたちは崇高で静謐《せいひつ》な星空の下で夢見るのである。……

だしぬけにハリスが、

「雨が降ったら、どうしよう？」

と言った。まったく、これだから厭になっちゃう。ハリスはどんなことがあっても驚かない男だが、その代り、詩を解さない。到達しがたいものへのやるせない憧れ——なんてものは理解できない。ハリスは、自分でも言っているが、「いっぺんも泣いたことがないな。どうしてかしら？」もしハリスの眼が涙に濡れていたら、それは彼が生《なま》の玉ねぎを食べたか、さもなくば肉にウスター・ソースをかけすぎたせいだと思って間違いない。

夜、海辺でハリスのそばに立ち、こう言ったとする。

「ほら！　聞えないかい？　あれは海の底で人魚が歌っているんじゃないか？　それとも、海藻にひっかかった白骨のために幽霊が弔いの歌をつぶやいてるんだろうか？」

するとハリスは君の腕をつかまえて言うだろう。

「なあに言ってるんだい。君が風邪《かぜ》をひいてるだけなのさ。ねえ、一緒においでよ。この角《かど》を曲ったところに一軒、知ってる店があるんだ。これまで飲んだことがないような、上等のスコッチ・ウィスキーが飲めるぜ。一杯きゅっと引っかければ、風邪なんか直ってしまう」

ハリスはいつも、角を曲ったところにあるごく上等のものを飲ませる店、というのを知っている。もしも天国でハリスに出会ったら（ハリスが天国へゆけるかどうかはともかくとして）、彼が最初に言うのはきっとこういう文句だろう。

「やあ、久しぶりだね。角を曲ったところに一軒、いい店があるんだ。一級品の仙酒《ネクター》を飲ませるぜ」

しかし今の場合、キャンプという件に関しては、彼の実際的なものの見方は非常に有意義であった。雨の日にキャンプするのは、たしかにいい気持のものじゃない。

雨の日の夕べ。体はずぶ濡れ、ボートには二インチも水がたまっている。何も彼もびしょ濡れだ。比較的かわいている所を土堤の上にようやくみつけて上陸し、テントを引っぱりあげ、二人がかりでテントを張る。

テントは濡れていて重いし、風にパタパタあおられるし、ドサリと体の上に落ちてきて、首のまわりにまきつき、二人の労働者はカンカンに腹を立てることになる。そして雨はその間も降りつづいているのだ。大体、いいお天気の日だって、テントを張るのは難かしいものである。まして雨の日には、ヘラクレスのような大力を必要とする。まるでもう一人の相手が、手助けどころか、テント張りの邪魔をして喜んでいるみたいなのだ。自分の側がきちんと出来あがったと安心したとたん、向う側でぐいと引張って駄目になってしまう。

「おい、何をしてるんだ！」

と声をかけると、

「そっちこそ、何をしてるんだ！」

と向うでもどなりかえす。

「引張っちゃ駄目だ。馬鹿、おかげで滅茶滅茶だ」

「おれのせいじゃない。そっちが弛《ゆる》めればいいんだ」

「何を！　滅茶滅茶になったのはそっちのせいだぞ」

と、殴りつけたい気持で大声を張上げる。綱を握っていた手に思わず力がこもって、向うの杭が抜けてしまう。

「ちぇっ、馬鹿野郎！」

と相手がつぶやきながら邪慳《じゃけん》に引張ると、こっち側の杭が抜けてしまう。槌を投じて、談判しにゆこうとぐるりと廻ると、向うも自分の見解を披瀝《ひれき》しようと同じ方向へやって来る。そこで二人はテントの周囲をぐるぐる廻り、たがいに相手の悪口を投げつけあう。そうこうしているうちに、テントは倒れて、うずたかい山になり、二人がテントの廃墟をへだてて睨みあうという事態になる。二人はカンカンに怒って、異口同音に、

「そーら見ろ！　だから、言わないこっちゃない」

とどなりちらす。その間に、ボートから水をかい出そうとして、何のことはない水を袖のなかへ入れてばかりいた第三の男は、過去十分間のあいだ呪《のろ》いに呪ったあげく、とうと

う我慢しきれなくなって、いったい何をノラクラやってるんだ、テントはまだ張れないのかと声をかける。

とうとう、何とかかんとかテントは出来あがり、ボートからいろいろなものを運びこむ。火をおこすことなんか思いもよらないので、アルコール・ストーブを燃して、そのまわりをとりまく。

夕食の主たる料理は雨水である。パンは、その成分の三分の二が雨水。パイもグショグショ。ジャムとバターと塩とコーヒーは、みな雨水に溶けて、スープが出来あがっている。

夕食がすむと、煙草がすっかり湿っていることに気がつく。つまり、煙草をのむことができない。しかし幸運なことには、もし然るべき分量だけあれば、元気をつけ有頂天にさせてくれる例のものが、一びんあるのだ。このもののおかげで、人生に対してふたたび関心をいだくようになり、眠ろうという気になる。

が、しかし、その夜の夢のなかでは、象がとつぜん胸の上に乗り、火山の爆発によって海の底へ投げとばされ――しかも象は依然として安らかに胸の上で眠っているのである。目がさめて、何か途方もないことが本当に起ったのだと思いいたる。最初の印象は、世界の終りが到来したのだ、ということである。が、すぐに、そんなことがあろうはずがないと考えて、泥棒か人殺しか火事だ、と思い直し、その意見を、そういう場合に通例ひとが口走るような口調で口走る。しかし誰も助けにやってこない。判ることはただ、何千何万という人が自分を蹴とばしている、息が苦しくてやりきれない、ということだ。

と、自分の他にも苦しんでいる者がいる。その男のかすかな叫びは、自分のベッドの下から聞えてくる。どんなことがあるにせよ犬死はしたくない、と決心して、腕と脚で滅茶苦茶に頑張り、大声をあげながら、気違いみたいに格闘する——と、とうとう向うも精魂つき果て、自分の頭がすぽんと新鮮な空気のなかへ出る。二フィート離れたところに、服をなかば身にまとった悪漢が、今にも斬りつけそうに身構えて立っているのが、ぼんやり見える。死闘の覚悟をかためていると、そいつがジムだということがだんだん判って来る。彼もまた、そのとき、こっちに気がついて、

「なーんだ、お前か?」

「そうさ」

と言って眼をこすりながら、

「一体、何が起ったんだ?」

「忌ま忌ましいテントの奴め、倒れちまいやがった。ビルはどこにいる?」

そこで二人は声をはりあげ、

「ビル! ビル!」

と叫ぶ。すると、足の下が揺れたり持ちあがったりしたあげく、聞きおぼえのある声が、ただし何かものに包まれたような感じで、廃墟のなかから立ちのぼって来る。——

「おい！　頭を離せ！　おれの頭を！」

やがて泥まみれの、さんざん踏みにじられたビルが、変に攻撃的な態度で出て来る。大将、万事はぼくたちがわざと目論んでやったことだと考えているのだ。

朝になると、三人は口もきかずに黙りこくっている。夜のあいだに風邪をひいてしまったのだ。何だかむやみに腹が立って仕方がない。朝食のあいだも口ぎたなく罵《ののし》りあっている――ということになるのは必定だ。

だからぼくは、お天気のいい晩は戸外で眠り、もし雨が降ったり、気分を変えたくなったりしたら、ホテルなり旅館なり、とにかく高級な紳士が泊るべきところへ泊る、ということにした。

モンモランシーも、この、足《た》して二で割る妥協案には大いに賛成した。彼は元来、ロマンチックな孤独を楽しむたちの犬ではない。何か騒がしいことがあればそれでいいのである。しかも、それがちょっぴり下らないことであれば、いよいよ嬉しくなってしまう。人はモンモランシーを見るとき、これは人間の理解を絶したある理由のもとに、フォックステリアの形を借りて地上へと派遣された天使なのだと想像するであろう。モンモランシーの顔つきには、一種、ああこれは何という邪悪な世界だろう、これを改良し上品にできたらいいのだが、といった感じが漂っている。これは敬虔《けいけん》な紳士淑女の眼に涙を浮べさせるものである。

彼が最初、ぼくの出費のもとに生きるようになったとき、実を言うとぼくは、まあ長いことはないだろうな、と考えた。ぼくは椅子に腰をおろして、彼が敷物《ラッグ》の上から見あげるのを眺め、

「ああ、この犬は長生きしないだろう。やがて天国へと迎えられるだろう」

と考えたものだ。ところが、彼が殺した約一ダースのひよっこの代を払わせられ、百四十七回目の壮烈な市街戦から、彼を、吠えられたり蹴られたりしながら首根っこをつかまえて引離し、カンカンになっている女から彼が嚙み殺した猫の死体をつきつけられ、その女に猫殺しよばわりされ、一軒おいて隣りの男に、こういう猛犬を放し飼いにしておくもんだからこの寒空に二時間も物置小屋に監禁されたと文句を言われ、果ては、ぼくの会ったこともないどこかの庭番がこいつに鼠を捕らせ、一定時間内に何匹つかまえるかを見事に当てて三十シリング稼いだという話を耳にするようになって、ぼくは始めて愁眉《しゅうび》を開き、結局こいつはかなり長生きするだろうと考えたのである。

厩舎《きゅうしゃ》のまわりをぶらついたり、町内でもいちばん評判の悪い犬を一団体かり集め、一味徒党を従えて貧民窟へ進軍し、これも負けず劣らず評判の悪い犬どもと一戦をまじえるのが、モンモランシーのいだいている「生活」の概念なのだ。彼が、前にも言ったように、ホテルや旅館に泊ることに対し非常な賛成を与えた理由は、まさしくここに存するのである。

このようにして、どこに眠るべきかについて、われわれの四者会談は満足のゆく取決めを結んだ。残っている唯一の問題は、携帯品のことである。しかしこのことを論じはじめたとき、ハリスは、一晩じゅう雄弁をふるったのでくたびれたと言い、どこかへ出かけてにこやかな顔つきになろうじゃないか、ついてはこのさきの角を曲ったところに一軒、アイリッシュ・ウィスキーを飲ませる店がある、と提案した。

ジョージは、どうも咽喉がかわいていると言った。(もっとも、ぼくは彼の咽喉がかわいていないときに彼と会ったことはない。)そしてぼくはと言えば、ウィスキーのあついのにレモンの輪切りを浮べて一杯やれば、健康状態がよくなりそうだという予感がしたので、議論は満場一致で翌晩へと延期された。われわれは帽子を頭にのっけて外へ出たのである。

第三章

プランを練る　ハリスの仕事ぶり　家長はどのようにして額を掛けるか　ジョージが尤もなことを言う　早朝に水浴びする楽しみ　転覆したときに備えて

そこで翌日の晩、ぼくたちはまた集ってプランを練った。ハリスが、

「さあ、まず決めなきゃならないのは、何を持ってゆくかだ。ジム、紙を持って来て控えてくれ。ジョージ、君は食料品店のカタログを持って来てくれ。それから、誰かぼくに鉛筆をもって来てくれないかな。ぼくがリストを作るから」

と言った。

これはまったくハリスらしいやり方である。重荷を全部じぶんが引受けるつもりで、何のことはない、他人にすっかりしょわせてしまうのだから。

彼のやり方を見ると、ポジャー伯父さんのことを思いだす。実際ぼくは、ポジャー伯父さんが何かしようとするときの、上を下への大騒ぎのようなものは、生れてこのかた見た

ことがない。額縁屋から新しい絵が運びこまれ、食堂に立てかけられて、掛けてもらうのを待っている。伯母さんが、どうしましょうかと相談すると、伯父さんは、

「わしに任せなさい。お前たちは誰ひとり手を出さなくていい。わしが万事、引受けるから」

　と答え、上着をぬいで仕事にとりかかるのだ。まず女中に、六ペンスがとこ釘を買いにゆかせる。次に男の子たちのうちの一人を追いかけさせて、釘の寸法はこれこれしかじかだとその女中に教える。さてそれから、彼はおもむろに仕事をはじめ、つまり家《うち》じゅうひっくり返るような大騒ぎになるのだ。

「さあ、お前は金槌をとって来ておくれ、ウイル」

　と大声をはりあげる。

「それからお前は物指を持って来てくれ、トム。脚立と台所の椅子がほしいな。おーいジム！　ひとっ走りしてゴグルズさんの所へゆき、こう申上げてくれ。『おみ足の具合はいかがでございますかと父が申しておりました。ところで水平器をひとつお貸し願えませんでしょうか』とな。マリア、お前も行ってしまっちゃ駄目じゃないか。そばにいて灯《あかり》をさし出してもらわなきゃならないから。ねえやが帰って来たら、紐を買いにゆかせておくれ。それからトム！　おーい、トムはどこにいる？　トム、ここへおいで。絵をこっちへ渡しておくれ」

ポジャー伯父さんはそれから絵を持ちあげ、落っことし、絵は額から外れ、伯父さんはガラスをかばおうとして指に怪我をする。部屋じゅう飛び廻ってハンケチを探すが、どこにも見つからない。というのは、さっきぬいだ上着のポケットにはいっているからである。が、上着をどこにぬいだのか覚えていないので、家じゅうの者は道具探しをやめて上着探しを始めることになる。その間じゅう伯父さんは部屋のなかを踊りまわって、みんなの邪魔をするのだ。

「家のなかの者が誰ひとり、おれの上着がどこにあるか覚えてないのか？　こういう馬鹿者ぞろいには今まで会ったことがない。うん、確かにないな。六人もいるくせに！　六人がかりで、たった五分前におれがぬいだ上着を見つけることができないとは、まったくお前たちは……」

と言いながら伯父さんは立上り、自分が今まで上着の上に腰をおろしていたことに気がついて、大きな声で叫ぶ。

「おーいみんな、もう探さんでもいい。おれが見つけたぞ。お前たちに見つけてくれなんて頼むくらいなら、猫に頼んだほうがまだしもましだ」

それから伯父さんの指に繃帯をしてやり、新しいガラスをはめ、道具と脚立と椅子と蠟燭を揃えるのに三十分はかかる。伯父さんはもういちど仕事をはじめ、家中みんな（そのなかには女中と雑役婦もはいっている）が、手助けしようとして、半円を作ってとりかこむ。二人が椅子を支える。三人目は伯父さんが椅子にあがるのを手伝い、落っこちないように押える。四人目が釘をわたす。五人目が金槌をわたす。そして伯父さんは釘をつかまえるけれども、すぐにそれを落っことすのである。

「そーら、言わんこっちゃない」

と伯父さんは憤慨してどなる。

「釘がなくなったじゃないか」

そこでぼくたちは四つん這いになって釘を探すのだが、そのあいだ伯父さんは、椅子の上に突立ってぶつぶつ言い、いったいおれを一晩じゅうここに立たせておく気か、とどなりちらす。

やっと釘が見つかるけれども、そのときには金槌がどこへ行ったか判らなくなっている。

「金槌はどこだ？　どこへ置いたかな？　七人もウロウロしてるくせに、おれが金槌をどうしたか覚えてないのか」

金槌を探してやると、今度は壁につけた釘を打つ場所の目印が判らなくなっている。みんなが一人ひとり伯父さんと並んで椅子の上に立ち、見つけることができるかどうか試してみる。しかしみんなの言う目印が全部ちがうので、伯父さんはぼくたちをつぎつぎに馬鹿よばわりし、椅子からおろしてしまう。それから物指を取りあげ、もういっぺん計りなおし、端のところから三十一インチ八分の三の半分はいくらか暗算しようとして訳《わけ》が判らなくなり、かんかんに腹をたてる。

　そこでぼくたちはめいめいそれを暗算し、その答はみんな違っているのでお互に罵りあう。そして、ワイワイ騒いでいるうちに最初の数字を忘れてしまい、ポジャー伯父さんはもういちど計り直さなければならなくなる。

　今度は紐を使って計ろうとするのだけれども、椅子の上に立って四十五度に身を乗りだし、手の届くところから三インチ上のところまで手を届かせたいと爪先立ちになった大事な瞬間、紐が指先からはずれ、伯父さんはピアノの上に転《ころ》げ落ちる。こうして、全身を使っての、頭まで使っての凄まじい演奏によって、とつぜん大轟音がまきおこる。

　マリア伯母さんはこのとき、子供たちが横にいるというのに、あまり口ぎたない言葉づかいは聞かせたくないと文句を言う。

　とうとう釘を打つ場所が判って、そこに左手で釘をすえ、右手に金槌をかまえる。しかし最初の一撃で、伯父さんは自分の拇指をなぐりつけ、叫び声をあげて金槌をとり落すと、それは誰かの爪先の上に落ちる。

　マリア伯母さんはおだやかな口調で、今度、壁に釘をうつときには前もって知らせてほしい、万事できあがるまで実家に帰って、一週間ばかり泊るようにするから、と厭味を言う。伯父さんは、

「お前たち女と言うものは、どんなことにでもこういう大騒ぎをしてしまうのだからな」

と元気を振いおこして答える。そして、

「こういうちょっとした仕事を自分でやるのが、おれは好きなんだよ」

そこでもう一度やり直し、二つ目の打撃を加えるのだが、釘はすぽりと壁の漆喰のなかにはいってしまい、金槌も半分漆喰にめりこむ。そのはずみで、ポジャー伯父さんの鼻はすんでのところで壁にぶつかり、ぺちゃんこになるところだった。

それからぼくたちみんなは、また物指と紐を探し、また新しい穴ぼこができ……こうして真夜中ちかいころ、額は掛けられる――ひん曲って危なっかしいあんばいに。壁いちめん、火掻き棒でたたきつぶしたみたいに穴だらけだ。一同グッタリして、まるで死んだように疲れきっている。元気なのはただ一人、ポジャー伯父さんである。

「なあお前たち」

と伯父さんは言いながら、椅子から降りる拍子に雑役婦の足の豆をいやというほど踏みつける。そして、自分がやってのけたメチャメチャな仕事のあとを誇らかに見まもるのだ。

「たかがこれっぽっちのことに、人を雇う必要なんかあるもんか」

ハリスは年をとったらちょうどこんな男になるだろう、とぼくは彼に言ってやった。ハリス一人にこんなにたくさん働かせるわけにはゆかないと言ったのだ。ぼくは、

「それは駄目だよ。君が紙と鉛筆とカタログを持ってこい。ジョージは書きとってくれ。ぼくが仕事を引受けよう」

と言った。

ぼくたちが作った第一案は没にするしかなかった。必要として挙げただけの物を積みこんだら、ボートがテムズ河の上流でつかえてしまうのは明白だった。ぼくたちはリストをやぶき、顔を見合せた。

ジョージが、

「ぜんぜん間違ってたよ。入用なものを考えちゃ駄目なんだ。なくちゃ困るものだけ持ってゆくことにしよう」

と言った。

ジョージもときどき、ひどく分別のあることを言うから驚く。この意見はたいへん深い智恵にみちたものであるとぼくは思う。今の場合に関してだけではなく、ぼくたちが生活の河を旅する場合についても一般に正しいのである。なんと多くの人が、旅を楽しくするために必要だと考えて無用のがらくたをボートにつめこみ、みずからの身を危険にさらしていることだろうか。

彼らは貧弱な小さな舟に、きれいな服や立派な住居をマストの高さまでつめこむのだ。無用の召使いたちや一群のしゃれた友だち――二ペンスの値打もなければ、一ペンス半も出そうとしないような連中――をつめこむのだ。

むやみに金がかかるだけで誰も面白がることがない娯楽、形式、流行、体裁、見栄――

ああ、なんてくだらないことなんだ！　他人にどう思われるかという心配、ただ退屈するだけの贅沢、鼻についてしまった快楽、むかし犯罪者にかぶせた鉄の帽子のように、かぶると血を流し、頭がいたくなって気絶する虚しい外観、をつめこむのだ！

厄介物である。諸君、こういう類《たぐい》のものはみんながらくたなのだ。そんな積荷は投げ捨ててしまえ。そんなものがあっては、ボートは重くて進めない。くたびれていて、オールもとれない。邪魔であり、危険である。一瞬たりとも、不安や心配を免れることができぬし、一瞬たりとも体をやすめ、ウトウトといい気持になることができない。浅瀬の上を軽やかに通りすぎる風の影、小波のなかに揺れ動く日の光のきらめき、岸辺に立って水面に影を写している大きな樹木、緑と金に輝く森、白と黄の百合、暗くふるえる藺や菅や野蘭《オーキス》や青い忘れな草を見まもる暇なんてありゃしない。

がらくたは投げ捨ててしまえ。ただ必要な物だけを積みこんで——生活の舟を軽やかにしたまえ。簡素な家庭、素朴な楽しみ、一人か二人の心の友、愛する者と愛してくれる者、一匹の猫、一匹の犬、一本か二本の愛用のパイプ、必要なだけの衣料と食料、それに必要より少し多目の酒があればそれでよいのだ。なぜならば、喉の渇きは健康上きわめてよくないものだからである。

こうすれば舟を進めるのが楽だし、簡単にはひっくり返らない。また、もしひっくり返ってても、そう大したことはないのである。質がよくて簡素な商品には、耐水性があるのだから。われわれには、働く時間も必要だが考える時間も必要だ。生活という日光を楽しみながら、一杯飲む時間も必要である。風の神がわれわれ人間の心の琴線《きんせん》をかきならして奏《かな》でる風の音楽に、耳かたむける時間も必要である。それからまた……

ごめんなさい。いったい話はどこまで行ったっけ？

そうだ、ジョージにリストを任せたところだった。彼は、

「テントをもってゆくのはよそう。ボートに覆いをつけることにしよう。このほうがずっと簡素だし快適なんだ」

と提案した。

これは名案らしく思われたので、採用することにした。読者諸君は御覧になったことがあるだろうか？　ボートの上に鉄の柱を立てる。そして船首から船尾まで大きな帆布をかけ、下をぐるりと止める。こうすれば、ボートは一種の小さな家になって住み心地はすばらしいのである。もっとも少しばかりムシムシするけれども、これはまあ、女房の母親の死んだときに葬式の費用を出させられた男が言った台詞《せりふ》のように、物事にはすべてマイナスの面もあるものだから仕方がない。

ジョージはそれから、携行すべきものとして、めいめい膝掛け一枚、ランプ一箇、石鹸、ブラシと櫛《くし》（三人共用）、歯ブラシ（各自一箇）、洗面器一箇、歯みがき粉、ひげ剃り用具、水浴用の大きなタオル二枚、をあげた。もっとも、水に近い所へ出掛けるときは、いつも

水遊びの準備をするものだけれど、いざ着いてしまうとあまり泳がないものである。

海岸へゆく場合だって同じことだ。ロンドンにいて考えるときは、毎朝早く起きて朝食前に一泳ぎしようと決心し、海水パンツとバス・タオルを用意する。ぼくはいつも赤い海水パンツにしている。この色がぼくの顔色にぴったり合うからである。しかし、海に着いたとたん、ロンドンにいたとき考えていたほど朝早く泳ぎたくないような気持になるのである。

むしろ反対に、ぎりぎりの時間までベッドのなかにいて、それからベッドから出て朝食を食べたい、という気持になる。もちろん、一度か二度、けなげな心掛けのほうが勝利をしめることもある。そういうときには、六時に起きて身支度をし、海水パンツとタオルをもって不機嫌な顔つきで出かける。しかし、ちっとも楽しくない。まるで、ぼくが朝早く海で泳ぐのを待ちかまえて、身を切るような特別あつらえの東風を誰かが用意して置いたみたいなのだ。その連中が、三角にとがった石を上向きにしてばらまいて置いて、ぼくにはそれが見えないように上に砂をかけ、そして海をいつもより二マイル遠い所へ置いたみたいなのである。だからぼくは身を縮めて震えながら深さ六インチの水のなかを歩いてゆかなきゃならない。そしてようやく泳げるだけの深さになっても、海は荒れていて、この上なく不快なのである。

大きな波がぼくを捉え、坐ったままの姿勢のぼくをひどく乱暴に岩にたたきつける。そしてぼくが、「ウー！」と叫ぶだけで、一体どういうことが起ったのか気がつかないうちに、波が戻って来てぼくを海のなかへ連れてゆく。ぼくは気が狂ったように海岸めざして戻りはじめ、もういちど家庭や友人に出逢うことができるのかどうかと考えて心細くなり、ああ、子供のころに妹にやさしくしておけばよかったと後悔する。そして、あらゆる希望を諦めたとき波がひいて、ぼくは砂の上にひとでのようにだらしなくとり残される。ぼくは立上って振返り、二フィートばかりの海を命がけで泳いでいたことに気がつくのだ。ぼくは駈け戻って服を着、宿へ引返す。そしてそこでは、朝の水泳が快かったような振りをするという仕事が待っているのである。

　ところで、話をもとに戻すと、ぼくたち三人は毎朝ひと泳ぎするみたいな話しかたをしていた。ジョージは、爽かな朝、ボートのなかに目覚め、透明な河水に飛びこむことがどんなに気持がよいかをまくしたてた。ハリスは、朝食の前の水泳ほど食欲を増進させるものはないと言い、あれはいつもすごく腹を空かせる、と言い添えた。するとジョージは、ハリスが不断よりももっとたくさん食べるようなことになるのなら、ハリスの水泳には絶対反対だと言った。

　ハリスが食べるだけの食料をのっけて、流れにさからって舟を漕ぐのは重労働だ、というのである。

　でもぼくは、ハリスがそのせいで体を小綺麗にするほうが、たとえ食料の重さということがあるにしてもずっとましだ、とジョージに言ってやった。彼も言われると話が判って、ハリスの水泳に反対するのを止めた。

こうして、とうとうバス・タオルは三本もってゆくことにした。こうすれば、他の人間が使っているのを待っている必要がないからである。

服装に関しては、ジョージは、汚れたとき河で洗濯することができるようにフラノの服が二着いると言った。河でフラノを洗濯したことがあるのか、と訊くと、ジョージが言うには、

「自分でやったことはないけどさ、でも、したことがある男を知っているんだ。なあに、簡単だよ」

ハリスはいったい何を喋っていたのか？　洗濯に関しては身分も力も経験もない三人の若紳士が、テムズ河で石鹸をごしごしつけてワイシャツとズボンを洗濯できると思っていたのだろうか？　しかしハリスとぼくの想像力はそのことを考えるにはあまり十分ではなかった。

ジョージがこのことについて何も知らないひどい嘘つきである、ということが判ったのは、ずいぶんあとのことである。そしてそれはあまりにも遅すぎた。もしも読者諸君が後日このズボンを見たならば——しかし冒険小説のきまり文句じゃないけれども、この話は後日にゆずろう。

舟がひっくり返ったり、着替えしたくなったときの用意にと、下着を一揃《そろ》いと靴下を沢山もってゆくように、とジョージは念を押した。それからいろんなものを拭くことができるからハンケチを沢山。また、ひっくり返ったときの用心に、靴とボート用の靴、各一足。

第四章

食料の問題　大気にパラフィン油が充満することへの反対　チーズを道づれにすることの有利性　ある人妻の家出　ふたたび、転覆したときに備えて　ぼくが荷造りをする　歯ブラシの意地わる　ジョージとハリスが荷造りをする　モンモランシーの悪行　眠りにつく

それからぼくたちは食物のことを論議した。ジョージは、

「まず朝食のことから始めようや」

と言った。（ジョージはこれほど実際的な男なのである。）

「さて、朝食にはまずフライパンがいるな」

ハリスがこれを聞いて、

「フライパンなんて食べられないぞ」

と言ったので、ぼくたちはあまり馬鹿なことを言うもんじゃないと制止した。そこでジョージは話をつづけた。

「それからティーポット、湯沸し、メチルアルコールのストーブ」

ジョージが、

「パラフィン油のストーブは駄目だからな」

と、意味深長な目つきをしながら言った。ハリスもぼくも賛成した。

ぼくたちは一度、パラフィン油のストーブを持って行ったことがあるのだ。ただし、一度ですっかり懲《こ》りてしまったけれども。一週間というもの、まるで油屋のなかで暮しているような気分だったのである。何しろジクジクにじむのだ。ぼくはパラフィン油ほどジクジクにじむものを他に知らない。ボートの舳《へさき》に置いたのだが、艫《とも》のほうまでにじんで行って、ボートじゅうにしみこみ、途中の道筋にあるあらゆるものにしみこんだ。そして更に、河の水のなかへまでしみこみ、景色に滲透し、大気まで台なしにしてしまった。まず油くさい西風が吹き、次には油くさい東風が吹き、その次には油くさい北風、ないし油くさい南風という具合。北極の大雪原から来る風も、荒涼たる沙漠から立ちのぼる熱風も、全部、パラフィン油の馥郁《ふくいく》たる香気を満載してわれわれを訪れたのである。

その結果、日没の眺めもメチャクチャになり、月の光までパラフィン油くさかった。

マーロウに着いたとき、この臭から逃げ出そうとして、橋のそばにボートをつなぎ、町へ散歩に出かけてみたが、臭気はやはりぼくたちを追いかけて来る。町じゅうすっかり油につかっているようなものだった。たまりかねて墓地へはいって行ったが、ここもひどく、まるで死人も油のなかに浸っているのじゃないかと思うほどであった。大通りも油の臭がぷんぷんした。一体この町の人間はこれでどうして生きていられるのか、不思議で仕方がなかった。バーミンガムのほうへ何マイルも行ってみたが、これも無駄であった。何しろそこら一面、油につかっているみたいなのである。

さんざん歩いた末、夜中になって、寂しい野原に出たとき、ぼくたちは枯れた樫の樹の下で恐しい誓いを立てた。(このことについては、それまでまる一週間、誓いつづけて来たのだが、今度のは今までのような、ありきたりの、二流どころの誓いではなかった。)それは二度とふたたび絶対に、ボートのなかにパラフィン油を持込まないという、恐しい誓いであった。もっとも——病気のときは別なのだが。

だから今度は、アルコール・ストーブしか使わないことにした訳なのである。もちろん、アルコール・ストーブだって、かなり困ったものなのである。パイもケーキもアルコール臭くなってしまう。しかしそもそもアルコールというものは、一度にうんと引っかけるのでさえなければ、パラフィン油よりは健康上よいのだ。

ほかに朝食としては、調理に手間がかからないから、ベーコンつきの卵、コールド・ミート、お茶、バターつきのパン、ジャムつきのパンなどがよかろうと、ジョージは提案した。昼食には、彼の言うところによると、ビスケット、コールド・ミート、バターつきのパン、ジャムつきのパンだが——ただしチーズは持ってゆかない。まったく、チーズという奴は、油と同様、やりきれないものである。船じゅうチーズくさくしてしまうのだ。こいつは知らぬ間に食糧籠を抜け出して、そこいらじゅうのありとあらゆるものをチーズくさくしてしまう。アップル・パイを食べても、ドイツ・ソーセージを食べても、苺クリームを食べても、みんなチーズの味がすることになる。実際、チーズというやつは臭がきつすぎるのだ。

それにつけても思い出すのだが、ぼくの友人がリヴァプールでチーズを二つ買った。ちょうど食べ頃のすばらしい代物で、二百馬力のすさまじい芳香をはなち、この香りは三マイルの彼方にまで達して、その地点にいる人を二百ヤードばかりつきとばすこと請合《うけあ》いというチーズであった。ぼくはそのときちょうどリヴァプールにいたので、このチーズをロンドンまで持って行ってくれないかと頼まれた。友人は用があって少し遅れるし、それに早く届けて置かないと長もちしないからという理由であった。

「ああ、いいとも」

とぼくは引受けた。

彼のホテルにチーズを受取りにゆき、それを手にして馬車に乗った。これが今にも崩れそうな馬車で、それを牽《ひ》いているのも、御者がかっとなって「この馬め！」とどなりちらしていたからやはり馬なのだろうが、足を動かすたびに両膝がぶつかり、今にも息が絶えそうな、まるで夢中歩行者といった感じのもの。

ぼくはまず、チーズを上の棚にあげた。こうして馬車は、最新式の蒸気ローラーのほうがまだしも速く進行するくらいのスピードで、よろよろと進み、万事はお葬《とむら》いの鐘ぐらいには陽気だったのだが、角を曲ったとき、一陣の風が吹いて、チーズの臭をたっぷり、馬の鼻さきへともたらしたのである。それが馬を目覚めさせてしまった。彼は一種の恐怖をいだき、時速三マイルの速度で突進を開始したのである。風は依然として彼の方向へ吹きつづける。通りのはずれまでゆかないうちに、速度はほとんど時速四マイルくらいにまであがり、彼は跛《びっこ》や肥満した老婦人たちを一目散に駈け抜いてゆく。

駅のところでこの馬をおさえるには、御者のほかに駅員二名の懸命な努力が必要であった。もっとも、彼らのうちの一人が気をきかせて、馬の鼻にハンカチをかぶせ、しかもその鼻のさきでハトロン紙のきれっぱじを燃すことをしなかったら、到底あうまくはゆかなかったろう。

ぼくが切符を取出し、チーズを手にしたまま意気揚々とプラットホームを歩いてゆくと、人びとはすっかり恐縮して、恭々《うやうや》しくあとしざりした。汽車はこんでいたので、他に七人の乗客が乗っているコンパートメントに乗りこまなければならなかった。無愛想な爺さんが一人いて、何かぶつぶつ言ったけれども、ぼくは気にしないではいって行った。そして、まず網棚にチーズを載せてから、気のよさそうな微笑を浮べながら押し分けて進み、今日はなかなか暑いですねえと言った。少し経つと、今の老紳士がそわそわしだして、

「どうも風通しが悪いようだ」

するとと彼の隣りの男が、

「まったく、やりきれませんな」

彼ら二人は鼻をクンクンさせ始め、三度目に大きくクンとやったとき、胸のなかへもろに臭を入れてしまったから、さあたまらない、二人とも口もきかずに逃げ出した。それから、肥った老婦人が立ちあがり、身分のある結婚した女がこういうふうに取扱われるのは怪《け》しからぬと言い、鞄を一つに包みを八つ持って、出て行った。残り四人の乗客はしばらくじっとしていたが、とうとう、隅のところにいた真面目くさった顔の男（風態その他から察して、たぶん葬儀屋だろうと思う）が、この臭を嗅いでいると死んだ赤ん坊のことを思い出すと言った。その瞬間、他の三人の乗客が一度にドアへ向って、怪《け》我《が》をせんばかりの勢いで突進した。

ぼくは黒い服の紳士にほほえみかけて、どうやらこのコンパートメントをわれわれで独占したようですな、と言った。彼は愉快そうに笑って、世の中には些細なことに大騒ぎする馬鹿な連中がいるものですよ、と言った。

ところが、その彼さえも、列車が動き出すと、奇妙に沈鬱になってしまったのである。それでぼくは、クロウに着いたとき、一杯やりませんかと誘ったのだ。彼はもちろん承知した。われわれ二人は駅の食堂《ビュフェ》へ急ぎ、十五分ばかり、叫んだり、足を踏み鳴らしたり、雨傘をくるくる廻したりしたあげく、やっとのことで女の子が一人そばにやって来て、何をお持ちしましょうかと訊ねた。

「何にしますか？」

とぼくが黒い服の紳士に訊くと、彼はぼくなど相手にせず、女の子に向って直接に、

「ブランデーを半クラウン（一クラウンは五シリング）頼む。なるべくなら、割らないでね」

そしてこの男は、ブランデーを飲み終ると、さっさと別のコンパートメントへ移って行ったのである。ぼくはこういう態度を卑劣だと思う。

クロウからさきは、列車はずいぶんこんでいたけれども、ぼくがコンパートメントを一人じめした。駅に着くたびに、プラットホームにいる人びとは、ぼくのコンパートメントががらあきなのを見て、ワァッと押しかけて来る。

「こっちだよ、マリア。こっちへおいで。すいてるから」

「そうね、トム。これにしましょうね」

といった具合である。彼らは重い荷物をかかえて走って来る。自分がさきにはいろうと、ドアの所で押しあいへしあいする。ところがドアをあけ、ステップに足をかけた途端、ヨロヨロとよろめいて、すぐ後ろの男の腕のなかへ倒れかかるのだ。彼らはみんな、やって来ては臭を嗅ぎ、意気銷沈し、別のコンパートメントへとあわてて向うのであった。なかには、差額を払って一等車に乗換える奴もいた。

ぼくはユーストンで降りて、友人の宅へチーズを届けた。彼の妻は、応接間へはいるなり、大きく息をついて臭を嗅ぎ、

「何でございますの？　どんな悪いニュースでも、隠さずにおっしゃって下さいませ」

と訊ねた。ぼくは言った。

「チーズです。トムがリヴァプールで買ったもので、届けてほしいと頼まれた訳です」

それからぼくは、これはぼくとはまったく無関係であることを納得してほしいと言い添えた。彼女は、それは承知したが、しかしトムが帰って来たらこのことについては篤《とく》と相談するつもりだと言った。

ところが彼は、思ったより長くリヴァプールに滞在しなければならぬことになったのである。三日たってもまだ帰って来ないので、彼の妻はぼくの家へやって来て、

「このチーズをどういうふうにしろと、トムは申したのでしょうか？」

乾燥してない所に保存して、誰にも手を触れさせないよう、とトムが言った由《よし》を伝えると、

「手を触れようなんて誰ひとり致しません。トムはあの臭を嗅いだんでございましょうか？」

ぼくは、嗅いだと思うと答え、ひどく気に入っていたようだと付け加えた。

するとと彼女は、

「もし誰かに一ソヴリン（一ポンド金貨）やって、あれを捨てさせましたら、トムは怒りますでしょうかしら？」

「そんなことをしたら、二度とあなたに笑顔を見せないでしょうな」

とぼくが言ったとき、彼女の頭に名案（？）がきらめいた。彼女はこう言ったのだ。

「お宅でチーズをあずかって下さる訳にはゆかないでしょうか？　こちらまで届けさせますけれど」

　そこでぼくは、

「奥さん、私は、私個人としてはチーズの臭を好む者であります。先日リヴァプールからチーズを携《たずさ》えて旅したことも、楽しい休暇の愉快な結末として回想しているような次第です。しかし、この世界において、われわれは他人のこともやはり考慮しなければならない。私がその屋根の下に居住する名誉を得ている家の女主人は、未亡人であり、私の知る限りではたぶん天涯孤独の人であります。彼女は、彼女のいわゆる『だまされる』ことに対し、多大の……というよりもむしろ多弁の……反感をいだいている。あなたの御主人のチーズを彼女の家に置くならば、彼女は、これは私には本能的に判るのですが、『だまされた』と感じるに違いない。天涯孤独の未亡人をだましたなどと、私が人様に後ろ指をさされてはやはり困るのであります」

　と演説した。すると彼女は、

「よく判りました」

と言って立ちあがり、

「あたし、チーズがなくなるまで、子供を連れてホテルに泊ることにします。あのチーズとは、どうしても一緒に住めませんから」

そしてその言葉通りに、家を家政婦にまかせてホテル住いをしたのである。家政婦は、この臭が我慢できるかと訊《き》かれて、

「なんの臭のことですの?」

と問い返し、チーズの所へ連れてゆかれて、

「うんと嗅いでごらん」

と命令されたら、

「なんだかメロンのような臭がかすかにしますわね」

と答えた。この結果、家屋内の大気が彼女に及ぼす影響はさほど深刻なものではあるまいという訳で、家にひとり取残されたのである。

ホテルの勘定は十五ギニーに達した。友人が帰宅後、すべてを清算してみると、チーズ一ポンドが八シリング六ペンスについたそうだ。彼は、これではいくらチーズが大好物でも、身分不相応だと考えて、捨てることに決心した。まず運河に投げこんだのだが、その地点を通りかかる船の船頭たちがあまり文句を言うので、やむを得ず引揚げることになっ

た。船頭たちに言わせると、まるで気絶するような臭なのだそうである。そこで友人は、暗夜にまぎれてチーズを引揚げ、教区の死体仮置場に捨てたのだが、検屍官がみつけて大騒ぎになった。

検屍官は、これは死人を目覚めさせておれの生計の道を絶とうとする悪質な陰謀だ、と言った。

とうとう友人は、チーズをある海岸の町へ持ってゆき、浜辺に埋めた。その結果、この土地は大評判になり、観光客たちは、ここの空気がこれほど健康に適していることは今まで気がつかなかった、とほめちぎり、肺病患者たちがこの海岸にぞろぞろ集って、何年間も滞在するようになった。

というような訳で、ぼくはチーズは好物だけれど、やはりジョージの言う、持ってゆかない方針が正しいと思うのだ。

「午後《テ》の《ィ》お茶《ー》はやめよう」

とジョージが言ったとき、ハリスの顔はさっと青ざめた。が、ジョージがつづけて、

「でもその代り、夕食は七時に、分量のたっぷりした堂々たる素晴しいやつを――正餐と午後《テ》の《ィ》お茶《ー》と夕食を一緒にしたようなやつを食べることにしよう」

と言ったので、ハリスの顔は生色を取戻した。ジョージはミート・パイとフルーツ・パイ、コールド・ミート、トマト、果物、それからいろんな野菜がよかろうと言った。飲み

物としては、人々が水で割ってはレモネードと称して飲む、あのひどくべとべとした濃厚ジュースとお茶と、それからジョージの言うように何かのときの用意にウィスキーを一瓶もってゆくことにした。

どうもジョージは、何か事が起るということを余りくどくど言い過ぎるようだ。旅立ちのときにこんなことを考えるのは感心しない。

でもぼくは、ウィスキーを持ってゆくのには賛成した。

ビールや葡萄酒は持ってゆかないことにした。河でそんなものを飲むのは、間違っていると思う。眠くなって気分がだらけるだけである。街をぶらぶらして女の子でもひやかそうというような晩に、一杯ひっかけるのは結構だが、太陽が頭上にぎらぎら光っていて、骨を折って仕事をしなければならないときにはビールや葡萄酒はいけない。

こうして、持ってゆくべきもののリストを作り、その晩わかれる前にリストはきれいに出来あがった。

翌日は金曜日で、われわれはその品物を集め、荷造りをおこなった。衣類は大きな旅行鞄に、食料と調理用具は二つの食料籠に入れることにした。テーブルを窓ぎわに寄せ、部屋のまんなかに色んなものを山積みしてから、われわれはぐるりと取巻いて腰をおろし、その山を眺めた。ぼくは、

「おれがやるよ」

と言った。元来、ぼくは荷造りの腕前がなかなか自慢なのである。荷造りというのは、他の誰よりもぼくが上手であるたくさんのことのなかの一つなのだ。（ときどき我ながらびっくりするのだが、こういう、自慢できるものがなんと沢山ぼくにはあることだろう。）ぼくはそのことをジョージとハリスに言って、万事ぼくに任せたほうがよかろうと言ったのだ。彼らは、不思議なくらいあっさりとその提案を承知した。ジョージはパイプをくわえて安楽椅子に腰をおろし、ハリスは足をテーブルの上にのせて煙草に火をつけた。

これはぼくの意図とは全然ちがう結果であった。ぼくの考えていたのは、言うまでもないことだが、ぼくが仕事の監督をし、ハリスとジョージはぼくの指図に従ってこきつかわれ、ぼくはしょっちゅう「おい君！」とか「ちぇっ、ちょっとおれにやらせてごらん」とか「馬鹿だなあ、君は」とか言って教えることなのである。ところが彼らはそれを、ぼくをカッとさせるようなやり方で受取ったのだ。いったい、こっちが働いているときに何もしないで他人が傍につっ立っているのを見ることほど、気持をイライラさせるものはない。

ぼくはかつて、いつもこの手でカッとさせる男と一緒に住んでいたことがある。彼はソファの上に寝転んで、ぼくがいろんなことをするのを眺めるのだった。ぼくが部屋じゅう歩きまわるのをジロジロと目で追いかけるのである。そして、ぼくが仕事をするのを見るとたいへん為になると言った。ぼくが働くのを見ていると、人生とはあくびをしながら過す怠け者の夢ではなく、義務と勤労にみちた神聖な仕事なのだということが痛感できる、などと言うのである。ぼくに会わなかったら、人が働いているのを見る機会もなくて、自分は一体どんなふうな人間になっていたか判らない、などとさえほざいた。

ぼくはこういう輩《やから》とは違う。他人が働いているのを坐視することなんかできない性分だ。ぼくは立上って指揮したくなる。両手をポケットに突込んでぐるぐる歩き廻り、こうしろ、ああしろ、と教えてやりたくなる。こう言う精力的な性格は、持って生れた天性なのだからどうにも仕方がないのである。

しかし、ぼくは文句は言わずに荷造りを始めた。それは思ったより手間取る仕事だったけれども、とにかく、とうとう鞄のふたをし、皮紐で結んだ。すると、

「靴は入れないのかい？」

とハリスが言った。慌てて見廻すと、たしかに入れ忘れている。こういうやり方は、いかにもハリスらしい態度である。ぼくが鞄にふたをして紐を掛け終えるまで一言も注意しようとしないのだ。ジョージが笑いだした。あの、人の気持をイライラさせる、馬鹿みたいな、顎が裂けそうな笑い方だ、あれを聞くと気分がカッとなってしまう。

ぼくは鞄をあけ、靴を入れた。しかし、そのとき——ちょうど鞄のふたをしようとしたとき、恐しい考えがぼくを訪れた。歯ブラシは入れただろうか？　どういう訳なのか判らないが、ぼくは歯ブラシを鞄のなかにしまったかどうか覚えていることが決してないのだ。

歯ブラシは、旅行のときいつもぼくを苦しめ、ぼくの生活を悲惨にさせるものである。

荷物のなかに入れなかった夢を見て、冷汗をかいて飛び起き、夢中で探す。朝になると、まだ使わないうちに荷物のなかにしまってしまい、取出すのにまた荷物をほどかなければならぬ。しかも、荷物をかき廻した末、最後にようやく見つかる。それから荷造りをし直すのだが、歯ブラシをしまうことを忘れ、ぎりぎりのときになって二階へ駈け上り、ハンケチにぐるぐる巻いたまま駅へ持ってゆくことになる。

もちろんこのときも、ありとあらゆる物をひっかき廻したが、やはり歯ブラシは見つからなかった。ぼくはいろんな物を、まるで世界が創造される前の天地混沌のような具合に並べて、歯ブラシを探した。ジョージの歯ブラシとハリスの歯ブラシは十八回も見つかったが、ぼくのはどうしても見つからない。ぼくは品物をひとつひとつ戻して行った。あらゆる物を手に取ってゆすぶったのである。歯ブラシは靴のなかにはいっていた。それからぼくはもう一度、荷造りを直した。

荷造りが完了したとき、ジョージが石鹼は入れたかとたずねた。ぼくは、石鹼があろうがなかろうが知ったことじゃないと答えた。そして鞄をどしんと置いて皮紐をかけたのだが、そのあとで、ぼくのパイプ煙草入れをしまいこんだことに気がついた。仕方がない、もう一度あけなくちゃ。

結局、鞄の荷造りが出来あがったのは午後十時五分であった。食料籠二つの荷造りがまだ残っている。ハリスは、十二時間経たないうちに出発したいのだから、残りの荷造りは自分とジョージが引受けたほうがいいと言った。ぼくは同意して腰をおろし、そこで彼らが仕事を始めた。

彼らは、仕事はこういうふうにするんだと見せつけるような具合で、陽気に始めた。ぼくは何も言わなかった。ただじっと待っていたのである。もしジョージが絞首刑になって死んでしまえば、世界中でいちばん荷造りの下手《へた》な奴はハリスだろう。ぼくは皿、コップ、湯沸し、瓶、水差し、パイ、ストーブ、ケーキ、トマト等々の山を眺めながら、今に見ていろ、ワクワクするような事態が持ち上るぞと思っていた。

そして、それは持ち上った。まず、奴らはコップを割った。それが手始めだった。ジョージとハリスは、われわれだってこんなふうに失敗することができる、これはほんの座興さ、といった顔をしていた。

それからハリスが苺ジャムの瓶詰をトマトの上にのせ、トマトを押しつぶした。やむを得ず、スプーンでトマトをしゃくい取らねばならなかった。

その次がジョージの番で、バターを踏んづけてしまった。ぼくは何も言わないでそばに近より、テーブルの端に腰かけて彼らを見守った。こうするほうが、何か言ったりするよりずっと連中を怒らせるのである。これはたしかに効き目があった。彼らは気違いみたいになって興奮し、品物を踏んづけたり後ろにどけたり、どけた物が入用になって探しても見当らなくて困ったりした。それからまたパイをいちばん下に詰め、その上に重い物をのせて押しつぶしたりした。

奴らは何もかも食塩だらけにしてしまった。殊にバターの件は愉快だった。ぼくは、大の男が二人、一シリング二ペンス分のバターでこれほど悪戦苦闘するのを見たことがない。ジョージはやっとのことでバターをスリッパから離し、湯沸しのなかへ入れようとした。ところがバターはどうしてもはいらないし、はいってしまった分はどうしても出てこないのだ。彼らはやっとのことでそれをかき集め、椅子の上に置いた。するとハリスはその上に腰をおろし、バターはハリスの尻にくっついた。そこで彼らは部屋じゅうバターを探して大騒ぎになった。

「たしかにこの椅子の上にのせたんだがな」

とジョージは言って空っぽの椅子をにらみつけた。

「君がのせるのをたしかに見てたよ、たった今」

とハリスが言う。そして彼らはバターを探して部屋じゅうグルグル歩き廻り、部屋の中央でバッタリ出会ってにらみあう。

「こんな途方もないことは、聞いたこともない」

とジョージが言うと、

「まったく神秘的だ」

とハリスがつぶやく。それからジョージはグルグル廻った末、ハリスの後ろに廻ってバターを発見する。

「なあんだ。ずっとここにあったんじゃないか」

と彼は憤慨して叫ぶ。

「どこに？」

とハリスはキリキリ舞いしながら叫ぶ。

「こら、じっとしてろ」

とジョージはわめきながらハリスを追いかける。こうして彼らはバターを取り、それをティーポットのなかへ入れた。

モンモランシーも、もちろん荷造りに参加していた。モンモランシーの野心と言うのは、人の邪魔をしてどなられたいということである。別に用もない所へ行ってゴロゴロ寝転んだり、たいへんな迷惑をかけて人を怒らせたり、頭をピシャリと殴られたりすれば、彼は、今日一日は無駄ではなかったと満足するのである。

誰かが彼につまずいて一時間たて続けにどなったりすれば、彼の最高の目的は成就したことになる。そして目的が成就すれば、彼の自負心はこの上なく満足させられるのだ。

彼はやって来ていろんな物の上に坐る。しかもそれが、ちょうどその品物を詰めようとするときなのだ。ハリスやジョージが何かを取ろうとして手をのばせば、入用なのは自分の冷いしめった鼻先きに違いないと確信して、鼻をつきだす。ジャムのなかに足を踏みこみ、スプーンをくわえて振り廻し、レモンを鼠に見立てて食料籠のなかにはいりこみ、鼠三匹を殲滅する。そしてハリスにフライパンで一撃くらわせられるのだ。

ハリスは、ぼくがモンモランシーをけしかけていると言って怒った。しかし、ぼくはそんなことをした覚えはない。そもそもああいう犬には、けしかけることなんか不要なのである。彼がああいうことをするのは、生れつき彼に備わっている原罪の働きなのだから。

荷造りは十二時五十分に終った。ハリスは大きな食料籠に腰をおろして、何ひとつこわれないだろうと思う、と言った。ジョージは、何かこわれたら、その時はその時さ、と言って自分を慰め、もう眠くなったと言い添えた。ぼくたちはみんな眠かった。ハリスはその晩われわれの所に泊まることになっていたので、三人とも二階へ行った。

銭投げでベッドをきめると、ハリスがぼくと一緒に寝ることになった。ハリスが、

「ベッドの内側がいいかい、外側がいいかい？」

とたずねたので、ベッドの外に寝るのはあまり好きじゃないね、と答えると、ハリスは、それは古い洒落《しゃれ》だといった。

「何時に起してやろうか？」

とジョージが言う。

「七時」

とハリスは答え、ぼくは手紙を二、三通書きたかったから、

「駄目だよ、六時に起してくれ」

と言った。ハリスとぼくはそのことで少し口喧嘩をしたが、結局、間をとって六時半ということにし、

「六時半に起してくれよ、ジョージ」

と言ったが、ジョージは返事をしない。近づいてみると、ぐうぐう眠っている。それでぼくたちは、彼が朝起きたとき足を踏みこみそうな場所に浴槽をもって来て仕掛け、それから眠りについた。

第五章

P夫人が起してくれる　のらくら者のジョージ　天気予報のペテン　ぼくたちの荷物　ある少年の悪行　民衆がぼくたちのまわりに集る　威風堂々ウォータールーへ　列車というような俗事については、南西鉄道は関心がない　ボートに乗って水の上を

翌朝、起してくれたのはポペット夫人だった。

「もう九時近いんですよ」

「えっ、何ですって」

と叫んで起き上ると、鍵穴から彼女は、

「九時ですよ。寝過ごしたんじゃありませんか？」

と言った。ぼくはハリスを起した。ハリスは、

「君はたしか六時に起きたいと言ってたじゃないか」

「そうさ、君はどうしてぼくを起してくれなかったんだ？」

「君が起してくれないのに、どうしてぼくが君を起せる？　これじゃ、十二時前にはボートに乗りこめないな。でも、とにかく君が起きただけ感心だ」

「ふむ、だからこそ救われたんじゃないか。おれが起してやらなかったら二週間も眠りつづけていたろう」

といった具合に、数分間悪口を言いつづけていたのだが、二人の口論は、ジョージの恐しい高いびきによって邪魔された。われわれはジョージのことを、起されてから始めて思いだしたのである。彼は眠っていた。何時に起してやろうか、などと大きなことを言った男は眠っていた。仰向けになって、口をあんぐりあけて、両膝を立てて。

いったいぼくは、どういう訳なのか判らないけれど、こっちが起きているのに眠っている奴を見るとひどく腹が立ってくる。人生の貴重な時間――二度と戻って来ることのない高価な時間――が、動物的な睡眠に浪費されているのを見ることは、この上なくショッキングなのである。そしてジョージは、時間という最も貴重な財宝を醜悪に懶惰《らいだ》に空費していた。一瞬一瞬に対して責任を取らねばならないところの彼の貴重な人生は、このようにしてむざむざと過ぎ去ってゆく。こんなことならば、エッグズ・アンド・ベーコンをつめこむとか、犬をからかうとか、女中を口説《くど》くとかするほうが、手足を伸ばして魂を喪失し、忘却のなかに埋もれているよりは、まだしもましではないか。

これは恐しい想念であった。この想念はハリスとぼくを同時に襲ったようである。われわれは彼を救おうと決心し、そしてこの高貴な決意のもと、直ちにあの論争を忘れてしまったのである。われわれ二人は飛びかかるようにして彼から寝具をめくりとり、ハリスはスリッパの片方でジョージの頭をごつんとやり、ぼくはジョージの耳に口をつけてワーワーとどなった。その結果、彼は目をさまして、

「どうかしたのかね？」

と言いながら起き上った。ハリスはそれを聞いて、

「起きろ、このウスノロめ。十時十五分前だぞ」

「えっ！」

とジョージは金切り声をあげてベッドから飛びだし、浴槽に足を踏みこんで、

「こんな物を置いといたのは誰だ？」

ぼくたちは彼に、浴槽がそこにあるのに気が付かない奴が間抜けなんだ、と教えてやった。

服を着てネクタイを結ぶ段になったころ、歯ブラシ、櫛、ブラシを荷造りしてあることに気がついた。（まったく歯ブラシはぼくをひどく苦しめる。）そこで階下におりて鞄のなかから取出した。やっとそれが済んだとき、ひげ剃りがほしいとジョージが言いだした。鞄をもう一度ジョージのためにあけるなんて飛んでもないことだから、今朝はひげを剃らないで済ませろ、と言ってやると、ジョージは、

「馬鹿なことを言うなよ。こんな顔でシティ（ロンドンの旧市部で、イギリスの金融・商業の中心地帯）にゆけるかい」

たしかにひげを剃らないでシティにゆくのは乱暴な話だが、他人の迷惑なんてかまってはいられない。ハリスが彼一流の下品な言い方でいったように、シティのほうにも少しは我慢してもらわねばならぬ。

朝食を食べに下へ降りてゆくと、モンモランシーは他の犬を二匹、自分を見送らせるために集めておいた。三匹の犬は玄関のところで喧嘩しながら暇をつぶしている。われわれは、雨傘を振りまわして奴らを静めてから、厚切り肉片《チョップス》とコールド・ビーフに取りかかった。ハリスは、

「大事なのはまず朝飯だ」

と言って、チョップスのほうから食べ始めた。チョップスのほうは熱いうちに食べなければならぬ、コールド・ビーフのほうは待っていてくれるから、という理論なのである。

ジョージが新聞を手にして読みあげた。まず遠漕ちゅうに盗難に逢った男のこと、天気予報、それによると「雨、肌寒く雨のち晴」（悪天候のことならなんでも書いてある）、「ところにより雷雨、東風、中部地方ことにロンドンおよび英仏海峡では一般的低気圧。晴雨計は下降しつつあり」

ぼくの考えによると、われわれに迷惑をかける馬鹿ばかしいもののなかで、この「天気予報」ほど腹の立つものはない。それは昨日や一昨日起ったことをきちんと「予報」する

か、あるいは今日これから起ろうとしていることの正反対を「予報」するか、どっちかなのである。

地方新聞の天気予報に注意したばかりに、秋の休日をすっかりふいにしたことを思い出す。「雷鳴を伴う大雨があるはず」という予報が月曜の新聞にあったのだ。そこでぼくたちはピクニックを取止め、一日じゅう家に引きこもって、雨の降るのを今か今かと待っていた。人びとは陽気に、楽しそうに、さまざまの型の馬車に乗って家の前を通り過ぎる。太陽は輝き、空には一片の雲もない。ぼくたちはそれを窓のところから眺めながら、

「ああ、可哀そうに。びしょ濡れになって帰ることも知らないで」

とつぶやいた。そして、クスクス笑っては、彼らがこれからどういう目に逢うかを考えて喜んだ。それから、窓際《ぎわ》を去って火をおこし、本を読んだり海藻や貝類の標本を整理したりした。十二時近くなると日の光が部屋のなかにさんさんと注ぎこみ、暑くてやりきれない。いったい、大雨と雷鳴はいつ始まるのだろうかと考え、

「なあに午後になったら始まるさ。今に見てろ」

とめいめい言いあった。

「みんな、ずぶ濡れになって帰って来るぞ。愉快じゃないか」

一時ごろ下宿のおかみさんがやって来て、こんないいお天気に皆さんお出かけにならないんですか、と言った。ぼくたちはクスクス笑いながら、

「ごめんですよ、ぼくたちはね。ずぶ濡れにはなりたくないからな」

ところが夕方近くなっても、依然として雨の降りそうな気配はない。そこでぼくたちは、こう考えて期待したのである。ちょうどみんなが家路について、雨宿りの場所がぜんぜん見つからなくなってから大雨が突如として襲いかかり、つまり彼らはびしょ濡れになる訳なのだ、と。しかし雨は一滴も落ちてこないのであった。やがて美しい夕空を、次には美しい星空を、われわれは眺めることになってしまったのであった。

翌朝になって新聞を読むと、「暖かく快晴、気温高し」と書いてある。そこでぼくたちは軽装で外出したのだが、三十分も経たないうちに雨がひどく降り始め、寒い風が吹いて来て、雨も風も一日じゅう止まなかったのである。ぼくたちは風邪とリュウマチにやられて家に帰り、床についた。

実際、お天気という奴は手におえない。ぼくはついぞ一ぺんだって、今日はどういう天気になるか判ったためしはない。晴雨計というのも役に立たないもので、新聞の天気予報と同様、間違ったことばかり教えてくれるのである。

去年の春、オクスフォードのホテルに泊まっていたとき、そのホテルに晴雨計がひとつ掛かっていたが、針は「快晴」を指していた。ところが外は土砂降りで、雨は一日じゅうつづいたのだ。実際、どういう訳かぜんぜん判らない。晴雨計をポンと叩いてみたら、針はグングン昇って行って「炎天」を指した。ちょうどホテルの靴磨きが通りかかって、明日の天気のことを言っているんですよ、と説明してくれた。そうじゃあなくて、昨日の天気のことを言っているんじゃないか、と言うと、靴磨きは、わたしはそうは思いません、と答えた。

翌朝、もういっぺん晴雨計を叩いてみたら、針はぐんぐん上に昇って、一方、外では雨がますますひどく降り始めた。水曜日にぼくはもういちど叩いてみた。すると針は「快晴」「炎天」「酷暑」とグルグル廻って、とうとう釘にぶつかって止まってしまい、それ以上どうしても進めなくなった。針は一生懸命、頑張ろうとするのだが、機械の構造上、もうこれ以上よい天気を予報しようとすれば壊れる仕掛になっている。針は明らかに、もっとドンドン進んで「旱魃《かんばつ》」、「水飢饉」、「日射病」、「砂あらし」などを予言したがっていたのだが、釘が邪魔をするため、単なる「炎天」を指すことくらいで満足しなければならなかったのだ。

そうこうしている間も、雨は滝のように降りつづけ、下町のほうは川の氾濫のせいで水浸《びた》しになってしまった。

靴磨きは、つまりそのうち素晴しいお天気がつづくってことですよ、と言って、この、託宣所にも比すべき晴雨計の上に印刷してある詩を読みあげた。いわく——

遠き未来の予言は　歳月に耐え

束《つか》の間の情報は　泡の如く儚《はかな》し

その夏、快晴の日は一度もなかった所を見ると、あの晴雨計は翌年の春のことを言っていたのだろうと思う。それから、新式の、真直ぐな形をした、長い晴雨計がある。ぼくにはあれが、どっちが頭でどっちが尻尾なのだか判らないのだが、とにかく片方の側は昨日の午前十時、もう片方は今日の午前十時の天気を示すのだ。しかし、十時なんて早い時刻にいつも晴雨計を見ることができるとは限らないじゃないか。風が吹いて雨になったり、天気になったりすると、この晴雨計はそれにつれて昇ったり降ったりする。一方の端は Nly もう片方は Ely とあるけれども（イーリ地方と何か関係があるのかしら？）、これはいくら叩いても別に反応がある訳ではない。これを使うには、まず海抜にあわせ、華氏の温度に換算しなくちゃならないのだが、なあにそんなことをしたって、どうせキチンとしたことなんか判りっこないのだ。

でも、一体なぜみんなは、あらかじめ天気を知りたがるのだろう？　あらかじめ知っていたって、天気の悪いときは悪いにきまっている。是非とも今日は晴れてもらわなければ困るような日で、しかも今にも一雨やってきそうな朝に、もっともらしい目つきで地平線のほうを眺め、

「なあに大丈夫ですよ、晴れますよ、皆さん。この分なら雲は切れるでしょう」

などと言ってくれる爺さんが、天気についての予言者としてはぼくにはいちばん好ましい。ぼくたちは、彼に別れを告げながら、

「なるほどねえ。ああいう年寄りになると、お天気のことをよく知ってるもんだね」

などと言って立去る。

そして彼に対するぼくたちの愛情は、雲がいっこう切れず、一日じゅう雨が降りつづけたって薄れることはないのである。

「まあいいや。あの爺さんだってベストを尽したんだから」

とぼくたちは思うのだ。ところが反対に、悪天候を予言する人間に対しては、ひどい悪意をいだいて復讐したくなる。通り過ぎながら、

「お天気はよくなるかしら？」

と陽気に呼びかける。するとその男は首を振りながら、

「駄目だねえ。一日じゅう降りますぜ」

ぼくたちはすっかり憤慨して、

「馬鹿爺め。あんな老いぼれに何が判る？」

とつぶやくのだ。もし彼の言ったことが当っても、ぼくたちは依然として憤慨しながら、なんとなく、あの男のせいでこうなったというふうに感じるのだ。

なにしろその日は、日がカンカン照っている素晴しいお天気だったから、ジョージが

「晴雨計は下りつつあり」とか「空中障害は南ヨーロッパ上空に斜線状をなして通過中」とか「低気圧はいよいよ大となる見込み」とかいう、血も凍るようなことを読みあげても、ぼくたちはいっこう動じなかった。それでジョージは、ぼくたちがぜんぜん腐らず、自分がけっきょく時間を無駄にしただけだということを知ってガッカリし、ぼくが丹念に巻いた煙草を一本くすね、部屋から出て行った。

そこでハリスとぼくは、テーブルに残った品物を片づけて荷物を戸口まで運び、馬車が来るのを待った。

ひとまとめにしてみると、荷物はひどく多いような気がした。まず大型旅行鞄に小型鞄、食料籠が二つに毛布をまいた大きな包み、外套とレインコート数着、雨傘数本、あまりかさばるのでどこにも入れることができないためそれだけで一つの包みにしたメロン一個、もうひとつの籠にはいっている二ポンド分の葡萄、日本製の紙の雨傘一本、あまり長くてなかに入れることはできないので、ハトロン紙でグルグル包んだフライパン一個。

荷物がむやみに多いので、ハリスとぼくはなんとなく少し恥ずかしくなった。馬車はやってこない。しかし、その通りの男の子たちは大勢集まって来て、ひどく面白がって、立止った。

ビッグズ屋の小僧が最初にやって来た。このビッグズ屋というのは青物屋で、この店の最大の得意とすることは、人類文明がこれまでに作りだした最もでたらめで行儀の悪い小僧をお得意に伺わせるということである。少年犯罪の方面で普通以上に兇悪なことが何か、近所で起ったら、ぼくたちは必ず、ははあビッグズ屋の小僧の最近の犯行だなと考える。なんでもグレイト・コラム・ストリートの殺人事件のとき、このへん一帯では、下手人はビッグズ屋の小僧で、たまたま彼が兇行の翌朝、十九番地へ御用聞きにいったとき、その番地の住人にきびしい訊《じん》問を受け（そのとき二十一番地の住人も通りに出て来て訊問に加わった由）アリバイがきれいに成立したからいいようなものの、そうでなければひどい目に会うところだったそうである。ぼくはその頃ビッグズ屋の小僧を知らなかったのだが、それ以後入手した材料から推して判断するに、どうもあのアリバイは臭いと思う。

さて、ビッグズ屋の小僧は、さっきも言ったように角を曲ってやって来た。最初に視野に現われたとき彼はひどく急いでいたのだが、ハリスとぼくとモンモランシーと、それからいろんな物を見ると、速度をゆるめ、じっと見つめた。ハリスとぼくはしかめっ面をしてやった。こういうふうにすれば、もう少し敏感な人間ならたじろぐのだが、ビッグズ屋の方針としては、そういう子供は雇わないことにしている。彼はぼくたちの家の入口から一ヤードばかりの所に立止り、手摺りに寄りかかって藁《わら》しべを一本クチャクチャ嚙みながら、じっとぼくたちを見つめていた。明らかに、事態の真相を極めようとしていたのである。

と、食料品店の小僧が道の反対側に現われた。ビッグズ屋の小僧が彼に呼びかけて、

「おーい四十二番地の一階が引越だぞ」

するとで食料品店の小僧がやって来て、ビッグズ屋の小僧と並んで位置を占めた。そこへ靴屋の店員が加わり、ブルー・ポスト罐詰会社の空罐回収員が歩道の縁石のところに独自の位置をしめた。

「あれだけ沢山持ってゆけば飢え死《じに》しっこないやね」

と靴屋の店員が言う。

「ふむ、お前さんなら、小さなボートで大西洋横断をやろうってときには、もう一品か二品持ってゆくだろう」

とブルー・ポストの男が言う。

「大西洋横断じゃないんだ。スタンレーを探しにゆくのさ」

とビッグズ屋の小僧が知ったか振りをする。そうこうしているうちに、大勢の群集が寄って来て、いったい何事が起ったのかと互にたずねあう。

群集のなかの若くて浅薄な連中は、これは結婚式なんだ、と言い、あれが花婿だとハリスを指さした。年配の分別臭い連中は葬式だという説にかたむいて、あれがたぶん故人の弟だろうと言ってぼくを指さした。

ずいぶん待ったあげく、とうとう空《から》の馬車が現われ（普通、誰も馬車に乗ろうとしないときには、三分に一台の割合で空《から》の馬車がこの通りにやって来て、通行の邪魔をするのだ）、われわれとわれわれの附属品を乗せ、ぜったい別れまいと誓ったモンモランシーの友人二匹を追い払った。われわれは群集の喝采をあびて出発した。ビッグズ屋の小僧が幸運を祈って、人参を一本放りなげてくれた。

十一時にウォータールー駅に着いて十一時十五分発の汽車はどこから出るのかとたずねたが、もちろん誰も知らない。いったいウォータールーの駅では汽車がどこから出るのかとか、汽車が出るときにその汽車がどこへゆくのかとか、そういう類《たぐい》のことをかつて誰も知っていたことがないのである。われわれの品物を運んでくれた赤帽は、たぶん二番ホームから出るのだろうと言ったが、別の赤帽は、一番ホームから出るという噂を聞いたと言う。ところが駅長は、地方線から出るのだと言う。

こうしていては埒《らち》があかないから、二階へ行って運送係にたずねると、その男は、今しがた逢った人がその汽車を三番ホームで見掛けたと言っていた、と答えた。三番ホームに行ってみると、そこにいる係の者は、この汽車はたしかサザンプトン特急か、もしそうでなければウインザー環状線のはずだと言う。とにかく、なぜそうでないかは言わなかったが、キングズトン行きの汽車じゃないことは確かだ、と答えた。

このとき赤帽が、高架線から出るやつに違いないと思うと言った。そして自分もその汽車ならよく知っていると請合うので、高架線のプラットホームへ行って機関手に逢い、キングズトンへ行くのかとたずねた。機関手は、もちろん断言はできないがどうもそんなような気がする、と言った。とにかく、もし十一時五分発のキングズトン行きでないとすれば、九時三十二分発のヴァージニア・ウォーター行きか、午前十時発のアイル・オブ・ワイト行きの急行か、まあ大体そういった方向へゆくことになる訳だが、いずれにせよ、そのときにならなければはっきりしない、と言った。ぼくたちは彼の手に半クラウンの金貨をすべりこませ、十一時五分発のキングズトン行きになってくれ、と頼んだ。

「この方面では君がどの汽車なのか、どこへゆくのか、誰も判らないんだから、頼むよ。君は道を知ってるんだから、そうっとキングズトンへ行ってくれ」

と哀願したのである。するとこの機関手はたいへん性質が善良な男で、

「そうですね。私にはよく判りませんが、とにかくどれかの汽車がキングズトンへ行かなけりゃならない訳だから、私がそれを引受けましょう。もう半クラウンくださいな」

こうしてわれわれは、ロンドン゠南西鉄道でキングズトンへ到着した。

後になって、われわれの乗った汽車は本当はエグゼター行きの郵便車で、ウォータール一駅では何時間も探したけれども誰にも行方が分らなかった、ということを知った。

ボートはキングズトンの橋の下で待っていた。ぼくたちはそれに向って進み、荷物を積み、そして乗込んだ。

「いいですか、旦那」

という人夫の声に、ぼくたちは、

「大丈夫だ」

と答えた。ハリスは櫂《かい》を手にし、ぼくは舵の紐を握っている。そしてモンモランシーは悲しそうな、疑惑にみちた表情で、船首のところにいる。こうしてわれわれは、二週間の間われわれの家庭となるはずの水の上へと向って進んだのである。

第六章

キングズトン　初期イギリス史についての手引き　彫刻してある樫《かし》と生活についての手引き　スティヴィングズ少年の非運　骨董についての瞑想　舵をとっていることを忘れる興味ふかい結果　ハムトン・コートの迷路　ガイドとしてのハリス

晩春と呼んでも初夏と呼んでも、まあどっちでもいいけれども、とにかく明るい朝であった。草の葉や木の葉の優美な色艶は濃い緑に色づいていたし、季節は今や、女になろうとしてわななく鼓動をおさえてたつ美少女のようであったのだ。

水際まで迫っているキングズトンの裏通りは、きらきら輝く日の光をあびて、点々と漂っている艀《はしけ》、樹の茂っている曳舟路、対岸に並ぶ清楚な感じの別荘、赤とオレンジのブレザー・コートを着て櫂《かい》をあやつっているハリス、チューードル家の人々の古い灰色の王宮などが、明るくてまぶしくて静かで生き生きして、しかもそれでいて平和な感じなので、ぼくは朝っぱらから何となく夢見心地になっていたのだ。

　ぼくは、キングズトンすなわちサクソン人の「王たち《キングス》」がここで戴冠式をあげた当時の地名でいえばキニンゲストゥンのことを、そのとき考えていた。カエサルはここで河を渡り、ローマの軍団はこの高地に露営した。カエサルは後年のエリザベスと同様、いたる所に泊まるのが好きだったようである。もっとも、優しいクイーン・ベスよりも彼のほうが勿体ぶっていた。なぜなら彼は、宿屋《パブリック・ハウス》には泊まらなかったのだから。

　このエリザベス女王はたしかに宿屋兼業の飲み屋が好きだった。ロンドンの近辺十マイル以内の、少し気のきいた宿屋で、彼女が立寄ったり、滞在したり、泊まったりしなかった宿屋はほとんどない。それにつけてもぼくは思うのだが、もしもハリスが品行を改めて更生し、偉大にしてかつ善良な人物となり、首相の印綬《じゅ》を帯び、そして死んだならば、彼がひいきにした飲み屋は、みな、「ハリスはこの店でビールを一杯飲んだ」とか「ハリスは一八八八年夏この店でスコッチを二杯飲んだ」とか「ハリスが一八八六年十二月この店からつまみ出された」とかいう看板を各店こぞってかかげるに相違ない。

　いや待てよ、そういう店はあんまり多すぎる。有名になるのはむしろ彼がはいったことのない店のほうだろう。「ハリスが一度も飲んだことのない南ロンドンにおける唯一の店！」こうなれば、いったいどこが気に喰わなかったのだろうと思ってワンサと押しかけるに違いない。

　ああ、あの哀れな気の弱いエドワード王は、どんなにキニンゲストゥンが嫌いだったことだろう！　戴冠式の儀式なんてものは、彼には耐えられなかった。砂糖漬けのプラムをつめた豚の頭は、たぶん彼にとってゾッとしないものだったろうし（もっともぼくだってあまり嬉しくない）、それに彼はサック酒や蜂蜜酒にはうんざりしていた。だから、騒がしい酒宴をこっそり抜けだして、最愛のエルジヴァとともに、静かに月の光を愛《め》でたのだ。手に手をとって窓際にたたずみ、彼らは河の水面の静かな月光を眺めていた。遠くのホールからはあらあらしい飲めや歌えの大騒ぎの音が、かすかな雑音となって、途切れ途切れに聞えて来る。

そのとき、野獣のようなオドーとセイント・ダンスタンが、この静寂な部屋へあらあらしく闖入《ちんにゅう》し、やさしい顔《かんばせ》の王妃に向って侮蔑《ぶべつ》の言葉を浴せ、哀れなエドワード王を喧噪と泥酔の広間へと無理矢理に連れてゆく。……

歳月は流れる。サクソンの王たちもサクソンの饗宴も軍楽の響きとともに葬られる。そしてキングズトンの偉大もしばらくのあいだ過ぎ去ってしまい、ハムトン・コートがチュードル家やステュワート家の王宮となるに及んで名声はふたたび旧に復するのだ。王室の小舟は河岸に停泊し、派手な衣裳の伊達《だて》男たちは船着場へと威風堂々と歩いて来て、

「おーい、艀《はしけ》！」

と叫ぶのだ。このあたりの古い家々の多くは往時を——キングズトンが王家の街であり、紳士貴顕《きけん》が王の近くに住んでおり、王宮の門へと至る道路がひねもす武具の響きや乗馬の

音やさらさらと鳴る衣ずれや匂やかな美貌の女たちによって賑やかであった往時を――物語っている。出窓、格子窓、大きな炉、破風造りの屋根をそなえた巨大な家々は、短ズボンと胴衣《ダブレット》、真珠をちりばめた婦人胸衣《ストマカー》、微妙で複雑な誓いの言葉などの時代を物語っているのである。これらの建物は「人々がようやく建築の法を知るようになったとき、築かれたものである。」そして赤い硬い煉瓦は時代とともにさらに堅牢となり、樫の階段は、こっちがそっと歩こうとする限り、音をキーキーたてて軋《きし》むようなことはない。

樫の階段といえば、キングズトンの或る家に、素晴しい彫刻をほどこした樫の階段がある。盛り場の店屋に今はなっているが、昔は明らかに、さる名士の館であったのだ。キングズトンに住むぼくの友人が、ある日その店に帽子を買いにゆき、ついうっかりして手をポケットに入れ、不断はつけで買うのに金を払った。

その店の主人はぼくの友人をよく知っていたのだが、もちろんこのことにちょっと驚いた。――しかしすぐに気を取り直し、こういう態度は賞讃すべきだと考えたのだろう、時代物の素晴しい彫刻されてある樫材を見たくないか、とたずねた。友人は見たいと答えた。そこで主人は彼を、店を通り抜けて階段のところまで連れていった。階段の手摺の小柱はみごとな細工物であったし、階段の壁は樫の羽目板で、王宮もかくやと思われる彫刻がほどこしてあった。

階段から応接間にはいると、それは大きな明るい部屋で、青い地色の、びっくりするほど陽気な壁紙で飾られていた。しかし、その応接間には別に変ったところがないので、友人はいったいどういう訳でこの部屋に連れてこられたのかと怪しんだ。主人は壁紙のところへ行ってそれをコツコツと叩いた。すると木の音がした。

「樫ですよ。床から天井までビッシリ、彫刻してある樫材なんです。今ごらんになった階段と同じようにね」

と主人は説明した。

「すると御主人、彫刻してある樫材の上を青い壁紙で覆ったという訳ですか？」

「そうです」

というのが、ぼくの友人の非難に対するこの店の主人の返事であった。主人はなおも続けてこう言ったそうである。

「ずいぶん金がかかりましたよ。まず、さねはぎ板ですっかり覆わなくちゃなりませんでしたからね。でも、これでやっと部屋が明るくなりました。以前はひどく陰気でしてね」

ぼくはこの主人のやり方をとがめようとは思わない。（こう言えば彼も気が休まるだろう。）普通の市民である彼の、生活をできるだけ楽しく過したいという見方からすれば（骨董《とう》きちがいの見方からはどうであろうと）理窟は彼の側にある。彫刻してある樫材は見てたいへん楽しいものだが、毎日そのなかで暮すのは、そのほうに特別趣味のある人間ならいざ知らず、たしかに気分が重苦しいだろう。まるで教会のなかに住んでいるみたいな気持にちがいない。

さてこの男の場合、悲しむべきことは、彫刻してある樫に対し特別な興味を持ってない彼がそういう壁の応接間を持ち、一方それをほしい人間は、それを手に入れるには途方もない金を払わねばならぬ、ということである。こういうのが浮世の定めであるとぼくは思う。ある人は自分の欲しないものを持っている。そして別の人もまた彼の欲しないものを持っているのだ。

結婚している男には妻がある。ところが彼は妻を有難がらない。しかも若い独身者は妻を得ることができないと言って嘆く。自分たちだけでも食べてゆくのが難かしい貧乏人には子供が八人もいる。そして大金持の老夫婦は、誰に金を残すあてもなく死んでゆく。

それから恋人のある娘にしたってそうだ。恋人のある娘は恋人を有難がらない。恋人がないほうがいいみたいなことを言う。恋人が悩みの種だとか、「あの人、なぜスミス嬢やグラウン嬢に言い寄らないのかしら、そりゃあ、あの人たち器量も悪いし年も取ってるけど、とにかく恋人がいなくて困ってるんだから」などと言う。どうも恋人を有難がらないし、結婚する気もない。

しかし、いつまでもこんな話題にぐずぐずしているのは止《よ》そう。厭世的になるだけだ。

学校時代ぼくたちがいつもサンドフォード・アンド・マートン（トマス・デイ作の古風な少年物語の二人の主人公）と呼んでいた一人の少年がいた。彼の本当の名前はスティヴィングズといった。ぼくはこんな変な男に出会ったことがない。なにしろ本当に勉強が好きだったのである。毎晩ベッドにはいってからも、遅くまでギリシア語を勉強していて両親に怒られるのだった。殊にフランス語の不規則動詞には目がなかった。両親の名誉となり学校の名誉となろうという、薄気味の悪い、不自然な欲求にみちみちていて、賞をもらおうとか、大きくなって賢い人間になろうとか、まあそういった類のつまらない考えにとり憑《つ》かれていた。実際、ぼくはこういう変な奴を他に知らない。ところが、誤解しないでほしいのだが、この男、生れたばかりの赤ん坊のように無邪気なのである。

しかしながらこの子供は、いつも一週間に約二回、病気になって、学校へゆくことができなかった。サンドフォード・アンド・マートンほど病気になる子供はいなかった。十マイル以内の所に何か病気があると、それにかかってしまう。しかも手痛くやられるのだ。土用に気管支炎にかかる。クリスマスに乾草熱を患《わずら》う。日照りが六週間つづいたあとでリユウマチにやられ、十月の霧のなかを歩いて家へ帰ると日射病でぶっ倒れる。

まったく可哀そうな奴で、ある年、歯痛を患ったときなんかは、笑気ガスで麻酔をかけて歯を全部ぬき、総入歯にしなければならなかった。しかもそれが原因で神経痛と中耳炎をひき起した。風邪ひきなどはしょっちゅうで、唯一の例外は猩紅熱にかかっていた六週間のあいだ風邪をひかなかったことである。霜やけは年中たえることがなかった。一八七一年のコレラの大流行のとき、近隣では誰もコレラにやられなかったが、教区でたったひとり患者が発生した。それこそ余人ならずスティヴィングズ少年である。彼は病気になるとベッドにもぐって鶏肉とカスタード・プリンと温室物の葡萄を食べ、ラテン語の勉強もできないしドイツ語の文法書もとり上げられたと言って啜り泣くのであった。

ところが、われわれ他の学童どもと来たら、一日病気になるためなら十学期間の学校生活をフイにしてもかまわないと思っているのに、寝ちがえひとつ患うことがない。風のビュウビュウ吹くなかをぶらつくと、かえって体の調子がよくなり、気分がシャンとしてしまう。腹痛をおこしそうなものを食べると、かえって体が丈夫になり、食欲を増進することになる。思いつく手段は何一つ病気にならせてくれない。が、それは休暇が始まるまでの話なのである。さあ今日から休みだとなると、風邪をひき、百日咳にかかり、その他あらゆる病気にとりつかれる。そしてそれは新学期が始まる日までつづくのである。つまり新学期になると、あらゆる努力にもかかわらず病気は突然なおり、前よりもいっそう元気になってしまう。

ああ、これが人生なのだ。そしてわれわれ人間は、刈りとられ炉に入れられ焼かれる、草のような存在にすぎないのである。

彫刻をほどこした樫のことに、話を戻そう。

われわれの曾祖父たちは、美術工芸に関してすばらしく立派な考え方を持っていたに違いない。というのは、今日、われわれが美術的財宝としているすべての物は、三、四百年前の日用品が発掘されたものにすぎないからだ。ぼくは疑問に思うのだが、ぼくたちがこんにち賞讃する古いスープ皿、ビールを飲むときに使うコップ、蠟燭の芯切りなどには、ほんとうに本質的な美があるのかしら？　それとも、それらの物のまわりに輝く時代の光輪が、ぼくたちの眼に魅惑を与えるのだろうか？　ぼくたちが別荘に装飾品として飾る古い青磁は、数世紀前のごくありふれた日用品にすぎない。そしてぼくたちが今日、友達を相手にして、いい調子で一席それについて講釈し、友達のほうは判ったような顔つきであいづちを打つ、あのピンク色の羊飼いと黄色い羊飼いの女房の人形は、十八世紀にはマントルピースを飾るごく安い飾り物で、その頃の母親は泣きじゃくっている赤ん坊にしゃぶらせたりしたのだ。

　将来もこれと事情は同じだろうか？　今日の安物は明日の美術品となるのだろうか？　柳模様の皿は二〇〇〇年あたりにおいては富豪のマントルピースをいかめしく飾るのだろうか？　金の縁がついていて内側にきれいな金色の花（ただしなんの花か不明）が描いてある白いコップは、現在では女中が軽い気持で割ったりしているけれど、これが丹念に修理されて、棚の上に置かれ、それにはたきを掛けるのは奥さまだけ、といったことになるのだろうか？

　ぼくの家具つきの下宿の寝室には、瀬戸物の犬が飾ってある。白い犬で目が青い。鼻は赤くて、黒いポツポツがある。首はひどく真直ぐにおっ立てていて、顔つきは愛想のよいのを通り越して馬鹿みたいな感じである。ぼくはどうしても好きになれない。それを美術品として考えれば、ぼくをイライラさせる性格の美術品であるというしかない。礼儀を心得ない友達はそれの悪口を言うし、下宿のおかみさんだってちっとも気に入っていなくて、なにしろ伯母さんのプレゼントだからここに置いておくのです、などと言い訳を言う。

でも、二百年も経ったら、この犬はどこかから掘り出されて、もちろんそのときは足が欠け、尻尾がとれているだろうが、古陶器として売られ、ガラス戸棚のなかにおさめられるかもしれない。みんなはそれを取巻いて感嘆するだろう。鼻のところの深味のある色彩に感動し、なくなってしまった尻尾の部分はどんなに美しいだろうかと瞑想にふけるに相違ない。

しかし、現代に生きているわれわれには、この犬の美しさが見えないのである。なぜかと言えば、この犬はあんまり身近な存在すぎるから。つまりそれは、日没や星のようなものだ。ぼくたちの目にとってあんまりありふれているから、その美しさによって畏敬の念を覚えることはないのである。こういう事情は、瀬戸物の犬に関しても変らない。二二八八年の人は、この犬について、調子づいた声で喋るだろう。こういう犬を作る技術は、そのころには、失われた技術となっているだろう。われわれの子孫は、われわれがどういうふうにして作ったのかと怪しみ、われわれの賢さを褒《ほ》めそやすだろう。「十九世紀において栄え、あの陶器の犬を作った偉大な遠い昔の芸術家たち」と呼んで、ぼくたちのことを愛情こめて語るだろう。

うちのいちばん上の娘が学校でする刺繍は、「ヴィクトリア時代の綴れ織」としてもてはやされ、法外な高値を呼ぶことになろう。道傍《ばた》の宿屋で現在つかわれている青と白のビール用のコップは、何百年か後すっかりひびがはいった状態で掘り出され、その重さと同じだけの重さの金と引換えに売られて、富豪たちはそれで葡萄酒を飲むことになろう。「ラムズゲイト土産」や「マーゲイト土産」は、無疵のままで掘り出されたら、日本からの観光客がみんな買い上げて、古代イギリスの骨董品としてエドへ持ち帰ることになる訳だ。

と、ここまで考えをたどったとき、突然ハリスが櫂から手を離し、座席から仰向けに転がり落ち、両足をバタバタさせた。モンモランシーはワンワン吠えながらとんぼ返りを打ち、その拍子に、二つ重ねた食料籠の上の方が転がり落ち、入れてあったいろんな物がボートのなかに散らばった。ぼくはいささか驚いたけれども、しかしうろたえはしなかった。にこやかな口調で、

「おい、どうしたんだ?」

「どうした、だって? 畜……」

いや、ぼくはハリスの言ったことは敢えてここに繰返さないことにする。たしかにぼく

のほうも悪かった。そのことは充分みとめる。しかし、ハリスのように立派な教育を受けて育った人間の場合は、殊に、乱暴な言葉づかいや下品な言い廻しはぜったい許されないと信ずる。ぼくは他のことを考えていたものだから、自分が舵をとっているのをすっかり忘れていたのだ。まあ、こういう事情はよく判ってもらえるはずだ。つまりその結果、われわれのボートは曳舟路にかなりはなはだしく密着したという訳なのである。このようにしてしばらくの間は、どこからどこまでがミドルセックスの岸で、どこからどこまでがわれわれのボートであるか、容易に説明し難い状態となった。が、しばしの時間の後、その見境いがようやくついてボートを引離した。

ハリスはこれを機会に、だいぶ漕いだから代ってくれと言った。それで、今までは二人ともボートに乗っていたのだが、今度はぼくが外へ出て、ハムトン・コートを横に眺めながら曳いてゆくことにした。あの、河のほとりに連なっている古い城壁は、なんともいえず美しい。この眺めは、いつも、前に眺めたときよりももっと素晴しいものとして感じられる。やわらかくて、明るくて、甘美な感じのする古い城壁。ここには地衣が這い、かしこには苔《こけ》が生え、城壁の上から若々しい蔦がおずおずと覗きこんで、いそがわしい河でどんなことが起っているかを眺め、尤もらしい顔の年老いた常春藤《きづた》がその少し下で群生しているこの風景は、なんと美しい一幅の絵ではないか！　この古い城壁には、十ヤードのなかに五十の影と隈と色彩がある。もしぼくに絵が描けたら、この古い城壁のすばらしいスケッチをして見せるのだが。ハムトン・コートに住みたいと、ぼくはいつも思ったものだ。平和で静かなハムトン・コートは、早朝、人がまだ出歩かないうちにぶらつくにはもってこいの古風な場所なのだ。

しかし翻《ひるがえ》って考えてみると、実際問題としては、ぼくはここが本当は好きではないような気がする。夜更けて手にしているランプが壁に物凄い影を投げ、遠くの足音が冷たい石の廻廊にこだまして、それが近づくかと思えば遠のき、まるで死のような沈黙があたりを支配し、聞えるものとてはただ自分の心臓の鼓動ばかり——といったようなときには、陰鬱で重苦しいだけではないかしら？

われわれ人間は、男も女も、日の光を慕う動物である。われわれは光を愛し生命を愛する。これゆえにこそぼくたちは都会へ都会へと集り、田舎は年々歳々さびれるのである。日光を浴びているとき——つまり《自然》がわれわれの周囲で生き生きとして忙がわしい昼の時間、人はたしかに広々とした山腹を、そしてまた鬱蒼たる森林を好む。しかし夜になって母なる大地が眠りに就き、しかもわれわれが目覚めているとき、おお！ 世界はなんと寂しいことか。そしてわれわれは、しんと静まりかえった家のなかにいる子供のように、なんと恐れおののくことか。そのときわれわれは起き上り、むせび泣き、ガス燈に輝く街路を恋い慕い、賑やかな人声を、ざわめく雑沓《ざっとう》を憧れるのだ。夜風が暗い樹々をわたるとき、われわれは厖大な静寂のなかにあって、寄る辺なくかよわいものとしての自分に気づく。あたりには無数の亡霊がうろつきまわり、彼らの無言の吐息はわれわれに限りない悲しみを感じさせる。さあ、大都市に集ろう。百万のガス燈をつけて巨大な焚火《たきび》としよう。共に叫び共に歌って勇敢な気持になろう。……

ハリスがぼくに、ハムトン・コートの迷路に入ったことがあるかと訊ねた。彼は、いちど誰かを案内して入ったのだそうである。あらかじめ地図で調べたのだが、ひどく簡単な迷路で、馬鹿ばかしいくらいだった——入場料として二ペンスとる値打なんかないと彼は思った。しかし、ハリスが言うには、どうもあの地図はいたずら半分に作ったものに違いないと、今では思っている。実物とは大違いで人を迷わせるだけだからである。ハリスが案内したのは田舎の従弟で、ハリスは、

「まあ話の種にちょっと入ってみよう。ひどく簡単なものだけれどもね。迷路なんて呼ぶのがおかしいくらいのものだ。右へ右へと曲ってゆけばいいんだ。十分間でグルリと一周するから、出てから昼飯を食べよう」

と言った。

中へ入ると、数人の人に出会った。彼らは四十五分間も前から迷っていて、ほとほと困っているとのことだった。ハリスは、よかったらついていらっしゃい、今からグルリと廻って出るつもりだから、と言った。彼らはハリスの親切に感謝し、後についてゾロゾロ歩きはじめた。途中、どうして出たらいいか判らなくなっている別の連中がまた一行に加わ

り、とうとう迷路のなかの者は全部、ハリスの後に従うことになった。外へ出る望みも、家族や友人と再会する望みも失った人々は、ハリスとその一行を見て勇気を奮い起し、彼を讃美しながら行列に加わったのである。全員で二十人ばかりが後について来たろう、とハリスは言っていた。赤ん坊を抱いた女が一人いて、彼女は午前ちゅうずっと迷路のなかで迷いつづけたのだが、ハリスを見失っては大変と、彼の腕をつかまえて離さなかったそうだ。

ハリスは右へ右へと曲って行ったが、道のりはひどく長い。彼の従弟は、これはずいぶん大きな迷路だとつぶやいた。ハリスが、

「うん、ヨーロッパ最大の迷路の一つだからな」

と言うと、従弟は、

「どうもそうらしいね。もう二マイルはたっぷり歩いたからな」

と答えた。ハリスは自分でも、これはどうも変だと思いはじめたが、それでもドンドン進んで行った。しかし、地面に菓子パンの半かけがころがっているのを見かけたとき、ハリスの従弟が、これは七分前に見たと言ったのである。ハリスは、

「そんなことがあるもんか」

と言下に否定したけれども、子供を抱いている女が、

「いいえ、そうかもしれません」

と言う。彼女がちょうどハリスと会う前に、子供からその菓子パンをとって投げすてた、というのである。その女は、あなたになんか会わなければよかったとハリスに喰ってかかり、お前さんはペテン師だと罵《ののし》った。ハリスは腹をたて、地図を取出して自分の歩き方の原理を説明した。すると一行のなかから声があって、

「今どこにいるのか分ってさえいれば、地図もなかなか役立つだろうがな」

ハリスはすっかり困ってしまい、入口に戻ってそこからもう一度あたらしく始めるのがいいと提案した。この計画は最初あまり歓迎されなかったが、結局、そのほうがまだましだということになった。そこで彼らはまたもやハリスの後について別の方向へと向ったのだが、約十分後、彼らは迷路の中心にいることに気がついたのである。

ハリスは最初、これこそ自分の狙いだった、と言おうと思ったが、群集の気配がどうも殺気だっていたので、何かのはずみで間違ったのだ、と答弁することにした。

とにかく何とかしなければならなかった。現在地が判らないのでもういちど地図を出して考えてみると、すこぶる簡単そうに見える。そこでまた歩き出した。

すると、三分後にまたもや中心のところに戻っている。それから後は中心部に後戻りするばかりであった。何度やってみても同じことなので、そこに立止ったままじっとして、他の連中がグルリと廻って戻って来るのを待っている奴もいた。

ハリスはしばらく経ってからもういっぺん地図を取出したが、群集はそれを見て怒り出

し、そんな地図なんか髪をカールさせるのに使ったらいいと罵った。このときになってさすがのハリスも、自分が一般大衆の人気をある程度失いかけていると感じない訳にゆかなかった。

とうとう全員気違いのようになり、大声を出して管理人を呼んだ。管理人は、外側から梯子をかけて、上から覗きながら彼らに指図した。しかしみんなの頭はもうすっかり混乱しきっているので、その指図がのみこめない。そこで管理人は、今いる所にじっとしていて、自分がゆくのを待っていろと言った。彼らが一箇所にかたまって待つと、管理人が梯子から降りてはいって来た。

ところが運の悪いことには、この男はまだ年が若く、この仕事についたばかりだったのである。なかにはいったのはいいが、彼らの所まで来ることができなくなり、先生みずから道に迷ってしまった。生垣を通して彼がウロウロしている姿がときどき見えるし、彼のほうからも彼らを見ることができるけれど、彼らのほうに走り寄ろうとしてもうまくゆかない。彼らは約五分間その地点で待った。五分後、彼の姿はまったく同じ所に現れ、いったいあなた方は今までどこにいたのかと詰問《きつもん》するのである。

結局、年配の管理人が昼飯から帰って来るまで待って、ようやく出ることができた。

ハリスは、あれは自分の判定によれば非常に巧妙な迷路だ、と言った。一つ、帰りにジョージを誘ってはいってみようということに意見が一致した。

第七章

日曜日の服をまとったテムズ河　河での服装について　男たちにとってのチャンス　ハリスにおける趣味の欠如　ジョージのブレザー・コート　最新流行の服を着た若い上流婦人との一日　トマス夫人の墓　墓と棺と髑髏を愛さない男ハリスの怒り　ジョージと銀行とレモネードについてのハリスの意見　彼、芸当を演ずる

ハリスが迷路にはいった体験談を語ったのは、ちょうどモウルスィの水閘《ロック》を通過するときだった。水閘《ロック》にいたのは、われわれのボートだけだったし、それにこれは大きな水閘《ロック》なので、通過するのにかなり手間どった。モウルスィの水閘《ロック》にボートがたった一つしかないなんて光景は、今まで見たことがない。ボウルターのものを勘定にいれても、ここはテムズ河随一の賑やかな水閘《ロック》だと思う。

ぼくは、ここにたたずんで見廻したことが何度かあるが、河水は一面、派手なブレザー・コート、しゃれたハンチング、いきな帽子、さまざまの色のパラソル、絹の膝掛け、

上着、ひらめくリボン、優美な白い服などのもつれあった混雑で埋まっている。岸から水閘《ロック》を見下すと、まるでさまざまの色彩の花が乱雑に投げこまれた大きな箱のようだ。

よく晴れた夏の日には、こういう眺めが一日じゅうつづく。そして、水門の外の流れのここかしこには、もっと多くのボートが長い列を作って、自分の番を待っているのだ。ボートは近づいたり通り過ぎて行ったりする。そのため、旧王宮からハムトン教会までのあいだ、日光を浴びてきらきら輝く河の流れは、黄、青、オレンジ、白、赤、ピンクの、さまざまの色で飾られるのである。ハムトンとモウルスィの住人たちは、ボート服姿で、犬を連れて水閘《ロック》のあたりをぶらつき、ふざけたり、煙草をすったり、ボートを眺めたりする。ハンチングにジャケットという服装の男たち、きれいな色の服を着た女たち、はしゃいでいる犬。白い帆のボートが辷《すべ》ってゆき、河水がきらめく。楽しい風景である。ぼくは、この退屈で古ぼけたロンドンの街の近くで、これ以上陽気な眺めを他に知らない。

河は服装の趣味を見せるのに大へん都合のよい場所で、ことに男の色彩感覚を見せるのにはもって来いだ。われわれ男性でも、非常にしゃれた服装をすることができるものなので、ぼくは服にちょっぴり赤い色を使うのが好きだ——赤と黒というわけである。御承知の通り、ぼくの髪は金色がかった茶色で、なかなかきれいだと褒められる。この色に、濃い赤はよく合うのだ。それから空色のネクタイもこれにぴったりする。靴はロシヤ皮、腰のまわりには赤い絹のハンケチ——ハンケチはベルトなどよりずっと粋なものである。

ハリスはいつも、オレンジ色か黄色の中間色に固執しているが、これはじつに馬鹿げたことだと思う。彼の顔色は黄色を使うには黒すぎる。黄色は彼には向かないのだ。このことに関しては疑問の余地がない。ぼくがハリスだったら、青を地色にし、白ないしクリーム色をあしらって引立たせる。しかし、ああ！　服装の趣味の貧しい人間に限って頑迷固陋《ころう》なのが常である。これは大へん残念なことだと言わねばなるまい。数多い色のなかには、あれほどひどいことにならなくても済む色が一つや二つはあるのに、今のようなことでは、ハリスは絶対しゃれた服装をすることができないからである。

ジョージはこの旅行のため新調したのだが、ぼくはすっかりうんざりした。ブレザー・コートがけばけばし過ぎる。ぼくがそう思っていることはジョージに知られたくないが、他に言いようがないから仕方がない。彼はそれを木曜の晩、わざわざ持って来てぼくたちに見せた。それは何という色だと訊ねると、彼は知らないと言う。色にも名前があるということが、彼には判らないのである。店の主人はオリエンタル・デザインだと言ったそうだ。ジョージはそれを着て見せ、どう思うかとぼくたちに訊ねた。ハリスは、早春のころ花壇にたてる案山子《かかし》に着せて、鳥をおどかすにはもって来いだと思うが、人類が着る服としては、マーゲイト（イギリス、ケント州の海岸保養地）の黒ん坊ならいざ知らず、見ただけで気色《きしょく》が悪くなる、と答えた。ジョージはプリプリした。しかしハリスが言ったように、もし意見を知りたくないのだったら、訊ねなければいいのだ。

ジョージの服装でハリスやぼくを困らせるのは、それがボートに人の注意を集めるだろうということなのである。

服の話で思い出したが、女の子をボートに乗せるのも、きれいな服を着ていればなかなかいいものだ。ぼくの考えによると、趣味のいいボート服ほど人を感心させるものはない。しかしボート服は、あくまでも、ボートのなかで着ていることのできる服装でなければならない。ショウ・ウィンドウのなかでしか通用しないものでは困る。自分の服のことばかり気にしている女の子がボートに乗っていたのでは、せっかくの遠出が楽しくないものになる。ぼくは一度、こういう種類のふたりのお嬢さんと遠漕に出かけ、ひどい目にあった。

二人とも美々しく飾りたてていた——レースに絹物、造花、リボン、華奢《きやしや》な靴、薄い手袋という具合である。どう見ても、写真館に出かけるためのいでたちで、河へゆくのにはふさわしくない。パリ・モードのボート服というやつである。現実の大地の、しかも水に近い所を、ああいう服を着て歩くのは馬鹿げている。

まず彼女らは、ボートがきれいじゃないと考えた。ぼくたちは二人のシートをすっかり払って、きれいになったと保証したが、こっちの言うことなんかぜんぜん信用しようとしない。一人が手袋をはめた人差指でクッションを撫《な》で、その結果を相手に見せて、二人で溜息をついた。それから、まるで初期キリスト教の殉教者たちが火刑柱を背負って居ずまいを正すみたいに、腰をおろした。櫂をあやつる際にときどき沫《しぶき》が飛ぶのは当り前だが、お嬢さんたちは一滴の水でも服がメチャクチャになるという考え方らしかった。もっとも、しみはぜったい落ちず、永遠にドレスに残る訳だけれども。

ぼくが漕手《こぎて》だった。そしてぼくはベストを尽した。つまり水面二フィートのところへオールの水搔きを水平にぬき、オールを戻す前には水を切るためたっぷり間をおくようにした。オールを落すときにも毎回すこぶる入念にした。舳手は少し経つと、ぼくと一緒に漕いでいては自分がうまい漕ぎ手であるような気がしない。もしよかったら、自分は漕ぐのを止めてそっちの漕ぎ方を研究したい、なかなか興味深い漕ぎ方だから、と言った。ぼくはそんな厭味は気にかけず、今まで通りのやり方をつづけた。しかし、ときどきお嬢さんたちのドレスに沫がかかるのはやむを得なかった。お嬢さんたちは文句は言わなかったけれども、二人でぴったり身を寄せあって唇をとんがらせ、一滴しぶきがかかるごとに、はっきりとすくみ上っていた。二人のお嬢さんがこんなふうに、黙々として苦難に耐えている姿を見ると、ぼくはすっかりゲンナリしてしまった。どうもぼくは、神経質なたちなのである。ぼくのオールさばきは乱暴になってしまい、そうしまいとすればするほど沫がかかる。

とうとう諦めて、交替してくれと舳手に言った。相手もそのほうがよかろうと言って、位置を交替した。お嬢さんたちは、ぼくが立上るのを見てついうっかり、ほっと安堵の吐息をもらし、明るい表情になった。ああ、哀れな娘たちよ！　彼女らは、ぼくのほうがまだしもましだということを知らなかったのである。今度の男は、陽気で愉快で頭の悪い奴で、敏感さなどというものはニューファウンドランド種の小犬くらいしか持ちあわせていない男だった。一時間睨みつけられても、睨まれているなんてことに気がつかないし、もし気がついたとしてもいっこう平気だろう。彼が、巧みに陽気に威勢よくオールをあやつるたびに、水しぶきはまるで噴水のようにボート一面に襲いかかり、舟のなかは大へんな騒ぎになるのだった。しかも彼はぜんぜん平気で、お嬢さんたちのドレスの上に一パイント分の水をどさりとかけたときも、ちょっと笑って、

「ごめんなさい」

と言いながら、これで拭けと言ってハンケチを差出すきり。令嬢たちは可哀そうに、

「あら、何でもありませんわ」

と小さな声で答え、膝掛やコートで遠慮がちに身をおおい、それでもまだ足りなくて、レースのついたパラソルで身を防衛しようとするのだった。

昼食の時にはもっとひどい目にあった。みんなは草の上に腰をおろしたがったが、その草が埃だらけなのである。それならこっちのほうに、と言ってすすめられた切株も、数週間ほこりを払った形跡がない。お嬢さんたちはやむを得ず、ハンケチを地面に敷いてその上に腰をおろした。誰かがビーフステーキ・パイの皿を持って歩きまわり、木の根につまずいてパイをぽうんと飛ばせた。幸いそれはお嬢さんたちにはぶつからなかったが、この

椿事《ちんじ》は新たな危険を彼女らに予感させたのである。彼女らはすっかり不安におののき、それからあとは誰かが歩き廻るたびに、手にしているものが落っこちて来て大混乱を起しやしないかと、高まる不安を胸に秘めながら、その男が坐るまでじっと見まもることになってしまった。

昼食がすむと、さっきの舳手がお嬢さんたちに向って、うららかな調子で、

「さあ、いらっしゃい。洗い物をしてもらいます」

彼女らは最初、彼が何のことを言っているのか判らなかった。ようやく言葉の意味が呑込めると、洗い方を知りませんから、と言って断った。すると舳手は、

「なあに、ぼくが教えてあげます。なかなか面白いもんですよ。こういうふうに岸のところに腹這いになって、皿を水につけるんです」

姉娘のほうが、そういう仕事に適したドレスを着ていないからと断ると、彼は相変らず陽気に、

「いや、それでかまいません。袖や裾をたくし上げればいいんです」

そして彼は強引にそうさせてしまった。彼が言うには、こういう仕事こそはピクニックの楽しさの半ばを占めるものなのだそうである。お嬢さんたちもやむを得ず、たいへん面白いと言った。

しかし今になって考えてみると、あの青年はぼくたちが考えたほど馬鹿なんだろうか？

ひょっとすると彼は……いや、とんでもない！　彼の表情はとても単純で、とても子供っぽいものだったのである。

ハリスは、トマス夫人の墓を見にハムトン教会へゆきたいと言った。

「トマス夫人って誰？」

と訊ねると、

「そんなこと知ってるもんか。とても面白い墓をたてた貴婦人でね。いっぺん見たいと思ってるんだ」

と答えた。ぼくは反対した。ぼくの体質が他の人と違うのかもしれないが、ぼくはついぞいっぺんだって、墓石に憧れたことがない。それはぼくだって、村や街に到着したとき、慌てふためいて墓地へおもむき、墓石を鑑賞するのが紳士のなすべきことだ、ぐらいは知っている、しかしこういう娯楽にふけることを、ぼくはいつも自分に対して禁じている。ぜいぜいいう老人の後について、薄暗くて寒い教会を歩きまわり、墓碑銘を読むことなんか、ぼくは興味がない。墓石にはめてある、ひびのはいった真鍮板を見ることなんか、ぼくが本当の幸福と考えているものとは縁遠いのだ。

ぼくがすばらしい碑銘の前でも冷静沈着なのを見ると、寺男はショックを受けてたじろぐ。それからまた地方の名家の歴史にいっこう熱狂しないのを見て、むっとする。かてて加えて、早く外へ出たくってたまらない気持をぼくがうまく隠せないものだから、寺男の気持はたいへん傷つけられるのである。

朝日が金色に輝くある晴れた日の早朝、ぼくは村の小さな教会を囲む低い石の壁にもたれ、煙草を喫い深い平和な満足を味わいながら、甘美な落着いた風景を楽しんでいた。それは灰色の古びた教会で、常春藤《きづた》がからんでいて奇妙な彫刻のほどこしてある木造の玄関といい、背の高い楡の並木の間をうねうねと山の方へ伸びている小径といい、見事に刈込まれた生垣の上にのぞく萱葺きのコティジといい、谷間を流れる銀色の河といい、遠く彼方にそびえる鬱蒼と樹木の茂った山々といい……素晴しい眺めだった。

そう、素晴しい眺め。それは牧歌的で詩的でぼくをウットリさせた。ぼくは善良でかつ高貴な気持を味わっていた。もう今日以後、罪深い邪悪な人間ではありたくない、とぼくは思った。ここに来て、ここで暮そう。人倫の道にはずれたことは、もう、何もするまい。潔白な美しい生活を送ろう。そして、年を取ったら、清らかな銀髪の男になろう、などといったことを考えていたのである。

そのとき、ぼくは、あらゆる友人あらゆる親戚《しんせき》の罪と意地悪をゆるしていた。彼らを祝福してさえいた。彼らは今ぼくから祝福されていることを知らない。ぼくが今この静かな村で彼らのためにどういうことをしているかも知らず、浅ましい生活を送っているわけだ。しかし、ぼくは彼らを祝福していた。そして、ぼくが祝福したということを彼らに知らせることができたらいいのだがと残念に思っていた。なぜなら、ぼくは彼らを喜ばせたかったからである。ぼくは、こういう雄大でしかも優しい考えに酔いつづけていた。が、そのとき、耳障りなかん高い声がこう呼びかけて、ぼくの妄想を破ったのだ。

「旦那、今ゆきます、今ゆきます。旦那、ちょっと待っててください」

見ると、禿頭の老人が境内をヨタヨタと、こっちへ歩いて来る。手には鍵の束を持っていて、それが一歩ごとにジャラジャラ音を立てる。

ぼくは無言のまま、威厳をこめて、あっちへゆけという身振りをした。しかし彼はその間も金切声をあげながら、ぼくのほうへドンドン進んで来る。

「旦那、今ゆきますからね。足が少し不自由でね。昔みたいにすたすた歩けないんでさあ。なにしろこんな塩梅《あんばい》なんで」

「あっちへゆけ、爺さん」

「すぐ参ります、はい。女房がたったいま、旦那の姿をお見かけしたんでさ。さあ、旦那、わたしの後についておいでなさい」

「あっちへゆけ」

とぼくは繰返していった。

「これ以上近づくと、塀をのりこえて貴様を殺しちまうぞ」

彼はびっくりして、

「墓を見たくはないんですかい?」

「見たくなんかあるもんか。おれはここに居て、この古びた壁によりかかっていたいだけだ。あっちへゆけ。邪魔をしないでくれ。おれの心には今、美しい高級な思想がギッシリつまっているんだ。そういう思想のおかげでいい気持になってるのを、やめたくない。何しろひどく楽しい気分だ。ウロウロ歩き廻って、怒らせないでくれ。くだらない墓石の話なんかで、ぶちこわしにしないでくれ。あっちへゆけ。安い値段で、誰かにお葬いでもしてもらえ。なんなら、おれも半口のってやらあ」

彼はしばらく目を丸くしていたが、やがて目をこすってじっとぼくを見つめた。どう見てもやはり普通の人間である。が、それでもどうにも納得できなかったと見えて、

「この土地は初めてかね？　このへんに住んでるんじゃないのかね？」

「初めてさ。初めてだからこそ、おれを案内しようとするんじゃないか」

と答えると、彼は、

「じゃあ、やっぱり墓を見たいわけだね。人間が埋まってる墓を、それから棺を」

「馬鹿なこと言うな」

とぼくはすっかり腹を立て、

「墓なんぞ見たいもんか。貴様のところの墓なんか。どうしておれが、そんなもの見なきゃならないんだ。ぼくにはぼくんちの墓がある。いいか、ポジャー伯父さんにはケンサル・グリーンに立派な墓がある。近所で自慢にしている位すごい墓だぞ。ボウにあるお爺

さんの地下納骨所は、あと八人はいれる位タップリ余地がとってあるし、大叔母のスウザンおばさんの墓はフィンチュリイにあって、煉瓦づくりだ。傘石がコーヒー・ポットの形をしていて浮彫がしてあるし、周囲には何ポンドもかかった六インチ大の白い石が敷きつめてある。もしおれが墓を見たくなったら、こういう所に行ってチビリチビリ酒を飲む。赤の他人の墓なんぞ見たいもんか。もっとも、貴様が墓んなかへ埋められたら、見物に来てやらあ。おれがしてやれることは、せいぜいその位さ」

爺さん、とうとう泣きだしてしまった。そして、ここの墓地には、人間の体の一部分が石の上にのっていると言われる墓があるとか、誰も判読できない文字を刻んだ墓があるとか言いだした。

ぼくが依然としてそれに応じないでいると、哀愁にみちた口調で、

「記念館の窓をごらんになりませんか?」

そんなものは見たくない、と答えると、いよいよ最後の切札を出して、ぐっと身を寄せ、囁くように、

「納骨地下室《クリプト》に髑髏《しゃれこうべ》をふたつ隠してあります。見においでなさい。なんと、髑髏《しゃれこうべ》が二つですぞ。せっかくの休暇だ。これを見なくちゃ」

ぼくがくるりと向きを変えて逃げだすと、後から、

「髑髏《しゃれこうべ》を見なさい。見ないと損ですぞ!」

とわめき立てるのが聞えた。

しかしハリスは、墓や墓碑銘にえらく凝っていて、トマス夫人の墓を見られないと思うと気も狂わんばかりになるらしい。何でも、トマス夫人の墓を見るというのが、この旅行の話があったときからの狙いだったそうである。この墓を見たいからこそ遠漕旅行に参加したのだ、とまで言った。ぼくはジョージのことを理由にして、五時までにシェパートンへボートをつけ、彼と落合う約束だから駄目だ、と言った。

するとハリスは、今度はジョージのことでブツブツ文句を言いだした。いったいあいつは、この重い古ぼけた頭でっかちのボートを動かすのをわれわれに任せ、自分は一日じゅうノラクラしてて、それでいいと思っているのか？　やって来て手伝いすることがなぜできないんだ？　一日くらい銀行を休んだっていいじゃないか？　あのいまいましい銀行め。あいつが銀行にいたって何の役に立つもんか、という調子である。

ハリスはさらにつづけて、

「いつ行ってみても、あいつ銀行で仕事してるのを見たことがないな。一日じゅうガラスの向うに坐って、何かしてるみたいな顔つきをしやがって。人形じゃあるまいし、大の男がガラスの奥におさまって、どういうつもりなんだ。おれだって働いて暮しを立てている。ジョージの奴だけ、なぜ働かなくていいんだ。あの野郎が銀行にいたって、何の役に立つ？　それよりもまず、銀行なんてものが、そもそも何の役に立つんだ。あずかるときはドンドン受取るくせに、小切手を持ってゆくと、『無効』とか『振出し人引合い』とかいう字で汚して突返す。銀行なんて何の役に立つんだ。先週も二回、この手でやられちまった。もう、我慢ができない。おれはもう、預金を全部、引出してしまうつもりだ。ああ、ジョージがここにいさえすれば、あの墓を見物できるのにな。あいつがいま銀行で働いているなんて、誰が信用するもんか。自分はどっかをうろついて、おれたちには仕事をさせる――それがあいつの狙いさ。おい、上陸して一杯飲みにいこう」

「飲み屋へゆくには何マイルも歩かなきゃならないぜ」

と言ってやると、今度は河に当り散らし、河なんてものはいったい何の役に立つんだ、とか、河の上にいる人間が死ぬほど喉がかわくとはどういう訳だ、とか言う。

彼がこうなったら、ほったらかして置くに限る。息切れがして来て、やがて静かになるのだ。

ぼくは、食料籠には濃縮レモネードがあるし、ボートの舳には一ガロン入りの水差しがある。両方を混ぜ合せれば冷くてさっぱりした飲物ができるぜ、と注意してやった。

すると彼は、レモネードとかジンジャー・エイルとかラズベリー・シロップとか、彼のいわゆる「日曜学校ふうの飲物」に当り散らした。彼の意見によると、こういうものは消化不良をもたらし、肉体と精神を破壊するもので、イギリスの犯罪の半分はこういう飲物が原因となっている、のだそうである。

しかし、それでも何か飲まなければならない、と言って彼はシートに上り、瓶を取ろうとして体を前にかがめた。それは食料籠の下のほうにあるので、簡単には見つからない。だから、ぐっと身を屈めなければならなかった。しかも彼は同時に舵をとろうとして、逆のほうから見たせいで、紐を間違えて引張ったため、ボートは岸にドスンとぶつかった。彼はその衝撃で食料籠の上に真逆様に落ち、両足を上空に向けて逆立ちということになった。身動きすれば落っこちる恐れがあるので、じっとしていなければならない。ぼくは彼の両足を引張ってぐいと引戻した。ハリスはこの事件のせいでますます不機嫌になってしまった。

第八章

ゆすり、たかり　正しい追っぱらい方　河岸土地所有者の利己的な無礼　制札　ハリスのキリスト教徒らしからぬ感情　ハリスはいかにコミック・ソングを歌うか　上流社会のパーティ　二人の破廉恥な青年の恥ずべき行為　下らない知識若干　ジョージ、バンジョーを購入す

ぼくたちはケムトン公園の柳の下に舟をとめ、昼食にした。このへんはなかなかきれいな所だ。水辺にそって美しい草地が連なり、柳が生い茂っている。ちょうど二皿たいらげて、三皿目のジャムつきのパンにとりかかったとき、ワイシャツ姿の紳士が短いパイプをくわえてやって来て、われわれが私有地に侵入しているのを知っているかどうか、と訊ねた。そこでわれわれは、その点に関して明確な結論を下すに充分なだけはまだ考えていないが、もしあなたが紳士として、われわれが侵入していることを保証するならば、われわれはいささかの遅滞もなくそのことを信ずるであろう、と言った。彼は、われわれに求められた保証をおこなった。そこでわれわれは彼に感謝したけれども、彼はそれでもまだ不

満そうにウロウロしている。そこで、何か他にしてやれることがあるか、とぼくたちは訊ねた。ハリスなんかは、もともと気のいい奴なもんだから、ジャムつきのパンを食べないかと誘いさえした。

　ぼくは思うのだが、彼は何かジャムつきのパンを断つ宗旨に属しているに違いない。というのは、まるでジャムつきパンに誘惑されるのがこわいみたいに、ひどくぶっきらぼうに断ったからである。彼はさらに、ぼくたち二人を追い出すのは自分の義務であるとつけ加えた。

　ハリスはこれを聞いて、もし義務ならそれはおこなわねばならぬと言ってから、君はそれを遂行するための最上の手段は、何だと考えているか、と訊ねた。ハリスはいわゆる大番というやつで、がっちりした体つきの、屈強の男だ。男は彼の姿をジロジロ眺めたあげく、主人に相談してからもういちど戻って来て、お前たち二人を河のなかに放りこんでやると言った。

　言うまでもない話だが、彼はそれから以後、姿を見せなかった。そしてこれも言うまでもないことだが、この男が欲していたのは、一シリング貰うことだったのである。このあたりには夏になると、河岸を歩き廻って、こういう調子でゆすりを働き、金をせしめる乱暴者がかなり大勢いるのだ。彼らは土地の所有者から頼まれていると述べるのである。彼らを追払うには、こっちの名前と住所を教え、もし本当に用事があるのなら、その所有者が直接われわれを召喚したらいい。そしてわれわれがその所有地に腰をおろしたことでどれだけの損害を与えたか、はっきり示してもらおう、とつっぱねることである。しかし大抵の人は、臆病だし億劫がりだから、断乎たる態度をとって話にケリをつけることをせず、金を払ってしまう。その結果、ますます奴らをつけ上らせることになるのだ。

所有主に責任がある場合には、もちろん、所有主が弾劾《だんがい》されねばならない。河岸所有者の利己的態度は、年々歳々はげしくなった。こういう連中が思い通りに意を通せば、テムズ河はほとんど閉鎖状態である。事実、支流やせき返し水の場合には、本当に閉鎖状態になっているのである。河床には杭を打ちこみ、岸から岸へと鎖をわたし、大きな制札があらゆる樹木に打ちつけてある。ぼくはこういう制札を見ただけで、もうカッとなって、ぼくの天性のなかにあるあらゆる邪悪なものが目覚めて来る。こういう制札を一つ一つ取外し、それを打ちつけた男の頭をそいつで殴りつけたくなるのだ。そして、その男が死んじまったら、地面に埋め墓の上にその制札を墓石として立ててやろう——といった気持になる。

ぼくがハリスにそう言うと、彼は、自分ならもっとひどい目に会わせてやると言った。制札を立てた男を殺すだけではまだ足りない。その男の全家族、友人および親戚《しんせき》全員をみな殺しにし、その男の家に放火するというのだ。これはどうも少し行き過ぎだと思ったので、ハリスにそう伝えると、彼は、

「そんなことあるもんか。ああいう連中にはこれでぴったりなんだ。おれは焼跡に行ってコミック・ソングを歌ってやるつもりだ」

ハリスがこういう血なまぐさいことを主張するのを聞いて、ぼくはすっかり厭になった。われわれは、正義をおこなうという本能を単なる復讐へと堕落させてはならないのである。ぼくは長い時間をかけて、ハリスがもう少しキリスト教徒らしい考え方をするように、ジュンジュンと説いて聞かせた。やっとのことで説得すると、それじゃあ友人と親類は勘弁してやるし、焼跡でコミック・ソングを歌うのもよしにしよう、と彼は約束した。

もしハリスがコミック・ソングを歌うのを一度でも聞いたことがある人なら、このときぼくが人類文化にどんなに大きな貢献をしたか、容易に理解できるはずである。自分はコミック・ソングを歌える、というのは、ハリスの固定観念の一つである。そして、彼が歌うのを聞いたことがあるハリスの友人たちの間では、それと反対に、彼はコミック・ソングを歌えないし、歌えるようには決してならないだろうし、彼が歌うのは許されるべきでない、というのが固定観念になっている。

ハリスは、パーティで何か歌ってほしいと言われると、こう答える。

「そうですなあ。ぼくが歌えるのはコミック・ソングだけですよ」

そういうときの彼の口調は、人類はすべて彼のコミック・ソングを聞いてから死ぬほうが幸福だ、といった言い方なのだ。すると女主人は、

「まあ、すてき。歌ってくださいましな、ハリスさん」

と言う。そこでハリスは立上って、まるで誰かに何かを与えようとする気前のいい男、といった晴れやかな表情でピアノに進み寄る。

「さあ皆さん、お静かに」

と女主人はあたりを見廻して、

「ハリスさんがこれからコミック・ソングをお歌いになりますのよ」

「まあ、すばらしい」

などと人々がざわめく。そしてみんなは温室から急いでやって来たり、階段を上って来たり、家中からかり集められたりして、応接間は満員になり、これからどんな面白い歌が聞けるかと期待してニコニコしながら席につく。

そこでハリスが歌いはじめるのである。

もちろん、たかがコミック・ソングである。声のよしあしを云々してはいけない。きちんとしたフレイズィングや発声法を期待するのも間違いだ。歌の途中で声が高すぎると思い、低い調子に切替えたからといって、気にしてはいけない。調子のことをうるさく言うのも野暮な話だし、伴奏よりも二小節さきのところを歌おうと、ピアニストにあわせるために途中で速さをゆるめ、そこから本調子で歌おうと、とがめ立てしてはいけない。しかし、歌の文句が聞きとれることを期待するのは、やはり当然だろう。

聴いているほうとしては、まさかいくらなんだって、歌い手が一番の歌詞の最初の三行しか覚えていず、それをコーラスの部分が始まるまで繰返しつづける、なんてことは期待してやしない。歌い手が歌詞の途中で止めてしまい、クスクス笑いながら、これはとても滑稽な歌なのです、などと説明を加えることを、誰も期待してやしない。しかも、それから先きの歌詞を思いだせれば上乗で、今度は歌のぜんぜん別のところに取り掛るが、しばらく経ったころようやくさっきの所を思いだし、聴衆には一言の断りもなしに歌を中断してさっきの所へもどる、なんてことを誰も期待してやしない。そもそも誰一人だって……まあ、いいや。ハリスがどんなふうにコミック・ソングを歌うか、これからそれをお目にかけよう。読者は御自分で判断を下してほしい。

ハリス（ピアノの前に立ち、待ちかねている聴衆に向って）「かなり古い歌だと思いますよ。皆さん、知っていらっしゃるんじゃないか。でもぼくが知ってる歌はこれっきりなんです。『ピナフォア』のなかの判事の歌です。いや『ピナフォア』じゃありませんな……つまり……お分りでしょう、私の言っていること。他の歌だと思いますよ。皆さんに合唱に加わっていただきます。いいですか」

〔合唱に加わることの喜びと不安の囁き。『陪審裁判』のなかの判事の歌の序奏、神経質なピアニストによって見事に演奏される。ハリスが歌いだすべき時期がくる。ハリスにはそれがぜんぜん分らない。神経質なピアニストはもういちど序奏をはじめる。が、このとき突然ハリスは歌いだし、『ピナフォア』の第一法官の歌の最初の二行を早口に歌う。神経質なピアニスト、ハリスに追いつこうとするが、やがてそれを諦め、『陪審裁判』中の判事の歌の伴奏によってハリスの伴奏をしようと試みる。しかも伴奏不可能なることに気がつき、自分が何をしているのか、自分がどの個所を弾《ひ》いているのか確めようとし、心細くなり、演奏を中止する。」

ハリス（ピアニストをあたたかく激励する口調で）「それでよろしいですよ。とてもお上手だ――さあ、つづけましょう」

神経質なピアニスト「どこか違っているようですよ。あなたは何の歌を歌ってらっしゃるんです？」

ハリス（怒って）「『陪審裁判』の判事の歌じゃありませんか。きみ、知らないんですか？」

ハリスの友人（部屋の隅のほうから）「違うぞ、お馬鹿さん。それは『ピナフォア』の海軍提督の歌だ」

〔ハリスとハリスの友人の間で、今ハリスが本当は何を歌っているかということについて、長時間にわたるやりとり。友人はついに、ハリスがいま何を歌おうと、とにかくハリスがそれをきちんと歌う限り構わないという意見を出し、ハリスは深く屈辱の思いに悩まされながら、ピアニストに再び伴奏を求める。ピアニストは海軍提督の歌の序奏を

始め、そしてハリスは歌いだすべきところだと考えた個所で歌いだす。〕
ハリス
「若い頃から裁判所づとめ」
〔一座どっと笑いだす。ハリスはそれを賞讃と誤解する。ピアニストは妻や家族のことを思いだし、ハリスと論争することを諦めて退出する。その後任として神経強靭な男が席につく。〕
新任のピアニスト（愉快そうに）「さあ君、始めなさい。ぼくがついてきます。前奏なんかどうでもいいでしょう」
ハリス（事の真相に少しずつ気がつきながら——笑って）「やあ、かんべんして下さい。たしかに——ぼくは二つの歌をごっちゃにしていた。ジェンキンズのせいで勘ちがいしてしまった。じゃ、始めましょう」
〔ハリス歌う。彼の声は地下室から響いて来るごとく、また地震の到来を予告する地鳴りを思わせる。〕
「若い頃から弁護士事務所の
給仕づとめは忙しい」

（ピアニストに向って）「ちょっと低過ぎるようですよ。もしよかったらもう一度やりましょう」

〔最初の二行をもう一度歌う。今度は大へん高い裏声である。聴衆、驚愕する。暖炉のそばに席を占めていた老婦人、悲鳴をあげ、室外に運び去られる。〕

ハリス（つづける）

「窓を拭き拭きドアを拭き拭き

そしてそれから……

「間違った、間違った。表の大戸の窓を拭き、床をごしごし……ちぇっ、変だな、どうしても思いだせない。御免なさい。そしてそれから……そしてそれから……まあとにかくコーラスにとりかかりましょう（歌う）」

「そしてそれからディドル・ディドル・ディドル・ディドル

それが今では女王さまの艦隊の総大将」

「さあコーラスです。おしまいの二行を繰返して下さい」
（合唱）
「そしてそれからディドル・ディドル・ディドル
それが今では女王さまの艦隊の総大将」

自分がどんな醜態《しゅうたい》をさらしているか、何の恨みもない人々に対しどんなにひどい目に会わせているか、ということにぜんぜん気がつかないのである。彼は、みんなを喜ばせたと無邪気に思いこんでいる。そして、夕食がすんだら別のコミック・ソングを歌ってあげましょう、などと言うのだ。

コミック・ソングのことと言えば、ぼくは一度、かなり妙な事件に立会ったことがある。これは人間一般の内的精神作用に光を投ずる事件だから、ここに記録しておくことは意味深いにちがいない。

そのときの会は、時流に遅れない高い教養を受けた人々ばかりの集りであった。みんな、しゃれた服を着ていたし、気のきいた会話をしたし、とても楽しい会だった。例外は二人の若者で、ドイツから帰って来たばかりの学生なのだが、何しろごくありふれた平凡な青年なので、態度に落着きがなく、居心地が悪そうな感じで、なんとなく時間の経つのが待遠しいといったふうであった。つまり、われわれは彼らにとってあまり高尚すぎたわけなのである。ぼくたちの高級で洗練された会話や粋《いき》な趣味は、彼らの理解を絶していたのだ。つまり彼らは場違いだったのである。あんな奴ら、ああいう場所に顔を出さなければよかったのだ。この点については、後になってから全員の意見が一致した。われわれはドイツの古い楽聖の小曲を演奏したり、哲学や倫理学を論じたり、優雅にしかも威厳を失わずに女性と語りあったりした。また、洒落《しゃれ》もずいぶんとばした――もちろん、高級な洒落である。

食後、誰かがフランスの詩を朗誦した。そして一同は、たいへん美しいと言って褒めそやした。それから、ある上流夫人が、感傷的なバラッドをスペイン語で歌った。それを聞いて涙を浮べた者は一人や二人に止まらなかった――たいへん悲愴なバラッドだったのだ。このときである。例の二人の若者が立上って、スロッセン・ボシェン氏が（この方はちょうどドイツからいらしたばかりで、今ここの晩餐室においでなのだが）ドイツのすばらしいコミック・ソングを歌うのを聞いたことがあるか、と訊ねたのは。

聞いたことのある者はその場に一人もいなかった。

若者たちは、これは世界で一番滑稽な歌であると力説し、もしよかったらスロッセン・ボシェン氏に頼んでここで歌ってもらってもいい。二人とも氏とは懇意だから、と言った。何しろものすごく滑稽な歌で、かつてスロッセン・ボシェン氏がドイツ皇帝の前で歌ったときなど、彼（つまりドイツ皇帝）が笑い死《じに》しそうになってベッドに運ばれた位だ、という。

あの歌をスロッセン・ボシェン氏のように歌える人は誰もいない、と彼らは言った。氏は歌を歌っている間、たいへん真面目くさっているので、まるで悲劇の台詞《せりふ》を朗誦しているのではないかと思う位だが、もちろんコミック・ソングはこのためいよいよ滑稽な感じをますのだ。氏は、何か滑稽な歌を歌っているような口調なり素振りなりを、一度もしない。そんなことをすれば、コミック・ソングの面白さが台なしになってしまう。氏のコミック・ソングが、どうにも我慢ができないくらい面白いのは、いわば悲愴に近い厳粛な態度にあるのだ、と彼らは説明した。

ぼくたちは全員、ぜひそれを聞いて大笑いに笑いたいものだ、と言った。すると彼らは降りてゆき、スロッセン・ボシェン氏を連れて来た。

氏はたいへん喜んでいるらしかった。なぜなら、すぐにやって来たし、一言も口をきかないでピアノに向ったからである。

「皆さん大喜びでしょうよ。大笑いすると思いますよ」

と囁きながら二人の若者は部屋を横切り、スロッセン・ボシェン氏の後ろの、出しゃ張らない位置に席を占めた。

さて、スロッセン・ボシェン氏は自分で伴奏した。しかしその前奏はまるでコミック・

ソング向きのものではなかった。無気味な悲哀にみちた感じのもので、まるで身の毛がよだつよう。しかしぼくたちは、これがドイツ風なんだと互に囁きあって、早く歌を聞こうと身構えた。

ぼくはドイツ語が判らない。学校ではたしかにやったのだが、卒業して二年も経つとすっかり忘れてしまった。そして、そのほうが気分的にはずっと楽になったと思っている。だがぼくとしては、ぼくがドイツ語ができないと、みんなから思われたくはなかった。それでぼくは、素晴しい名案を思いついた。つまり二人の若者から目をそらさず、彼らのする通りにしたのである。彼らがクスクス笑えばこっちもクスクス笑う。彼らが大笑いすればこっちも大笑いする、という具合に。それからまた、ぼくはときどき忍び笑いもした。これは他の者には判らないちょっとした洒落が判っているように見せかけるためである。これは大へん技巧的な手であるとぼくには思われた。

歌が進むにつれて、かなり多くの人々がぼくと同様、二人の若者から視線をそらさないでいることが分った。この人々も若者たちがクスクス笑えばクスクス笑い、若者たちが大笑いすれば大笑いするのだった。そして二人の若者は、歌の間じゅうずうっと、クスクス笑ったり、大笑いしたり、爆笑したりしていたから、事態はつまりそんな具合に進行したのである。

しかしドイツの先生は、あまり嬉しそうではなかった。最初われわれが笑ったときなどは、大へんな驚愕の表情を浮べた。それはまるで、笑いこそ彼にとってまったく思いがけないものである、といった表情であった。この表情がじつに滑稽なのだ、とぼくたちは考え、あの真面目くさった態度がすでにユーモラスであると囁きあった。自分がどんなに滑稽であるかということに彼が気が付いているのを、ちょっとでも見せたら、コミック・ソングはもうそれですっかり台なしになってしまう訳だからである。ぼくたちが笑いつづけると、彼の驚きの表情は焦燥と憤怒《ふんぬ》に変った。そして彼は、われわれ全員を恐ろしい顔で睨みつけた。（ただし二人の若者は睨まれなかった。彼らはスロッセン・ボシェン氏の後ろにいるので、見えなかったのだ。）ぼくたちはこの焦燥と憤怒の表情を見て、またドッと笑った。ぼくたちはお互に、もうとてもやり切れない。文句だけでもこんなにおかしいのに、ああいうおどけた真面目な顔をされては笑い死してしまう、と言った。

スロッセン・ボシェン氏は、最後の一節をうんと力を入れて歌った。歌いながら、ぼくたちをひどく兇暴な目つきで睨みつけたので、ドイツのコミック・ソングの歌い方についてあらかじめ教わっていなかったら、みんな震えあがったろうと思う。そして先生はここで、すさまじい音楽のなかに哀々切々たる悲歎の調子を一節《ひとふし》いれたのだから、滑稽な歌だということを知っていなかったら、ぼくたちは啜り泣きしたかもしれなかった。

キャーキャー、ワーワーいう笑い声のなかで、歌は終った。みんな口々に、こんなに滑稽な思いをしたことは今までないと言った。それからまた、こういう事態に直面してみると、ドイツ人はユーモアの感覚がないなどという通俗的な見解はいかに変なものか判る、とも言った。そしてみんなで、スロッセン先生に、今の歌をなぜ英語に翻訳なさらないのか。そうすれば一般庶民にも理解できて、本当のコミック・ソングがどういうものか、彼らも知ることができるのに、と言った。

そのときスロッセン・ボシェン先生は立上って、恐しい顔で喋りだした。彼はぼくたちをドイツ語で罵り（この種の目的にはドイツ語というのは実に効果的な言葉だと思った）、彼は拳骨を振り廻したり、足を踏みならしたりしながら、彼の知っているあらゆる英語――つまり馬鹿とか阿呆とかいう言葉である――をわれわれに投げつけた。こんなに侮辱されたことは生涯を通じてない、というのである。

どうもこの歌は、コミック・ソングでは全然なかったらしい。ハルツの山のなかに住む若い娘が、恋人の魂を救うため命を捨てる。彼女の死後、その魂は彼の魂と再会する。しかるに（これが最後の節のところである）彼は彼女の魂のほうは捨てて、別の女の魂と仲良くなる――詳しいことはよく判らないけれど、とにかくこういう悲しいストーリーなのだそうだ。ボシェン氏の話によると、彼が一度ドイツ皇帝の前で歌ったときには、彼（ドイツ皇帝のほうである）は小児のように泣いたそうである。彼（ボシェン氏のほうである）は、これはドイツ語における最も悲劇的で最も悲愴な歌の一つとして広く認められている、と言った。

ぼくたちは、どうも間が悪くて仕方がなかった。どう詫びを言ったらいいか見当もつかない。あたりを見廻して例の二人の若者を探したのだが、彼らは歌が終ったとたん、コッソリと姿を消してしまっていた。

会はこういう風に終った。ぼくは会が、あんなに物静かにあんなにひっそりとお開きになるのを見たことがない。ぼくたちは、お互にさよならも言わなかった。足音を立てないようになるべく暗いほうを歩くようにして一人ずつトボトボと階段を降りた。給仕に帽子や外套を出させるときにも囁き声だったし、ドアはめいめい自分であけ、そっと外へ出るとすばやく角を曲り、お互同士避けあうようにした。

これ以来ぼくは、ドイツ語の歌にはすっかり関心を失ってしまった。

三時半頃、サンベリーの水閘《ロック》に着いた。景色は、水門にかかる前の辺はとても綺麗だし、堰《せき》返し水もすばらしい。しかし漕ぎ上ろうとしてはいけない。

ぼくは一度やってみたことがある。ちょうどぼくが漕手のときで、舵をとっている連れにどうだろうかと訊ねると、彼らは、大丈夫さ、できると思うよ、頑張って漕げばね、と答えた。彼らがそう言ったとき、われわれはちょうど二つの堰をつなぐ小さな橋の下にいたのだ。ぼくはウンと体を前に倒し、力を入れて櫂をかえした。

見事なオールさばきだった。リズミカルな調子で、腕の、足の、背中の力をオールにこめる。巧妙で敏捷で躍動的なストロークである。それにスタイルも堂々たるものであった。

二人の連れは、ぼくを見ていると本当に楽しいと言った。五分経ったとき、堰にかなり近くなっているはずだと思って上を見上げると、まださっきの橋の下、漕ぎはじめたときとまったく同じ場所であった。そして二人の男はまるで馬鹿みたいにゲラゲラ笑っている。つまりぼくはボートを橋の下に停止させておくため、気違いみたいに頑張っていた訳なのだ。それ以来ぼくは、急流に逆らって上るときには、他の者に漕がせることにしている。

ウォルトンまで漕いで行った。ここは、河ぞいの町としてはかなり大きいほうである。河ぞいの町はみんなそうだが、町の端が河に接しているだけだ。だから、ボートから見ただけでは、人家が半ダース位しかない村みたいな印象をうける。ロンドンとオクスフォードの間では、ウィンザーとアビンドンだけが、河から見て町らしい感じがする。他の町はみんな、たった一本の通りが河を覗き見しているといった調子のものだ。もっとも、こういう思いやり深い感じで、森と野原と堰に河辺を譲っているのは、見て嬉しいものである。

レディングは、できるだけ河にのさばって河水を汚そうとしているような町だが、そのレディングでさえも、正面の醜い顔をわれわれにあまり見せないようにしてるのは、優しい心づかいであると思う。カエサルはこのウォルトンに、露営と言ったらいいのか砦《とりで》と言ったらいいのか、とにかくまあそういったふうのものを構えた。カエサルこそは、本式の、河を溯る男であった。それからエリザベス女王もこの町にいた。つまり、われわれはどこへゆこうと、この女性から逃れることはできないのである。クロムウェルとブラッドショウ（旅行案内屋のほうではなく、チャールズ王の首切役人のほう）もここに滞在した。彼らを一緒にしたら愉快な一行が出来あがるにちがいない。

ウォルトンの教会には、鉄の「おしゃべり轡《くつわ》」がある。これは昔、饒舌な女の舌を抑制するために使われたものである。今日では、こういうものは使われなくなった。これはたぶん、鉄が乏しくなり、鉄以外の丈夫な材料はまだ見つかっていないためだろうと思う。

この教会にも有名な墓があるので、ハリスがむざむざここを通り過ぎはしないだろうと、ぼくは少からず心配だったのだが、彼は思いつかなかったらしく、ぼくたちは無事に先へ進んだ。橋の上流は河風がものすごい。眺めとしてはたいへん絵画的でよろしいが、曳いたり漕いだりする見地から言うと、イライラするだけで、漕ぎ手と舵取りの間に喧嘩をまき起すことになる。

ここの右岸にはオトランズ公園がある。これは有名な場所だ。ヘンリー八世は誰かからここを盗んで居を卜した。元の持主は誰だったか、名前は忘れてしまったけれども。公園には洞窟があって、入場料を払えば見ることができる。非常に面白いということになっているが、ぼくとしてはそう思わない。今は亡きヨーク伯爵夫人は犬が大好きで、莫大な数にのぼる犬を飼っていた。彼女は特別の墓地を作り、犬が死ぬとそこに埋めた。それで約五十頭の犬が、墓石を建ててもらい、墓石には墓碑銘を刻んでもらって眠っている。

まあ、彼らも普通のクリスチャンと同じように、墓の下で眠ったっていいわけだ。

「コーウエイ・ステイクス」——ウォルトン橋からのぼってすぐの曲り角である——はカエサルとカスィヴェロウナスとが戦った古戦場である。カスィヴェロウナスはカエサルを迎えるため、河に杭《ステイクス》をたくさん立てた。（もちろんその杭には、「この河を溯ることを禁ずる」という制札が打ちつけてあった。）しかしカエサルはそれにもかかわらず河を溯った。カエサルに計画を放棄させるなんてことは、不可能なことである。急流を上るときには、こういう奴に漕がせるといい。

ハリフォードとシェパートンは、河に接する辺りはどっちもなかなか綺麗である。しかしどっちの町も、そう大した町ではない。だが、シェパートンの教会には詩を彫りつけた墓がある。ぼくとしては、ハリスが上陸してぶらつきたいと言い出すのじゃないかと、かなり心配だった。それで、舟着場に近づいたとき、彼がものほしげな目つきでそっちのほうを眺めているのを見ると、ぼくは巧みな手つきで彼のハンティングを水のなかにたたき落した。ハリスは、それを拾いあげたりぼくを怒鳴りつけたりするのにまぎれて、最愛の墓のことを忘れてしまった。

美しいウエイブリッジの町でウエイ河（この小さな河は小型のボートならギルフォードまで乗ってゆくことができる。ぼくはかねがね、いちど探検したいものだと思いながら、まだ果さずにいる）、ボーン河およびベイズィンストーク運河がみなテムズ河に流れこんでくる。水閘《ロック》は、ちょうど町と向い合せになっている。水閘《ロック》が見えだすと、ぼくたちが最初に気がついたものは、水門のひとつの上にあるジョージのブレザー・コートであった。そして近づいてみると、そのブレザー・コートのなかにはジョージがいた。

モンモランシーはけたたましく吠え、ぼくは甲《かん》高い声をあげ、ハリスはわめいた。ジョージも帽子を振りながら大きな声をあげた。水閘《ロック》の番人は、誰かが水に落ちたのだと勘違いして、網をかかえて走ってきたが、誰も落ちなかったことを知ってひどく落胆していた。

ジョージはかなり変てこな油紙包みを手にしていた。まるくて、平べったくて、しかも真直ぐな長い柄がつき出ている。ハリスが、

「なんだね、それは？　フライパンかい？」

と訊ねると、ジョージは目を異様にキラキラさせながら、

「違うよ。この夏、大流行なんだ。誰でもこれをかかえて河遊びに出かける。バンジョーだよ」

これを聞いてぼくとハリスが異口同音に、

「ほう、バンジョーを弾けるのか？」

と叫ぶと、ジョージは答えた。

「いや、弾けるという訳じゃない。でも、楽器屋の話によると、ひどく易しいそうだ。それに独習書も買って来た」

第九章

ジョージ、勤労へといざなわれる　曳綱の邪教的本能　あるボートの怪しからぬ行為　曳く者と曳かれる者　恋人たちのために　老婦人の奇怪な失踪　もっと急げ、もっと速度をゆるめて　娘たちに曳かれる際の興奮　水閘がないのか、あやかしの河なのか？　水上の音楽　助かった！

ジョージが来た以上、彼を働かせることにした。彼はもちろん働きたくはない。これは言うまでもない話である。シティでさんざん働いて来た、と彼はいうのだ。生れつき鈍感なハリスは、このことを気の毒に思いもしないで、「ああそうか。それじゃあ今度は気分転換に、河で働くんだな。仕事の種類を変えるのはいいもんだぜ。さあ舟から出て曳いてみないか？」

ジョージとしては良心の手前――ジョージの良心でもやはりそうなのだ――反対することができない。ただし、見た所ハリスとぼくはたいへん疲れているようだし、お茶を入れるのは辛気くさい仕事だから、ハリスとぼくに舟を曳くのをまかせ、自分は舟にとどまってお茶を入れるほうがいいんじゃないか、というようなことを言った。これに対するわれわれの答は、ただ一つ、彼に曳綱を渡すことであった。彼はそれを受取り、舟の外へ出た。

曳綱には、じつに奇妙な、得体のしれない性格がある。新調のズボンをたたむときと同じくらい丹念に、注意深く巻いておいても、五分も経って取上げてみると、世にもすさまじい位こんがらかっているのだ。ぼくは悪口を言うのは好きな性分ではないが、しかし、もしも普通の曳綱を手にとって、それを野原のなかに真直ぐにのばし、それから三十秒後そっちへ向きなおって見るとする。曳綱のやつ、野原のまんなかでとぐろを巻き、幾つも幾つも結び目を作り、両端がどこにあるのか判らなくなっていることは絶対確実である。そこで草の上に坐りこみ、ぶつぶつ文句を言いながらほどこうとすると、たっぷり三十分はかかってしまう。

これが、曳綱一般についてのぼくの意見である。もちろん名誉ある例外はあるかもしれない。そういうものがないとはぼくは言わない。みずからの職業の名誉を高める曳綱——良心的で尊敬すべき曳綱——自分はクロセット編みとは違うのだ、と自覚し、放っておかれても椅子の背おおい《アンティマカサー》みたいに面倒くさく縺《もつ》れてしまうまいとする、そういう曳綱だってあるかもしれない。ぼくは今あるかもしれないと言った。そしてぼくは、心からそうであって欲しいと願う。しかし残念なことに、そういう例外にはまだ出会ったことがないのである。

ジョージにぼくがいま渡した曳綱にしたって、水閘《ロック》に着く前、ちゃんと調べておいたものである。ハリスは不注意な奴だから、彼にはさわらせないようにしておいたのだ。ぼくはゆっくりとそして注意深くそれを巻き、そっと巻いて真中で縛り、二つに折って静かにボートの底に置いたのだ。ハリスはそれを科学的な手つきで持上げ、ジョージに渡したのだ。ジョージはそれをシッカリと持って受取り、ちょうど赤ん坊の産衣をぬがせるみたいにソロリソロリと解きにかかったのだ。だが、十二ヤードも解かないうちに、曳綱は他の何に似るよりも、縄で編んだ靴拭いのマットに似てしまったのである。

これはいつだって同じことだ。曳綱に関する限り、ほぼ同じようなことが常に繰返される。曳綱を解こうとしている河岸の上の男は、万事はこれを巻いた者に責任があると考える。そして、こんなふうにどなりちらす。

「いったい、君は何をする気だったんだ。魚網でも作る気だったのか。メチャクチャもいいとこだぜ。どうしてキチンと巻かなかったんだ、馬鹿野郎」

曳綱と荒ら荒らしくとっ組み合いしながら、彼は文句を言い、それを曳舟路に伸して、どこが端なのか見つけようとグルグル駆け廻る。

一方、それを巻いたほうの人間は、こんがらからせた全責任はほどこうとしている人間にある、と考える。そこで腹を立てて、こうどなり返す。

「そっちに渡したときは、チャンとしてたんだぞ。一体なにをしてるんだ。何でそうトンマな仕事ぶりができるんだ。お前になんか任せておいた日には、絞首台の綱だってもつれちまわあ」

彼らはお互にひどく腹を立ててしまい、今にも喧嘩を始めまじき気配になる。十分後、片方が気違いみたいに大きな声をあげて綱の上を踊りまわり、手にしているほうをぐいと引張る。もちろん、こんなことをすれば縺れはいっそうひどくなるばかりだ。と、そのとき第二の男がボートからとびだして、手伝おうとするのだが、手伝いどころか邪魔にしかならない。綱の同じ部分をめいめい握りしめ、反対の方向に引張りながら、一体どこがからまっているんだろうと考える。結局、綱がやっとほどけ、ホッとして振返ってみると、ボートは岸を離れて水門のほうへ漂って行っている！

ぼくは一度、こういう実景を目のあたりに見たことがある。たしかボヴニイ附近で、かなり風のある朝のことだった。ぼくたちは河を下っていたのだが、ある曲り角を曲ると、岸の上に二人の男がいるのに気が付いた。彼らは両方とも、ぼくが人類の顔にそれ以前もそれ以後も見たことのないような、悲惨な困惑しきった表情で、顔を見合わせている。彼ら二人の間には、長い曳綱が横たわっていた。何かが起ったことは明らかだったので、ボートを近づけてゆき、一体どうしたのかと訊ねた。彼らは怒った口調で、

「ボートが流れたんだ！　曳綱のもつれをほどいていたのに、振り向いてみたらもう見えない！」

ボートの卑劣な態度にすっかり憤慨している、といった顔をした。

ぼくたちは、ボートが半マイルばかり下流の芦にひっかかっているのを見つけ、曳いて行ってやった。あの連中もそれから一週間のあいだは、ボートに脱走の機会を与えなかったろうと思う。

曳綱を手にして河岸を右往左往しながらボートを探していた二人の男の姿は、忘れようとしても忘れられない。

河では、曳綱に関係のある珍妙な出来事をいろいろ見ることができる。そのなかで最もありふれたやつは、二人づれが話に夢中になってどんどん歩いてゆくのに、百ヤードばかり後方のボートのなかの人間は、夢中になって、彼らに止れと呼びかけ、気違いみたいにオールを振りまわすのだが、いっこう声がとどかない、という光景である。舵がなくなったか、水竿《さお》が流れたか、帽子が河に落ちて下流にドンドン流れてゆくか、何かまあそんなふうな、まずいことが起ったのだ。最初のうちは、彼も、静かに礼儀正しく、止れと呼びかける。

「おい、ちょっと止まってくれないか。帽子が落ちたんだ」

と愛想よく叫ぶ。だが少し経つと、

「おい、トム……ディック！　やい、聞えないのか？」

もうこうなると愛想がいいなんてもんじゃない。そして次には、

「こら！　畜生、この野郎、馬鹿！　やい、止れ！」

次の段階になると舟の上で飛び上り、踊りまわり、顔を真赤にして怒鳴りちらし、知っているあらゆるものを呪う。これを見た岸の少年たちが、彼を馬鹿にして石を投げつける。なにしろ彼は、時速四マイルの速度でゆっくりと曳かれてゆく身である。子供たちの投げる小石から逃れる術《すべ》はない。

こういう種類の失敗は、曳き手が自分は舟を曳いているんだということを自覚しつづけ、舟の模様はどうかとしょっちゅう振り返ることで、かなり少くされる。曳き手は一人のほうがよろしい。二人だとお喋りに夢中になり、忘れることになってしまう。なにしろお喋りの力はすごいものなので、ボートが曳き手に事態を思い出させることなど、不可能なのだから。

夜になって、夕食後この話題をとりあげたとき、ジョージがこんな話をしてくれた。曳き手が二人だと話に夢中になってかんじんの仕事を忘れてしまうという、面白い例である。ジョージと他の三人がある夕方、メイドゥンヘッドから荷物をたくさん積んだボートを漕いで、クッカムの水閘《ロック》のちょっと上流まで来たとき、彼らは一人の若者と一人の娘とを見かけた。この二人はひどく面白そうに、会話に夢中になって、曳舟路を歩いてゆく。水竿を二人で持っていて、それには曳綱がついている。その曳綱は彼らの後ろに引摺られ、端は水の中にはいっている。近くにはボートはないし、見廻してもボートの影も形も見当らない。さっきまではその曳綱に、ボートがくっついていたのだろう。それは確かなことだ。しかしそのボートがどうなったか、ボートやそのなかに残された人々にどんな悲しい運命が襲いかかったかは、もはや謎である。しかしどんな事態が起ったにせよ、それは曳綱を曳いている娘と若者の心をいささかも乱さない。彼らは水竿を手にしている。彼らは綱を曳いている。まるでそうすることが、彼らの仕事に必要なすべてであるかのように。

ジョージは、声をかけて教えてやろうと思ったが、そのとき名案が頭にきらめいたので、教えてやるのは中止した。彼はその代り、水竿を取出し、それを伸して曳綱の端をすくい上げた。それから曳綱に輪を作って、それを自分たちの舟のマストにひっかけたのである。あとはもう、櫂を片付け、船尾に行って坐りこみ、みんながノンビリとパイプをくゆらしたのだ。

若者と娘は、ふとった男四人ののっている重いボートをこうしてマーロウまで曳いてゆくことになった。

水閘《ロック》について、この二マイルの間、自分たちが曳いて来たのは別のボートだったと知ったときの二人の顔ほど複雑な表情を、ジョージは見たことがないそうである。もしあのとき、きれいな女の子がそばにいるのでなかったら、あの若者はずいぶんひどい言葉を使ってわれわれを罵ったに違いない、とジョージは言った。

まず我に帰ったのは娘のほうで、両手をぽんと打合せてから、

「まあ、それじゃあ叔母さんは今どこにいるのかしら？」

と言ったそうである。

「その叔母さんは、あとで見つかったのかい？」

とハリスが訊ねたら、ジョージは言った。

「そんなこと、ぼくの知ったことか」

曳く者と曳かれる者との間で意志の疏通を欠いた場合の危険な例をもう一つ、ジョージとぼくがウォルトンの附近で目撃したことがある。それは、曳舟路がだらだら坂になって、河のほうに傾斜している所だったが、ぼくたちはそれを反対側の岸にキャンプしていて、ボンヤリ景色を眺めていたのだ。やがて小さなボートが一隻見えて来た。曳舟馬に曳かれて大へんな速力で溯ってくるのだが、その馬に乗っているのはとても小さな男の子なのである。ボートには五人の男がねむたそうな寛《くつろ》いだ感じでゴロゴロしている。舵をとっている奴は、特にノンビリした感じだった。

「あいつが舵をとりちがえると面白いんだがな」

とジョージが、目前をボートが通り過ぎるのを見ながらつぶやいた。ちょうどそのとき、その男が舵をとりそこね、ボートは五万枚の布を引き裂くような音を立てて岸にぶつかったのである。二人の男、食料籠ひとつ、三つのオールが、たちまち左舷から転り落ち、岸に衝突した。そしてその直後に、二人の男が右舷から転り落ち、水竿と帆と鞄と瓶の間に尻餅をついた。最後の男は二十ヤードばかり行ってから真逆様に転り落ちた。

ボートは荷が軽くなったのでますますスピードを増した。少年は大声で馬をはげまし、馬は威勢よく駆けてゆく。男たちは起き上って顔を見合せている。しばらく経って、どういうことが起ったか気がつき、大声で少年にとまれと呼びかけた。しかし少年は馬に乗ることで頭が一杯だから、そんな声は耳にはいらない。彼らは少年を追いかけはじめた。やがて彼らの姿は、われわれの視野から消え失せた。

ぼくは彼らの災難を、べつに気の毒だとは思わなかった。ボートをこんなふうにして曳かせる若い阿呆どもは全部——こういう手合いはかなり多いのだ——こんな目に会えばよいと思う位だ。

彼らは、自分たちが危険を犯すだけではなく、ゆきあう他の舟に、ひどい迷惑をかけているのである。あんな速度で飛ばしている以上、ほかのボートの道から退くことも不可能だし、ほかのボートにどいてもらうことも難かしい。先方の曳綱がこっちのマストに引っかかれば、舟は転覆するか、乗っている誰かをはね飛ばして水のなかに叩き落すか、あるいは乗っている者の顔を綱でこするか、することになる。こっちの側の最上の防衛策としては、弱気になって避けたりしないで、むしろこっちからぶつかる位の意気込みを示すことだ。

曳舟に関することでいちばん面白いのは、女の子にボートを曳かせることである。これはたいへん興味深いものだから、誰でも一度はやってみたほうがよろしい。この場合、三人の娘が必要である。つまり二人はロープを持ち、もう一人はまわりをグルグル走り廻って、キャーキャー笑う役を引受ける。彼女らは一般に、まず曳綱に体をからませる。次に足に綱をまきつける。それから曳舟路に腰をおろして互にそれをほどいてやる。するとその綱が首にからんで、もう少しのことで首をくくりそうになる。が、とうとう真直ぐに伸して駈足をはじめ、ボートは恐ろしく早い速度で進んでゆく。百ヤードばかりゆくと、彼女らはハーハー息を切らしてとつぜん立止り、草に坐りこんでケラケラ笑う。その間にボートは、流れの真中まで漂って行って、くるりと向きを変える。ボートの中ではそのころになってようやく、どういうことが起ったのかに気がつき、櫂をとりあげる。そのときお嬢さんたちは立上り、びっくりして、

「まあ、ごらんなさい。河の真中に行っちゃってるわ」

今度は少し辛抱づよく曳いてゆく。だがしばらくすると、とつぜん一人の娘がドレスをピンでたくしあげると言いだし、彼女はそのため速度をゆるめるので、ボートは瀬に乗り上げる。

ボートのなかの者は、飛びあがって舟を押し離しながら、止ってはいけないとお嬢さんたちに叫ぶ。すると曳いているほうからは、

「あら、どうかしたの？」

と問い返すので、こっちはまた大声を出して、

「止っちゃ、いけないよ」

「どうしちゃ、いけないの？」

「止っちゃ駄目なんだよ、曳かなくちゃ……ドンドン！」

「ねえ、エミリイ。行ってごらん。何か言ってるようだから」

と一人が言う。エミリイがボートの近くへやって来て、どうしたのだと訊ねる。

「どうしたの？　何かまずいことになったの？」

するとこっちは、

「いいんだ、いいんだ、ドンドン曳いてくれさえすれば……立止らないで」

「なぜ止っちゃいけないの？」

「なぜって、ドンドン引張ってくれなくちゃ、こっちで舵がとれないもん。綱が張ってないと駄目なんだ」

「張るって、何を？」

「綱をピンと張って……舟をしょっちゅう進めてなきゃあ」

「ええ、判ったわ。みんなにそう伝えてあげる。あたしたちの曳き方、あれでいいかしら？」

「うん、いいんだ。とても上手だよ。でも止らないようにして」

「難かしいことなんか、ちっともないわ。ボートを曳くのはよっぽど難かしいかと思ってたんだけど」

「うん、易しいよ。簡単さ。グングン、グングン引張ってゆく――それだけのことなんだよ」

「ええ判ったわ。あたしの赤いショール出して下さいな。クッションの下にあるの」

ショールを見つけて渡してやると、いつの間にかもう一人が戻って来ていて、自分にもショールを出してくれと言う。ついでにメアリイのも持ってゆく。だが、メアリイはいらないと言う。そこでメアリイのショールをしまうと、メアリイはいらないけれど櫛《くし》がほしいと言う。それやこれやで二十分ばかりかかる。そして次の角までゆくと、牛が一頭いるのでボートを出て、路から牛を追ってやらなければならない。

と、まあこんな具合で、お嬢さんたちが曳いている間は、ボートのなかで一瞬たりともノンビリする暇はない。

ジョージはしばらくグズグズしてから、曳綱をとってペントン・フックまでボートを曳いて行った。ここでぼくたちは、今夜の泊りという重大な用件について討議した。その夜はボートで眠ろうということに決めてあったのだが、ペントン・ハウスに舟をとめるか、それともステインズまでゆくかは、まだ決めてない。しかし、太陽がまだ輝いているのに寝る相談も早すぎるというので、三マイル半ばかり離れたラニミィードまで漕ごうということになった。そこには、静かな森にかこまれた奥まった場所があるのだ。

でも、あとになってから、やはりペントン・フックで舟をとめればよかったと後悔した。朝のうちなら三マイルや四マイル溯るのは簡単な話だが、一日じゅう漕いだあげくでは、ひどく草臥《くたび》れるのだ。最後の数マイルの間は、もう景色なんか眺めているゆとりはない。お喋りもしなければ、笑い声も起らない。たった半マイル漕ぐのが、まるで二マイル漕ぐみたいに思われる。今いる所にいるとはとうてい信じられないし、地図が間違っているに違いないという気がする。少くとも十マイル位は漕いだはずなのに、水閘《ロック》はまだ見えない。誰かが水閘を盗んで持ち逃げしたのじゃないかと、大真面目で心配しはじめる。

それにつけても、舟遊びのときに一度、このことでひどい目にあったことがあるのを思いだす。ぼくは母方の従妹である若い娘と一緒にゴアリングに向って漕いでいた。時刻もかなり遅かったので、早く着きたいと夢中になっていた――少くとも彼女のほうは夢中だった。ベンスンの水閘《ロック》まで来たとき、六時半になっていた。夕闇がもう迫って、従妹はますます焦りだした。夕食までにぜひ帰らなくちゃ、と言う。ぼくも勿論そうしたいと答えて、地図をひろげ、どの位の距離かを調べた。次の水閘《ロック》――ウォリンフォードまでは一マイル半。そこからクリーヴまで五マイル。ぼくは、

「なあにこれなら大丈夫だ。七時までに次の水閘《ロック》を通りぬける。そしたらあと一つじゃないか」

と言って漕ぎはじめた。橋を通過するとすぐ、水閘《ロック》が見えるかと従妹に訊ねた。彼女は見えないと答えた。そこでぼくは、

「ふうむ」

とつぶやいて漕ぎつづけた。五分たってからもういちど、見てくれと頼んだ。

「見えないわ、水閘《ロック》なんて。影も形も」

「ねえ……水閘《ロック》って、知ってるだろう？　見れば判るね」

と、怒らせちゃまずいと思いながらおずおず訊ねた。

彼女は怒りはしなかったが、

「だったら、自分でごらんになったらいいわ」

と言う。そこでぼくはオールを置いて、あたりを見まわした。河は薄くらがりのなかに約一マイル、真直ぐに流れているけれど、どこにも水閘《ロック》は見当らない。彼女は、

「道に迷ったんじゃないかしら？」

と情ないことを言いだした。まさかそんなことあり得ないと思ったが、それでもぼくは、

「ひょっとしたら堰返しの水にはいってしまい、落ち口から落ちる所なのかもしれない」

と言った。この考えは彼女を少しも慰めなかった。そして彼女は泣き出した。彼女が言うところによると、ぼくたち二人は溺れ死《じに》する。それはぼくと一緒に舟遊びに出掛けたことに対する彼女への罰なのだそうである。

ぼくは、どうもこの罰は少し苛酷すぎると思った。しかし従妹はむしろ、早くその罰を受けて楽な気持になったほうがいい、と言った。

ぼくは彼女を慰めようとした。そして事態を楽観視するように努めた。一生けんめい漕いだと思っているけれど、それほど頑張らなかったのかもしれない、なあに、もうすぐ水閘《ロック》に着くだろうとなだめて、もう一マイル漕いだ。

しかし今度はぼくのほうがイライラして来た。地図をもういっぺん見た。ウォリンフォード水閘《ロック》ははっきりと書いてあった。ベンスンの下流一マイル半の所である。地図はチャンとした信頼できるものだし、ぼくはその水門をよく覚えているし、それに今まで二度通ったことがあるのだ。ぼくたちは今どこにいるんだろう？　一体どういう目に会っているんだろう？　とうとうぼくは、これは夢を見てるので、本当はぼくはベッドのなかで眠っており、今に目がさめたら誰かから、十時はとうにまわったと教えられるのかもしれない、などと考えはじめた。

これは夢だと思わないか、と従妹に訊ねると、彼女は、ちょうど同じことをぼくに訊ねようと思っていたところだ、と答えた。そこでぼくたちは、二人とも眠っているんだろうかと考え、もしそうならどっちが夢を見てどっちが夢を見られているのだろうかと考えた。これはなかなか興味のある問題であった。

ぼくは漕ぎつづけた。が、依然として水閘《ロック》は見えない。水の上はますます濃い闇におおわれ、ますます謎めいた感じになって来る。あたりはいよいよ薄気味悪くもの凄い。ぼくは、お化けとか、バンシー（アイルランドの俗信で家に死人のあるとき大声で鳴いて知らせる怪物）とか、狐火とか、夜もすがら岩の上に腰かけて旅人を渦巻のなかに誘いこむ邪悪な娘たちとか、まあそういった類のものについて考えた。そして、今までもう少し善良なことをしておけばよかった、とか、もっと讃美歌を覚えておけばよかった、とか思った。こんな反省にふけっているとき、『仲良く暮します』の歌が下手くそな六角形手風琴《コンチェルティナ》で奏でられているのを聞いて、ああ助かった、とほっとしたのである。

実を言うと、ぼくは六角形手風琴《コンチェルティナ》は好きじゃない。されどああ！　かの音楽のわれら両人にとりてなんと美しかりしことぞ——それはオルペウスの声よりもアポロンの笛よりも、否、その種の何よりも遥かに遥かに美しかったのだ。あのときのぼくたちの心理状態では、天来の妙音だったらかえって、ぼくたちを震えあがらせたに違いない。キチンと奏でられた、感動的な節廻しだったら、悪魔の警告のように聞えて絶望に陥れたかもしれない。しかし、ゼーゼーいうアコーディオンで、でたらめなヴァリエイションをつけて、まるで痙《けい》攣《れん》するみたいに弾かれる、『仲良く暮します』の調べは、なんとなくひどく人間的で、気持を安めてくれるものだったのだ。

甘美な響きは近づいて来て、その音が奏でられているボートは、じきにぼくたちのすぐそばにやって来た。その舟には、この土地のミイちゃんたちやハアちゃんたちの一行が乗っていた。月影を求めて漕ぎだした連中である（その晩は月は出てなかったが、これは彼らの責任ではない）。ぼくは生涯において、彼ら以上に魅惑的な愛すべき人々に逢ったことがない。ぼくは彼らに挨拶し、ウォリンフォードの水閘《ロック》へゆく道を教えてくれと頼んだ。そして、実は今まで二時間もそれを探しているのだと言い添えた。

「ウォリンフォードの水閘《ロック》ですって！」

と彼らは答えた。

「おやおや、片付けられてからもう一年以上になりますぜ。ウォリンフォードの水閘《ロック》は、今はないんですよ。もうちょっとゆけばクリーヴでさあ。おい、ビル、今どきウォリンフォードの水閘《ロック》を探してる方がいるんだとよ！」

これはまったく思いがけない話だった。ぼくは彼らの首っ玉にかじりついて祝福してやりたい位の気持だった。しかし流れが激しいため、そんなことはできなかったので、ひと通りの挨拶をして感謝するにとどめるしかなかった。

ぼくたちは彼らに、何度も何度もお礼を言った。そして、今夜はよい晩ですな、とか、御無事に、とか、御機嫌よう、とか言った。それから、みんなでぼくの家にやって来て一週間すごしませんか、と招待したような気もする。従妹は、皆さんにお目にかかれたら母は非常に喜ぶでしょう、などと言っていた。それからぼくたちは『ファウスト』の兵士の合唱を歌いながら、夕食に間に合うように家に帰った。

第十章

第一夜　天幕の下で　助けてくれという叫び　湯沸しの抵抗をいかにして克服するか　夕食　高潔な心境　求ム、南太平洋ニ近キ、快適ニシテ排水ノ設備ヨキ孤島　ジョージの父の奇妙な体験　眠れぬ夜

ハリスとぼくは、ベル・ウェアの水閘《ロック》も同じような具合に取去られているに違いない、と思いはじめた。ジョージがステインズまでボートを曳き、それから先きはぼくたち二人がジョージに交替したのだが、まるで五十トンの舟を四十マイルにわたって曳いているような感じだったのだ。ベル・ウェアの水閘《ロック》を通り抜けたのが七時半で、それからあとは三人が舟に乗り、河の左岸にごく近いところを漕ぎながら、ボートをとめる場所を漁った。最初は、やわらかな緑色の谷をテムズ河が曲りくねっている、あの美しいマグナ・カルタ島までゆくつもりでいたのだ。そしてあの美しい岸辺のあたりにある、絵のような入江の一つで今宵《こよい》を過す気でいた。しかし何となく、もうさっきほど美しい景色に憧れる気持はなくなったのである。石炭舟とガス工場にはさまれた河の上でも、ぼくたちはすっかり満

足したろうと思う。もう景色など求めてはいなかった。ただ夕食と寝ることを求めていた。しかし、とにかくピクニック・ポイントという所まで漕いでゆき、大きなエルムの樹の下のちょっと引込んだ感じのよい所に舟をとめ、その木の根にボートを結びつけた。

それから夕食のつもりでいた（手間を省くためお茶は止めることにした）のだが、ジョージは、それはまずいと言った。暗くならないうちにテントを張ろう、でないと手許が見えないから、というのである。仕事が全部でき上ってから、寛《くつろ》いでゆっくり食べようという訳であった。テントを張るのは、予想していたよりずっと難かしかった。抽象的にはじつに簡単で、クロウケイ用の弓形小門《フープ》をうんと大きくしたような鉄棒を五本、ボートの縁にはめ、その上にテントをかぶせて下を止める――それだけのことだから十分位しかかかるまいと思ったのだ。

これは過小評価であった。ぼくはまず、鉄のフープをとりあげ、それを所定の穴に入れた。こんなことを危険な仕事だなどとは、誰も思わないだろうが、今にして思うと、ぼくがこうしてまだ生きていて、この物語を語ることができるのが不思議な位なのである。あれは鉄のフープなんてものじゃない。悪魔である。それは、おれはどうしても穴にはまらないと言って頑張るし、こっちがとび上ったり蹴とばしたり水竿でなぐりつけたりしたあげく、なんとかはめこむと、やっとそのときになって、穴が違っていることが判り、また抜取らなければならないのである。

ところが今度は、はずすのが難かしい。二人がかりで五分間も格闘して、やっとうまくゆく。しかも抜けるときには、鉄のフープの野郎、突然とび上ってぼくたちを溺死《できし》させようとするのだ。真中に蝶番《ちょうつがい》があるのだが、うっかりしているとこっちの肉体のデリケートな部分にこの蝶番が噛みつく。そこで片方ととっ組みあいしながら、なあおい、やはり自分の義務は果すほうがいいだろう、などと説得しようとしていると、もう片方が卑怯にも後ろから頭をひっぱたく。

とうとう鉄のフープをとりつけると、あとはその上にテントを張ればいい。ジョージがテントをほどいて船首へその一端を結びつける。ハリスが真中に突っ立っていて、ジョージから送って来たのを受取り、ぼくのほうへ渡す。すると船尾にいるぼくがそれを受取る——という手筈であった。しかし、ぼくの番になるまでなかなか時間がかかるのである。ジョージはうまく役目を果したが、ハリスは馴れないものだから大変なヘマをした。

どういうふうに扱ったのかぼくには判らないし、ハリスにももちろん説明できない。しかしとにかく、ある神秘的な過程を経て、約十分間の超人的な努力ののち、彼はテントにすっかり巻きこまれてしまうことに成功したのである。彼はグルグルと、しっかり巻かれてしまい、身動きできないようになった。もちろん彼は自由——あらゆるイギリス人の権利——を求めて気違いのように奮闘し、これは後になって判ったことだが、奮闘しながらジョージを蹴とばした。するとジョージもハリスを罵りながらとっ組みあいを始め、その結果、彼もまたグルグル巻きにされてしまったのである。

ぼくはその間じゅう、ずっと、こういう事情について何ひとつ知らなかった。ぜんぜん気がつかなかったのである。ぼくは、所定の位置に立ってテントがぼくの所まで来るまで待っているようにと命ぜられていたのだから、モンモランシーと一緒にじっと大人しく待っていたのだ。なるほどわれわれは、天幕があらあらしく揺れたり動いたりするのをたしかに見ていた。その揺れ方はかなり大変なものだった。しかしこれが天幕の張り方なのだろうと思って、敢えて手を出さなかったのである。

また、天幕の下から苦しそうな呻き声が聞えて来たけれども、仕事がなかなか難かしいのだな、と考え、もう少し仕事が楽になってから手伝おうと思って、敢えて加わらなかったのである。

われわれはしばらく待っていた。しかし事態はいよいよ面倒になる一方で、とうとう最後にジョージの頭が、ボートの縁のところにのたうち廻りながら現われ、そしてその頭が、

「この馬鹿野郎、手伝え！　馬鹿みたいに突っ立っていて。おれたちが息がつまりそうなのが判らないか」

この援助を求める叫び声に、逆らうわけにはゆかなかった。ぼくはさっそく応援におもむいたのである。ハリスの顔はほとんど真黒になりかけていたから、応援の到着は早すぎたとは言えなかった。

天幕の取付けが終るまでには、これからあと三十分、激しい労働が続いた。それからぼくたちはボートのなかを片付け、夕食の支度にとりかかった。まず湯沸しをかけて船首のところに置き、それから船尾へ行って、湯沸しのことなんかちっとも気にかけてないような振りをしながら、他の仕事をあれやこれやと本気になって始めた。河に行って湯を沸すには、これが唯一の方法である。こっちが熱心に待っていることが、湯沸しに判ると、絶対に沸騰しようとしないものなのだ。だから、まるでお茶なんか飲む気が全然ないみたいな顔をして、そっぽを向いて、ムシャムシャ食事を始める。ちょっとでも湯沸しのほうに目をやってはいけない。こういうふうにしていると、間もなく湯沸しはブツブツ言いはじめ、早くお茶にしてくれとわめきだすのだ。

もし急いでいる場合だったら、大声で、お茶なんかぜんぜん飲みたくない、とか、飲む気がない、とか喋りあうのもよい手である。こっちの言うことが聞えるように湯沸しのそばに近よって、

「おれはお茶なんか飲みたくないな。ジョージ、どうだい君は？」

とどなる。するとジョージはそれに答えて、

「ぜんぜん飲む気がしない。レモネードを飲もう——お茶は胃に悪いからな」

これを聞いて湯沸しは沸騰し、ストーブの火を危うく消すくらい吹きこぼれる、という訳だ。

われわれはこの罪のない策略を採用した。その結果、他の準備が終るまでにお茶はすっかり出来あがっていた。そこでぼくたちは提燈《ランタン》をつけ、坐りこんで夕食をはじめた。

われわれには夕食が必要であったのだ。

食べはじめてから三十五分間というもの、陶器にカチカチぶつかる金属の音と四組の奥歯がたてる着実な響きの他は、ボートのなかには何の物音もなかった。三十五分たったとき、ハリスは、

「ああ！」

と言って左足を右の腿の下からぬきとり、右足をその代りに左の腿の下にいれた。それから五分経つとジョージが、

「ああ！」

と言って食器を岸の上に投げた。それから三分後モンモランシーは、出発以来最初の満足のしるしを見せ、ゴロリと転がって足を投げだした。そのときぼくは、

「ああ！」

と言って頭を後ろにウンとのけぞらせたところ、それは鉄のフープのひとつにゴツンとぶつかったが、ぼくはそれをぜんぜん問題にせず、「ちぇっ」とも「畜生」ともつぶやかなかった。

腹が一杯になると、人間はなんと善良な気持になるものだろう――世界に対し、自己に

対し、なんと満足するものだろう！　人生の経験を積んだ人々は、良心に恥じることさえなければ幸福で不平がない、と説くけれども、腹がくちくなるということは、もっと安上りに、もっと簡単に、同じ結果をもたらすのである。実質的で消化のよい食事をした後では、寛大で鷹揚《おうよう》になるし、上品で親切になるものだ。こういうふうに、われわれの知性が消化器によって支配されていることは、実に不思議であると言わねばならない。胃袋がそう望まない限り、われわれは働くこともできなければ、考えることもできない。胃袋はわれわれに対し、こういう感情を持て、こういう情熱を持てと、命令するのである。エッグズ・アンド・ベイコンを食べたあとで胃袋は言う——

「働け！」

朝食と黒ビールが終ると胃袋は言う——

「眠れ！」

紅茶（一人前茶さじ二杯分いれて三分以上おいたもの）を一杯飲むと胃袋は頭脳に告げる——

「さあ、起きろ。お前の力を示せ。雄弁にして荘重《そうちょう》、荘重にして温良なれ。自然と人生を明晰な眼で見つめよ。思考の白い翼をひろげて天たかく翔《か》け、荘厳な魂のごとくに、下方にうずまく世界を見下しつつ、星たちの長くつづく道を通りぬけて永遠の門へと至れ」

温い軽焼《マフィン》パンを食べ終ると胃袋は語る——

「野の獣のごとく怠惰であれ。魂を失え。いかなる空想、いかなる希望、いかなる恐怖、いかなる愛、いかなる生命の光も持たぬドンヨリした眼の獣となれ」

そしてブランデーをたっぷり飲んだあとでは胃袋は命ずる――

「さあ来れ、阿呆よ。歯をむきだしてゲラゲラ笑いながらドタリと倒れろ。ちょうどお前の仲間が笑うときのように。他愛もないことを喋り、意味のない言葉をペラペラ口にしろ。ほんのちょっぴりのアルコールに小猫のごとくに溺れ、正気を失うところの哀れな人間はいかに仕様のない間抜けであるかを、世界に示せ」

われわれは胃袋の哀れな奴隷に過ぎない。されば友人よ、無理をして、正義だの道徳だのを求めるな。そんなことよりもまず胃袋に気をつけ、入念に注意ぶかく胃袋にものを詰めこむがよい。さすれば美徳と満足は求めずしておのずから来り、汝の心情を支配するであろう。汝はよき市民となり、愛情深き夫となり、やさしき父となり、高級にして敬虔なる人間とならん。

夕食の前はハリスもジョージもぼくも喧嘩腰で、不機嫌で、言葉つきはガミガミしていた。夕食が済むと、互にほほえみあい、犬にまで微笑を投げるのであった。ぼくたちはお互に愛しあっていた。ぼくたちはあらゆる人を愛した。ハリスがボートのなかを歩き廻って、ジョージの足の底豆を踏みつけた。これが夕食前だったら、ジョージは必ずや、この世および未来におけるハリスの運命について、思慮ぶかい人を戦慄《せんりつ》させるだけのさまざまの願を表明したに相違ない。

　ところが今は、

「気をつけてくれよ。底豆ができてんだから」

　と言うだけだ。そしてハリスのほうにしても、もしこれが食前だったら、ジョージみたいな足の大きい奴が寝転《ころ》んでいる以上十ヤード以内の所を歩く人間だったら誰でも足を踏みつけるのは当り前だ、ジョージはこんな狭い舟にあんなに大きな足で乗るべきじゃないんだ。もし乗るんだったら夕食前みたいに舟べりから足を投げだしてるほうがいいだろう、と言ったに違いない。ところが今は食後なものだから、

「やあ、御免御免。ぼくが悪かった」

　と謝った。するとジョージは、

「いや、何でもないんだ。ぼくのほうが悪かったんだよ」

　と答える。それに対してハリスは、

「いや、ぼくが悪かったんだ」

　と言う。こういうのは聞いていて気持がいい。

　ぼくたちはパイプをくゆらし、静かな夜を眺めながらお喋りをした。ジョージは、なぜぼくたちはいつもこんなふうに——罪と誘惑の多い俗世から逃れ、真面目な平和な生活を送って善良に暮すことができないのだろうか、と言った。ぼくは、それこそはぼくが長い

あいだ憧れていた生活だと答えた。それからぼくたちはみんなで、われわれ四人がどこか手頃な設備のととのっている無人島に行って、森のなかで暮すことはできないだろうかと論議した。

ハリスは、無人島というのは湿気が多くて危険だという話だ、と言った。しかしジョージは、いや、排水《ドレイン》をうまくやれば大丈夫だと言った。

その話からぱいいちひっかける話になって、ジョージが彼の父の滑稽な体験談を思いだした。ジョージのお父さんは連れと二人でウェールズを旅行していたのだが、ある晩彼らは小さな宿屋に泊った。そこには他の連中がいて、二組が合流し、一晩たのしく過した。

遅くまで騒いだあげく、ほろ酔い機嫌で寝ることになった。ジョージのお父さんと友達も（これはジョージのお父さんが若かった頃の話である）いささか酔っぱらっていた。彼ら（つまりジョージのお父さんとお父さんの友達である）は同じ部屋でしかし別々のベッドに寝ることになっていた。彼らは蠟燭《ろうそく》を手にして上っていった。蠟燭は、彼らが部屋にはいったとき、壁に倒れかかって消えてしまった。それで、闇のなかで手さぐりで服をぬぎ、手さぐりでベッドにはいった。こういうふうにしたのだが、別々のベッドにはいったつもりで、実は、同じベッドにはいったのである。一人は枕もとのほうに頭を置き、もう一人は反対側のほうから這いあがって枕の上にじぶんの足をのせた。

しばらくのあいだ沈黙があったが、やがてジョージのお父さんが、

「ジョー！」

　と呼びかけると、ベッドの反対側からジョーが返事をした。

「どうした？　トム」

「おれのベッドに誰か寝てるんだ。枕に足をのせてな」

「ふうむ、可笑《おか》しなこともあるもんだな。でも、おれのベッドにも、誰かいるんだ！」

「一体どうするつもりだ？」

　とジョージのお父さんが訊ねると、ジョーは答えて、

「仕方がないから、そいつを追い出してやるよ」

「じゃあ、おれもそうしよう」

　とジョージのお父さんは勇ましい口調でいった。それからちょっとのあいだ、取組みあいがあり、それが終ると床の上に二つ、ドスンと重い音があった。そのとき、ひどく悲しそうな声がこう言った。

「なあ、おい、トム！」

「うん」

「どうした？」

「実をいうとな、おれのほうが押し出されてしまったんだ」

「おれもそうなんだ！」

「どうも、おれは、この宿屋が気にくわないな」

この話を聞いてハリスは、その宿屋の名前は何というの、と訊ねた。

「豚笛館《ピッグ・アンド・ホイスル》というのさ。どうしてだい？」

とジョージが答えた。するとハリスが、

「いや、なんでもない。すると、同じ宿屋じゃなかったんだな」

「どうしたんだ？」

とジョージがさらに訊ねると、ハリスがつぶやくように言った。

「変なこともあるもんだな。おれの親父が、田舎の宿屋で、まったく同じ目にあったことがあるんだ。何度も話を聞かされたもんさ。ひょっとしたら、同じ宿屋じゃないかと思ってね」

その晩は十時に就寝した。疲れているからよく眠れるだろうと思ったが、そうではなかった。いつもだと服を着替え、枕に頭をつけた途端、誰かが外からドアをノックして、もう八時半ですよ、と起す——まあそんな具合なのだが、今夜に限ってあらゆるものがぼくを苦しめる。環境には馴染《なじ》みがないし、ボートは寝床としては硬いものだし、ひとつの横木《シート》の下に足をいれもうひとつの横木に頭をのせるという寝方が窮屈だし、ボートのまわりのピチャピチャいう波の音がうるさいし、木の枝を鳴らす風の音が騒がしいし、まあ、そんなものがぼくを寝つけなくさせるのだ。

二、三時間ねむったと思うと、一夜にして出来あがった舟中の突起物――出発のときにはそんなものはなかったし、朝になって調べてみてもやはりなかった――が、背中の骨をえぐり続ける。しばらく我慢していると、一ポンド銀貨を飲みこんだ夢をみた。みんながそれを取出そうとして、ぼくの背中に錐で穴をあける。そういうやり方は親切じゃないと思ったから、その金を貸しておいてくれ、月末になったら返すよ、とぼくは言った。するとみんなは承知せず、いま返してもらったほうがいい、月末まで待つと利息がかさんで大変だろう、と言う。そこでぼくは腹を立て、景気よく悪口を言うと、彼らは錐をひどくもみはじめたので、ぼくは目が覚めてしまった。

ボートのなかが息苦しくなって、頭が痛いので、冷い夜気に当ろうと外へ出ることにした。そこらあたりにある服を――自分のだろうとジョージやハリスのだろうと――着て、テントから這いだし、岸に上った。

明るい夜である。月は沈んでしまい、静かな大地を星たちにと委ねている。あたかも、大地の子たちであるわれわれが眠っているとき、沈黙と静寂のなかで、星たちがその姉である大地と語りかわしているようだ。あまりにも大きくあまりにも低いため、子供っぽい人間の耳には捉えることのできない声で、大いなる神秘について語っているようだ。

このように冷たくこのように明るい星たちは、われわれを畏怖せしめる。そのときわれわれは、ほの暗い神殿――礼拝することを教えられてはいるがその神体が何であるかは知らないほの暗い神殿――へと迷いこんだ小さな子供たちなのである。朦朧たる明りの長い廊下を見わたす円天井《ドーム》の下に立って、あの、うろつきまわる恐しい幻影を見ることを、半ば望み、半ば恐れているのだ。

しかし夜には慰めと力がみちみちている。夜という偉大な存在のなかでは、われわれの小さな悲しみは恥じらいながら逃げだしてしまう。ところが、昼には苦悩と不安がある。昼には、われわれの魂は悪と意地悪な思念にみちており、世界はわれわれに対し苛酷で不正であるように思われるのだ。だが、夜は、優しくて偉大な母のように、慈愛にみちた手をわれわれの熱っぽい頭の上に置き、われわれの涙によごれた小さな顔を自分のほうに向かせ、ほほえみかけてくれるのだ。そして、語りかけてはくれないけれども、何を言いたいのかぼくたちにはよく判るのだ。われわれの熱っぽい頬を彼女の胸に寄せるとき、われわれの苦しみは消え失せるのである。

ときには、われわれの苦痛があまりにはなはだしく切実なことがある。そういうときぼくたちは、黙って《夜》の前にたたずむだけだ。なぜなら、そんな苦痛を言い表わすための言葉は、ただ吐息だけなのだから。《夜》の心には、ぼくたちに対する憐れみがあふれている。痛みを拭い去ってくれることは彼女にはできないけれども、しかし手をさし伸べてぼくたちの手を握る。すると小さな世界は、われわれの下でさらに小さくなり、さらに遠のき、そしてわれわれは彼女の暗い翼にのせられ、たちまちにして、《夜》という存在よりももっと大きな実在へと至るのである。この偉大な実在の輝かしい光を浴びて、あらゆる人間生活は一冊の書物のようにわれわれの前に開かれる。そしてわれわれは悟る、苦痛と悲しみこそは神の天使に他ならぬことを。

苦悩の冠をかぶった者だけが、この輝かしい光を見ることができるのである。しかし、そこから戻って来たとき、人は、それについて語ったり、その神秘について説いたりすることは許されぬ。

第十一章

むかしむかしジョージが朝早く起きたというお話　ジョージとハリスとモンモランシーは冷たい河を嫌う　J氏におけるヒロイズムと決断　ジョージと彼のワイシャツ、教訓つきの物語　料理人としてのハリス　特に学校用として挿入された歴史的回顧

翌朝、ぼくは六時に目が覚めた。ジョージも目を覚ましていた。二人とも寝返りを打ってもういちど眠ろうとしたが、どうしても寝つけない。二度寝をしてはいけない、すぐ起きて服を着なければならないという特別な理由があるときだったら、時計を見たとたん、すぐに眠りに落ちてしまい、十時まで目が覚めないものである。ところが、少くとももう二時間は起きる必要がないし、起きるのがまったく馬鹿げているのに、五分間も横になっていることが死ぬほど辛いというのは、これは人生における皮肉な宿命と言わねばならない。

ジョージはこういうことを、あるいはもっとひどい経験を、約一年半前に味わったこと

があるそうだ。彼がギピングズ夫人とかいう人の家に下宿していた時分の話である。ある晩、時計が故障して八時十五分のところでとまったのだそうである。滅多にないことだが、寝る前にねじを巻くのを忘れたまま、ベッドの頭板《ヘッドボード》にひっかけて、見もしないで眠ってしまった。

冬の日のことで、しかも冬至の日に近く、一週間も霧がつづいていたので、朝になってジョージが目ざめたときは大へん暗く、時間が何時ごろなのか見当のつけようがなかった。手を伸ばして時計を引張りおろすと、八時十五分である。

ジョージは、

「しまった！」

と叫んだ。

「おれは九時までにシティに行ってなくちゃならない。なぜ誰もおれを起してくれなかったんだ？　ちょっ、とんでもない話だ！」

彼はほうり投げるようにして時計を置き、ベッドから飛びだし、冷水浴をし、顔を洗い、服を着、それから湯をわかす時間はないので冷い水でひげを剃り、時計をもういちど見た。

さっきぞんざいに置かれたため動きだしたのだろうか、時計は八時十五分から動きだして、今は九時十五分前を指している。

ジョージはひったくるようにして時計を手に取り、慌てふためいて階下へ降りて行った。

真暗で、しんと静まりかえっている。火もおこしてなければ朝食の支度もしてない。ジョージはギピングズ夫人のことを悪《あ》しざまに罵り、夕方帰って来たら自分がどう思っているかを彼女に伝えようと決心した。それから外套を着、帽子をかぶり、雨傘をわしづかみにして玄関へと向った。玄関の戸はまだボルトをさしたままになっている。ギピングズ夫人というのはなんと怠け者の婆さんだろう、とジョージは呆《あき》れかえり、そして、こういう時間になってもまだ起きないでドアには鍵をかけボルトまで差しこんでおくのは妙なことだ、と思いながら一目散に駆けだした。

彼は四分の一マイルばかりの間、一生懸命に走った。そしてそれだけ走ってから、あたりに人影がほとんどないという、奇妙にしてかつ異様なことに気がついたのである。あまつさえ、どの店もどの店も閉まっているのだ。たしかに、ひどく暗い霧の朝である。しかしそのせいで店が全部休業するというのは普通ではない。自分は出勤しなければならないのに、なぜ他の人たちは、霧の朝で暗いというただそれだけの理由で、店を開かなくてもよいのだろう?

とうとうホルボーンに着いた。鎧戸ひとつだって上っていない! バス一台だって走っていない! 三人の男が目についた。一人は巡査である。キャベツを満載した荷車とオンボロ馬車が一つ目にはいった。ジョージは時計をとりだして眺めた。九時五分前である。それから時彼は立ちすくんで、自分の脈をはかった。身をかがめて両足にさわってみた。それから時

計を手にしたまま巡査のところへ行って、いま何時かと訊ねた。すると巡査は、あきらかに疑惑の目でジロジロ眺めたあげく、

「何時か、だって？　ほら、あの時計の音を聞きたまえ」

ジョージは耳をすました。すると近くの時計が鳴りだした。時計が鳴りおわったときジョージはひどく傷つけられた口調で、

「まだ三時なのか」

と言った。巡査はそれに答えて、

「そうさ、何時だと思ってたんだ？」

「九時だとばかり思ってたんです」

とジョージは言って時計を見せた。公共の秩序の保護者は厳しい口調で、

「君の住所はどこですか？」

ジョージはちょっと考えてから、住所を言った。すると巡査は、

「ふん、嘘じゃなかろうな。悪いことは言わない。大人しく家へ帰りなさい。その時計も持って。もう、他人に迷惑をかけるんじゃない」

道々、ジョージは考えこみながら家へ戻り、なかにはいった。

最初は服をぬいで寝ようと思っていたのだが、もう一ぺん服を着、もう一ぺん顔を洗い、もう一ぺん冷水浴をすることを考えると、それはよしにして、安楽椅子に腰をかけて眠る

ことにしようと決心した。

しかし眠れなかったのである。生涯において、これほど眠くないことはいまだかつてなかった。そこで、ランプをともし、チェスボードを取出して、一人でチェスを指した。しかし、こんなことをしても、ちっとも面白くない。なんとなく退屈である。チェスはやめて本を読もうとした。だが、読書にもぜんぜん興味を感じることができぬ。そこで、また外套をひっかけて散歩に出かけた。

寂しくて陰気な気分だった。すれちがう巡査は全部、彼をうさん臭そうに睨みつけ、ランプを彼のほうに向けて後ろからついて来た。こんなことをされると、自分でも、何か悪いことをしたのだ、という気になり、横丁へコソコソはいって行ってしまった。そして、規則正しい足音がコツコツと近づいて来るのを聞くと、暗い軒下に身を隠すことになってしまう。

もちろん、こんなことをすれば、巡査のほうではますます怪しみはじめる。近よって来て彼を探し出し、一体そこで何をしているのかと尋問することになる。そして彼のほうでは、

「いいえ、何も」

と答えるしかない。ただ散歩に出ただけだ、と申し開きをするのだが、何しろ午前四時なのだから、巡査のほうではとても信用できないという顔をすることになる。結局、二人

の私服巡査をつけて、申立てた通りの住所に住んでいるかどうか見るため、送りとどけさせることになった。二人の私服刑事は、彼が鍵を使ってはいるのを確かめてから、道の反対側にたたずみ、その家をじっと見まもった。ジョージはなかにはいったら、火をおこし、朝食の支度をして時間をつぶすつもりでいたのだが、石炭入れから茶さじにいたるまでのうち、何か一つを落っことしたり、つまずいたりすることなしに朝食の支度をすることは不可能なような気がした。そんなことをして物音を立てれば、ギピングズ夫人はきっと目をさまし、泥棒だと勘ちがいして窓をあけ、「泥棒！　泥棒！」と連呼するに違いない。すると待ち構えていた二人の巡査がすぐさまやって来て、手錠をかけ、彼を警察署に連れてゆくだろう。……

ジョージはこれまでに、もうすっかり神経の具合がおかしくなっていたので、裁判の模様をあれこれと思い描いた。彼は事情を陪審員に説明するのだが、誰ひとり信用してくれない。彼は懲役二十年の刑を宣告され、母親は傷心のあまり死んでしまう……。やはり朝食は諦めたほうがよさそうだと思って、外套をかぶって安楽椅子に腰かけ、ギピングズ夫人が七時半に起きるまで待つことにした。

それ以来、彼は決して早起きをしないことにしたそうである。

ジョージがこの実話を物語っている間、ぼくたちは毛布にくるまって腰をおろしていたのだが、彼の話が終ると、ぼくはオールの先でハリスを起こすという仕事をはじめた。三回目につついたとき、彼は目をさまし、寝返りをうって、もうちょっと待ってくれ、そしたらベッドから出て靴をはくから、と言った。それで、どこにいるのか知らせてやろうと思って爪竿《ヒチャー》でつついたら、彼はとつぜん起きあがったので、ハリスの胸の上に寝そべって正しき者の眠りを眠っていたモンモランシーが、足をバタバタさせながらボートの端まで飛ばされるということになった。

天幕をはねのけて、総員四名が頭をつきだし、河水を眺めながら身ぶるいした。前の晩には、朝早く起きてショールや毛布をかなぐり捨て、歓声をあげて河に飛びこみ、楽しい水浴を長時間たっぷりと楽しむ予定であった。ところが今朝になってみると、これはどうもあまり魅力的な考えではない。河水は冷たそうだし、風は寒いのだ。とうとうハリスが、

「じゃあ、誰がまず泳ぐ？」

と言った。誰も優先権を争おうとはしない。ジョージはボートの奥のほうに引込んで、靴下をはき、彼自身に限り水浴とまったく無関係であることを明らかにした。モンモランシーは思わずキャンキャンと吠えた。それは、泳ぐことを考えただけでも恐しいという声であった。ハリスは、泳ぐのはいいが水からあがるときが辛いだろうと言って、ズボンをはきかけた。

ぼくだってゾッとしないが、今さら泳ぐのは厭だと言うわけにもゆかない。河には倒木や水草がいっぱいありそうだと考え、水際まで行って体に水を少しぬりたくり、それでご

まかそうと思った。タオルを手にして岸にあがると、河の上につき出してその先が水にかかっている木の枝へと向った。ものすごく寒い。身を切るような風である。やはり冷水浴は全面的に中止しようと思い、ボートと服のほうへ戻りかけた。だが、向きを変えたとたん、じつに間の抜けた枝があったもので、枝がポキリと折れてしまい、ぼくとタオルは一緒にザブンと落ち、大きな水煙りをあげたのだ。ぼくはテムズ河の水を一ガロンばかり飲んでから、ようやく、どういうことが起ったのかを知ったのである。

「ほう、やったね！　とてもそんな元気はないと思ってたよ」

とハリスの言うのが聞えた。するとジョージは大きな声で、

「どうだ？　大丈夫かい？」

ぼくはそれにどなり返して、

「いい気持だぞ。どうして君たちも泳がないんだ？　馬鹿だなあ。千金にも代え難い、いい気分だぜ。早く飛びこめばいいのに。ちょっと決心すればいいんだぜ」

と勧誘したが、この勧誘は失敗に終った。

この朝、服を着ているとき、かなり面白い事件が起った。ボートにあがったときとても寒かったので、早くワイシャツを着ようとあせったため、ついうっかりワイシャツを河に落したのだ。ぼくはひどく腹を立てた。殊にジョージがゲラゲラ笑ったため、ぼくの怒りは大きくなった。何がおかしいのかさっぱり判らないから、ジョージにそう言うと、彼は

ますます笑った。人間があんなに笑うのを、ぼくは今まで見たことがない。ぼくはすっかり憤慨してしまい、お前は大たわけの気ちがいの馬鹿の白痴である、と言ってやった。しかしジョージは、ますます大きな声で笑った。ところがワイシャツを引張り上げてみると、ぼくのワイシャツではなく、ジョージのものだということに気がついた。ぼくが勘ちがいしていたのである。そのとたん、この事件のユーモアがぼくにはじめて判ったので、ぼくは笑いだした。ジョージの濡れたワイシャツとジョージとを見くらべながらゲラゲラ笑う。笑えば笑うほど実に愉快な気持になって、あまり笑い過ぎたためワイシャツをまた河に落してしまった。ジョージはそれを見て、

「おいおい、ワイシャツはいらないのかい？」

と言った。ぼくはしばらくのあいだ笑うのに忙しくて、返事ができなかったが、やっとの思いで、

「ぼくのワイシャツじゃない——君のだ！」

と言った。人間の顔が、このときほど突然、うれしそうな表情から厳しい表情へと変るのは、ぼくの生涯において見たことがない。彼は飛びあがって、

「何っ！」

と叫んだ。

「この馬鹿野郎め、どうしてもっと気をつけることができないんだ。なぜ岸にあがって服

を着ないんだ。お前みたいな奴がボートに乗るのが、そもそも間違いだ。おい、爪竿をよこせ」

ぼくは彼に、この事態の面白さを何とか理解させてやろうと思ったが、どうしても駄目だった。ジョージはときどき、ユーモアというものの判らない、ひどく頭の悪い人間になることがある。

ハリスは、朝食にいり卵をつくろうと提案した。自分が作るというのである。彼の説明によると、彼はいり卵作りの名人なのだそうだ。ピクニックのときや、ヨットに乗ったときに料理してやって、たいへん喜ばれたそうである。彼のいり卵を一度でも味わったことのある者は、それ以後もう他の食べ物を見向きもせず、どうしてもそのいり卵が食べられないと、死ぬほど恋い焦がれて病気になる、というようなことを、ハリスは言い添えた。

聞いてるうちに、ぼくたちの口のなかには唾がたまって来た。それで、大急ぎで、ストーブとフライパンと、食料籠のなかでつぶれてしまわなかった卵全部を彼に渡し、早く料理を始めてくれと哀願した。

卵を割るのがまず大騒ぎだった。しかしそれとても、割った卵をフライパンに入れるとき、ズボンや袖を卵で汚さないようにすることにくらべれば、物の数ではなかった。こうして、半ダースの卵をフライパンに入れ、ストーブのそばにうずくまって、フォークでかきまぜ始めた。

ジョージとぼくが判断する限りでは、いり卵を作るというのは、大へん難かしい仕事のように見えた。フライパンに近づくたびに火傷《やけど》をし、それから、何かを落っことし、指を振ったり、悪態をついたりしながら、ストーブのまわりで踊るのである。まったくの話が、ジョージとぼくが見るたびに、ハリスは必ずこういう操作をおこなっていた。われわれは最初、これは料理法にとっての必要欠くべからざる行事なのだろうと考えた。

ぼくたちは、いり卵がどういうものか知らなかったので、これはレッド・インディアン風、ないしサンドイッチ・アイランド風の料理で、正式に料理するにはこういうふうに、踊ったり呪文をとなえたりする必要があるに違いないと想像した。モンモランシーは、近づいてフライパンの上に鼻をつきだし、油がパチパチはねるのにやられて火傷をし、これもまた踊ったり呪文をとなえたりした。とにかくいり卵を作るというのは、ぼくがこれまでに目撃した最も面白い見物《みもの》であった。ジョージもぼくも、料理が終ったときにはたいへん悲しく思ったくらいである。

出来あがった結果は、ハリスが予告したような美味とは大ちがいだった。まず、ほんの少しの分量しかないのである。六個の卵をフライパンに入れたのに、出来あがったものは茶さじに一杯の、黒く焦げた、まずそうな代物《しろもの》だったのだ。

ハリスは、フライパンが悪いのだと言って、大型魚鍋《フィッシュ・ケトル》とガスストーブがありさえすればうまく行ったのに、と言い訳した。だからぼくたちは、そういう道具が手にはいるまでは、ハリスのいり卵は食べずに我慢することにした。

朝食が済むまでには、太陽がカンカン照りつけ、風はなくなり、すばらしい朝になった。今は十九世紀であると思わせるものは、見渡すかぎり何ひとつ見えない。朝の日ざしを浴びている河を見やると、あの、永遠に忘れることのできない一二一五年六月の朝と現在との間の数世紀が消え失せ、ホームスパンの服を着たイギリス独立自営農民の息子たちであるわれわれが、腰に短刀をたばさんで、あのすばらしい歴史の一頁が書かれるのをここで目撃するため待っているような気がして来る。その歴史の意味は、約四百年後オリヴァー・クロムウエルによって、一般庶民のために翻訳されたのであるけれども。

それは、よく晴れた夏の朝のことであった。日の光が照り輝く、穏やかでそして静かな朝である。しかし、まさに訪れんとする活動の気配は、大気にみちている。ジョン王は前夜、ダンクロフト・ホールに泊ったのだ。昨日は一日じゅう騎士たちの武具の響き、戛々《かっかつ》と石を鳴らす馬たちの蹄《ひづめ》の音、部将たちの叫び、ひげをはやした射手、弓手、槍兵および奇妙な言葉でしゃべる異邦人である槍持の、どなる声や冗談が、ステインズの町にこだましたのだ。

派手な色のマントを着た騎士たちや郷士たちの群が、幾組も幾組も、旅塵にまみれて乗りこんで来た。臆病な市民たちの家の扉は、兵士たちの群を迎え入れるため、一晩中すばやく開かれねばならなかった。兵士たちのために食事と宿が、しかもいずれも最高のものが、必要だったのである。そして、もし最高のベッド、最上の食事が与えられなければ、その家には、またその家の者すべてには、災《わざわ》いがふりかかるのであった。なぜなら、こういう嵐の時代においては、剣は裁判官にして陪審員、起訴人にして死刑執行人なのだから。剣は、みずからの欲するものの代価を、あっさりと支払うのだから。

市場の篝火《かがりび》をかこんで、豪族の家来たちが大勢、飲む、食う、歌う、打つ、喧嘩をする――そして夜はますます更けてゆく。篝火は、彼らの綴じあわせた武具や異様な服装の上に、奇妙な影を投げかける。町の子供たちはそのまわりに忍びよって、驚異の眼を光らせながら、彼らを見まもる。たくましい体格の田舎娘たちは、威張っている兵士たちに近づいて行って、居酒屋で仕入れた駄洒落《だじゃれ》を語りかける。村の若い衆はこの娘たちに軽蔑されながら、後ろのほうにさがり、白痴のような笑いを浮べながら、兵士たちの様子を盗み見している。そしてあたりの草原には、遠くの露営地のほのかな灯がちらちらと揺れるのである。ここにはさる貴族の従者たちが眠り、かしこには嘘つきジョンの歩哨であるフランス兵が、町はずれをうろつく狼のように歩きまわっている。

暗い通りの一つ一つには、歩哨が立っている。四方の丘には狼火《のろし》がきらめく。夜が更ける。この古いテムズ河の美しい谷間の上に、まさに生れようとする時代の運命と深い関りのある、偉大な一日の朝があける。

灰色の暁が訪れると、二つある島のうちの低いほうの島、ちょうどわれわれがいるあたりのすぐ上手のところで、大勢の労働者の叫び声がわき起る。昨夜もちこまれた大きな幕が張りめぐらされ、大工たちは幾列もの椅子を釘でうちつけるのに忙しく、ロンドンから来た職人たちはさまざまの色の布や絹布、金色や銀色の布を持ってやって来る。

そのとき、見よ！　ステインズからこっちへ通じる路上に頑丈な体軀のほこやり兵《ホールバートメン》（豪族の家来たちである）が、太い喉音のバスで談笑しながらこっちへやって来て、今われわれが立っているところから百ヤードくらい離れた向う岸にとまり、武器にもたれて待ち構える。

このようにして、武装した兵士たちの新しい一団が次から次へと現われる。彼らの冑《かぶと》や胸当は、朝の日ざしを反映してキラキラ輝く。そしてついには、われわれの視線のおよぶ限り、道はきらめく冑とはやりたつ駿馬《しゅんめ》で埋まってしまう。騎士は一団から一団へと声高く叫びながら駆けまわる。暖かなそよ風に小旗がひらめいている。そして、ときどき隊伍が揺れて二つに分れると、馬にまたがった豪族が護衛の兵を従えて現われ、家の子郎党の先頭に席を占めるため馬を進めてゆく。

対岸のクーパーズ・ヒルの斜面には、田舎者や、ステインズからやって来た町の者たちが集まって、驚いたり面白がったりしている。この大騒ぎがどういう性質のものなのか、はっきり判っている者は誰もいない。めいめい、目前の大事件をさまざまに解釈している だけだ。ある者は、この事件で人民の暮しは楽になると述べる。しかし老人たちは、首を振って、賛成しない。そういうまい話は、以前にも、何度も聞いたことがあるからだ。

河はステインズにいたるまで、小舟やボートや網代舟《コラクル》でいっぱいだ。この最後のものは、今は好まれなくなって貧民だけが用いている舟である。後年こぎれいなベル・ウェアの水閘《ロック》が建造される急流のところに、これらの舟は、屈強の漕手たちによって漕ぎよせられる。そして、覆いのしてある屋形舟にできるだけ近い距離へ、群がることになるのだ。屋形舟はジョン王をのせて、彼の署名を待っている運命の大憲章へと、彼を運ぼうとしているのだ。

正午である。何時間も何時間も忍耐強く待っていると、風説が耳にはいる。だらしのないジョンは豪族たちの手を逃れて、ダンクロフト・ホールへと傭兵たちと共に逃げて行った、人民の自由のために署名する以外の仕事を間もなく始めるだろう、という噂である。

とんでもない話だ！　今度という今度こそ、鉄のような手が彼を捉えたのだ。彼は虚《むな》しくのたうちまわるばかりなのである。道の向うに埃がまきおこる。それは近づき、そして大きくなる。たくさんの蹄の音が高く鳴り響き、押し寄せた人々のあいだに、華やかな服装の貴族たちや騎士たちの行列が現われる。先陣に、後陣に、左右両翼に、豪族の武士たちが馬に乗って固めている。そして真中にジョン王がいる。

屋形舟が待っている所へと、彼は馬を進める。豪族たちは列から出て、彼を迎える。王は彼らにほほえみかけながら、楽しげな口調で挨拶する。まるで、彼の名誉を高めるための饗宴に招待されたときのように。馬から降りるとき、しかし彼は忙《いそが》わしい視線を、しんがりに位置している彼のフランス傭兵から彼をとじこめている諸侯たちの兵士へと投げるのだ。

もう時機を逸してしまったのだろうか？　王がその両側をかためている騎士を殴りつけ、フランス兵の軍勢に命令をくだし、不用意な兵士たちに必死になって下知を下したならば、王に反抗しようとした諸侯たちは、必ずこの日のことを後悔するようになったであろう。ジョン王がもう少し大胆な人だったならば、このゲームは、この瞬間、形勢を一変したであろう。ああ、もしリチャードここにありせば！　自由の盃はイングランドの唇からむしりとられ、解放の味を味わうことは百年の後へと延期されたに違いない。

しかしジョン王の心は、イギリスの強者《つわもの》どもの厳しい顔の前にくじけたのだ。ジョン王の腕は手綱へと戻り、彼は馬から降り、先頭の屋形舟に乗ったのだ。諸侯たちはこれに従った。めいめい、刀の柄《つか》に手をかけながら。こうして、舟を出す命令がくだされた。

華やかに装った舟は、ラニミードの岸をゆっくりと離れる。急流をさかのぼって、舟は重々しく進む。そして舟は低い音を立てながら小さな島――この日以後マグナ・カルタ・アイランドという名前で呼ばれることになる小さな島の岸へと到着するのだ。ジョン王は上陸する。そしてわれわれは、息をこらして待ち構える。大きな叫び声がわき起り、イギリスの自由の殿堂の礎がしっかりと据えられるのを。

第十二章

ヘンリー八世とアン・ブリン　恋人たちと同じ家に住むことの不利益　イギリス国民の試煉のとき　絵画的なものを求めて　家なき大人　ハリス、死を決意する　天使がやって来る　ハリスがとつぜん喜んだ結果　ちょっとした夕食　昼食　高価な芥子《からし》　恐ろしいビール　メイドンヘッド　帆走　三人の漁師たち　呪われた男たち

ぼくは岸に腰をおろして、こういう光景を心に思い浮べていた。と、ジョージが、だいぶ休んだようだから洗い物の手伝いをしてはどうか、と言った。つまりぼくは、このようにして、栄光に輝く過去から散文的な現在へと、罪と悲惨にみちみちている現在へと、連れ戻されたのである。ぼくはボートに降りてゆき、木の枝や草の葉をまるめたものでフライパンをゴシゴシこすり、最後の仕上げとして、ジョージの濡れたワイシャツでそれをピカピカに磨きあげた。

われわれはマグナ・カルタ島へゆき、そこにある小屋のなかの石を見た。大憲章はこの

石の上で署名されたと伝えられるのである。しかし、本当にその石の上で署名されたものか、それともある人々が言うようにラニミードの土手で署名されたのか、という問題は、ぼくとしては意見を決めかねる。しかしぼくの個人的な見解としては、島で署名されたという俗説をむしろ採りたいのである。もしぼくが当時の諸侯の一人であったならば、ジョン王のような逃亡の常習犯を相手どる以上、場所は島のほうが有利だ、不意打ちだのペテンだのの機会がそれだけ少いわけだから、と強く意見を述べたに違いない。

ピクニック・ポイントの近くにはアンカーワイク・ハウスの領地があって、修道院の跡が残っている。ヘンリー八世がアン・ブリンと密会あそばされたと伝えられるのは、この小修道院のあたりである。王はまた、彼女と、ケントのヒーヴァー・カースルやセイント・オールバンズ附近でも逢瀬を楽しまれたという。当時のイギリスの人々は、こういう無分別な若人たちが浮気をしていない場所を選《よ》って歩くのに、ずいぶん苦心しただろうと思う。

あなたは、二人の男女がいちゃついてる所へゆきあわせた経験がおありかしら？　ちょっと休憩しようと思って、応接間へゆく。ドアをあけると、なかで誰かがとつぜん、何かを思いだしたように立上る。部屋へはいってゆくと、エミリーが窓辺に立って、道の向う側をさも興味ふかそうに眺めている。そして、部屋のこっち側ではジョン・エドワードの奴が、赤の他人の親戚の写真を夢中になって眺めている。

戸口のところで、

「おや、誰もいないかと思ったんだ」

と言うと、エミリーがいかにもこっちの言うことを信じない口調で、素気なく、

「まあ、そう」

しばらくその辺をブラブラしたあげく、

「とっても暗いね。どうしてガス燈をつけないの？」

と訊ねると、ジョン・エドワードが、

「あっ！」

とつぶやく。だがエミリーは平気な顔で、

「夜にならないのにガス燈をつけると、パパに怒られるのよ」

と言う。

そこでニュースを一つ二つ、彼らに教えてやり、アイルランド問題についての意見を述べるのだが、いっこう反応がない。何の話をしてみても、彼らは、「まあ！」とか、「ふうむ？」とか、「そうかねえ？」とか、「まさか、そんなことが」とか、答えるだけである。こういうスタイルの会話を十分ばかりおこなった後で、部屋から出ようとすると、驚いたことには、こっちが閉めないうちにいきなりドアが閉まるのだ。

三十分ばかり経ってから、煙草を喫おうと思って温室へ出かける。すると、たった一つ

の椅子がエミリーに占領されていて、ジョン・エドワードは、服の模様から判断するに、床の上に腰をおろしていたらしい。彼らは二人とも口を開かない。しかし、その目つきには、上流社会で許される限りの非難がこもっている。そこでこっちはすばやく、温室から退散することになる。

もうこうなっては、この家のなかのどの部屋にもはいってゆく気がしない。そこで、しばらくのあいだ階段のあたりをウロウロしてから、自分の寝室にはいって、椅子に腰をおろす。だが、どうにも面白くないので、帽子をかぶって、ブラブラ庭へ出てゆく。小径を歩いて行って、東屋《あずまや》のところを通りすぎながら、ひょいとなかを覗きこむと、東屋の隅で寄り添っている若い男女がこっちを見る。その目つきは、どう見たって、何か魂胆があって自分たちを尾行している人間に対するときの目つきである。こっちはすっかり憤慨して、

「こういうことをするための特別な部屋を一つ作って、そこでよろしく何すればいいじゃないか」

などとつぶやきながら、玄関に戻り、雨傘を手にして外へ出かけることになる。

あの馬鹿な青年ヘンリー八世が、アンという可愛い娘に言い寄ってたときも、まあ大体こういう調子だったろう。ウインザーやレイズベリイのあたりをお二人がブラブラしている所へ、バッキンガムシャーの人々はバッタリ出会って、

「おや！　こちらにおいででしたか」

と声をあげる。そのときヘンリー王、少しく照れさせ給い、

「左様、家来を一人探しに、ちょっとブラブラしていたところじゃ」

するとアンがそれにつづけて、

「まあ、あなたにお目にかかれてとても嬉しいわ。ねえ、ほんとに不思議じゃないこと？たった今、ヘンリー八世さんと小径でお目にかかったのよ。そしたら、ちょうどあたしと同じ方角へ、いらっしゃる所だったの」

そこで来合せた奴は早速退散して、

「いやはや、こういうイチャツキがつづいてる間は、ケントのほうへでも避難したほうがよさそうだ」

と、独言《ひとりごと》を言うことになる。ところがケントへゆくと、着いたとたん、真先に目にはいるものは、ヒーワー・カースルのあたりを散歩しているヘンリーとアンなのである。

「チェッ、畜生め！」

とつぶやきながら思案にふけり、

「もう我慢がならない。こうなったら仕方がない。セイント・オウルバンズに逃げるとしよう――あの静かなセイント・オウルバンズなら大丈夫だ」

と考えて慌てて立去るのだが、到着してみると、これはしたり、修道院の壁際でお二人

はいま接吻など遊ばしていらっしゃる。もう駄目だ、というので結婚式が終るまで、生れ故郷をあとにして流浪の旅にのぼり、海賊稼業を働きながら暮しを立てるのやむなきにいたる。……

ピクニック・ポイントからオールド・ウインザー水閘《ロック》までの河の眺めは、とても美しい。ここかしこと小さなコティジをちりばめた並木道が、ベルズ・オヴ・ウーズリイという絵のようにきれいなホテル（川沿いのホテルはたいていそうなのだが）まで、岸に沿って続いている。このホテルでは極上の黒ビールを飲ませるとハリスは教えてくれたが、こういうことにかけては、ハリスの言葉は信用して差支えない。オールド・ウインザーはなかなか有名なところである。エドワード懺悔王はここに離宮を営んだし、ゴドウィン伯爵が王の兄の弑逆《しいぎゃく》をはかったというかどで、当時の裁判により有罪を宣告されたのもまたここにおいてである。ゴドウィン伯はパンをちぎって手にもち、

「もし我にして有罪なりせば、余がこのパンを食べたとたんにパンは余を窒息せしめるであろう」

と言って、口にパンを投げこみ、嚥《の》みくだした。そしてパンは彼を窒息させ、つまりゴドウィン伯は息絶えたのである。

オールド・ウインザーを過ぎると、河の眺めは幾分つまらなくなって、ボヴニイに近づくまでは、あまり趣がない。ジョージとぼくは、ホーム・パークを過ぎるまでボートを曳

いて行った。このホーム・パークはアルバートからヴィクトリア橋までの間、右岸にずっとひろがっているのである。ダチェットを通り過ぎるとき、ジョージがぼくに、最初に河遊びしたときのことを覚えているかと訊ねた。夜の十時にダチェットに上陸し、それから泊めてくれる所を探したときのことである。

あのことだけは忘れようと思っても忘れるわけにゆかない、とぼくは答えた。

それは、八月の銀行休日の前の土曜日のことであった。ぼくたち――というのは今と同じ三人で、三人ともクタクタに疲れ、腹をすかせていた。ダチェットに着いたとき、われわれは食料籠、二つの鞄、毛布、外衣、まあそういった類《たぐい》のものを手にして宿さがしに出発した。まず、とてもきれいな小さなホテルに行きあたった。ポーチの上にはぼたんづる《クレマティス》と蔦をからませてある。だがすいかずらはからませてない。そして、どういう訳なのか判らないけれども、ぼくはひどくすいかずらにこだわってしまって、

「この宿屋はよそうよ。もう少し歩いてみよう。すいかずらをからませたホテルがあるかもしれないから」

と言った。しばらくすると、もう一軒のホテルにゆき当った。それも、とてもきれいなホテルで、建物の横にはすいかずらがちゃんと這わせてある。ところが今度はハリスが、玄関のドアに寄りかかっている男の顔つきが気にくわないと言いだした。あれはどうも悪党らしいし、履いている靴の感じが醜悪だ、というのである。そこでぼくたちはまた歩き

だした。こうして、ずいぶんの距離を歩いたのだが、今度はいくら歩いても、もうホテルにぶつからない。そのとき一人の男とすれちがったので、このへんにホテルはないかと訊ねた。

「だいぶ来すぎてしまいましたよ。右に曲って後戻りしなさい。スタッグ・ホテルというのがありますから」

それを聞いてわれわれは、

「そこならゆきましたよ。でも、気に入らなかった。すいかずらがからませてなかったから」

「ふうむ、……メイナー・ハウスというのがその向い側にあります。当ってみましたか？」

今度はハリスが、その宿屋はどうも気に入らなかった、門にいる男の目つきが悪かったし、髪の色も、靴も、どうも感じが悪かった、と答えた。

「とすると……困りましたね。この町にはあの二つしか宿屋がないんです」

「ほかに宿屋がない！」

とハリスが金切声で叫ぶと、その男は落着きはらって、

「ありませんなあ」

ハリスは、

「一体ぼくたちはどうしたらいいんだ？」

と情ない声をだした。このときジョージが、ぼくとハリスに向って、君たちは二人で好きなホテルを建てて、好きなお客を泊めたらいいだろう、ぼくはスタッグ・ホテルに泊ることにする、と言い放った。

この上なく偉大な精神の持主といえども、あらゆる事柄においておのれの理想を実現することは不可能である。ハリスとぼくは、この世の望みの虚しさを歎きながら吐息をつき、ジョージのあとに従った。

スタッグ・ホテルにゆき、荷物をドサリと玄関に置いた。亭主が出て来て、

「今晩は、皆さん」

「やあ今晩は。ベッドが三つほしいんだ」

「恐れ入りますが、わたくしどもと致しましては都合がつきかねるのでございまして」

ジョージはそれに、

「なあに大丈夫。二つでいいんだ。三人のうち二人は一つのベッドに寝ればいいからな」

と言って、ハリスとぼくのほうを振り向いた。ハリスはまた、ジョージとぼくを同じベッドに寝させるつもりで、

「ああいいとも」

ところが亭主は、

「まことに申訳ございませんが……空いているベッドが一つもないのでございます。まっ

たくの話が、一つのベッドにお二人ずつお願いしておりますような訳で。なかには三人でベッド一つという向きもありますような訳で」

　これにはわれわれもすっかり参ってしまった。

　しかしハリスは、さすがに旅なれているだけ、臨機応変に、陽気な口調で、

「じゃあ、仕方がない。球つき台に寝させてもらおう」

「お気の毒でございます。もうとっくに三人の紳士方が球つき台の上でおやすみになっていらっしゃるので。それから、喫茶室のほうには、お二人お願いしてございます。皆様がたをお泊めするわけにはどうしてもゆかないので。はあ」

　ぼくたちは荷物を持ってメイナー・ハウスへいった。きれいな小さなホテルである。どうもこっちのほうが感じがいいな、とぼくが言うと、ハリスが、

「うん、そうだ。まったくその通りだ。あの赤毛の男だって、こっちが見なければいいんだ。それにあの赤毛にしても、生れつきなんだから、むしろ同情すべきだ」

　と言った。今度はハリスも、赤毛の件に関してだいぶ寛大で人間らしい態度になっていた。

　メイナー・ハウスでは、ぼくたちの言うことにぜんぜん取り合ってくれなかった。内儀《おかみ》は戸口につっ立って、あなた方はこの一時間半のあいだに追い帰された十四組目にあたると言った。われわれは、厩でも球つき台でもいい、石炭置場でもいい、と下手に出て哀願

したが、何を言っても嘲笑されるばかりである。そういう場所は、とうの昔にふさがっている、と言うのだ。仕方がないから、

「今夜、泊れるような場所が、村のなかにどこか、ないでしょうか？」

と訊ねると、

「そうですねえ……べつにおすすめする訳じゃありませんよ、でもイートンのほうへ半マイルばかりいらっしゃると、小さな飲み屋が一軒ございまして……」

もうそれ以上聞かずに、食料籠と鞄と外衣と毛布と包みをもって駆けだした。半マイルというよりも、むしろ一マイルに近い道のりのような気がしたが、とにかく到着して、息をはずませながら飲み屋に駆けこんだ。

飲み屋にいた連中は、みな下品な人間ばかりで、われわれのことを馬鹿にするだけであった。ベッドは三つしかないのに、その三つのベッドにはすでに、独身の紳士七人と二組の夫婦がやすんでいるというのである。だが、たまたま居合せた親切な水夫が、スタッグ・ホテルの隣りの八百屋に当ってみたらどうか、と教えてくれた。そこでわれわれはまた逆戻りすることにした。

八百屋は満員だった。しかしその店で逢った老婆が、四分の一マイルばかり離れたところに住んでいる彼女の友達の所へ連れて行ってくれた。その人はときどき紳士方に部屋を貸すことがある、というのだ。

この老婦人の歩き方はものすごくのろくて、彼女の友達の家に着くまで二十分かかった。彼女は道々、自分がどんなにさまざまの苦労をしているかという愚痴を聞かせた。

彼女の友達の部屋には、とうに先客があった。しかしそこで、二十七番地へ行ったらどうかとすすめられた。二十七番地の家も満員で、三十二番地へ連れてゆかれた。だが、三十二番地も満員であった。

仕方がないから大通りへ引返したが、ハリスは食料籠の上に坐りこんで、もう一寸たりとも動けないと言う。ここは静かな場所だ、死に場所にはちょうどよい、などとつぶやく始末である。そしてジョージとぼくに、自分の代りに母にキスしてやってくれ、彼はみんなの罪をゆるして幸福な表情で死んで行ったと親類全部に伝えてくれ、と頼んだ。

そのとき、天使が少年の姿に身を変じてぼくたちの前に現れた。(どういう訳なのか判らないが、天使が変装する場合にこれ以上効果的な姿はないようである。)彼は、片手には水差しに一杯のビールを持ち、片手には何か変なものを糸の端にくくりつけた奴をぶらさげ、それを歩きながら、通りすがりの石にぶつけては引上げる。この仕草が、なんともいえない哀愁をそそる音を立てた。

われわれはこの天からの使に対し、(これは後になって判ったことなのだが)この辺に婆さんか中風病みの爺さんか、まあとにかくそういう病弱な人がいて、しかもあまり人数の多くない家で、この三人の絶望的になっている人間に対しベッドを提供せずにはいられないくらい気の弱い一家はないだろうか、もしそういう家がないならば空いている豚小屋でも、使っていない石炭焼竈でも、あるいはまたどういう種類のものでもいい、とにかく心当りはないかしらと訊ねた。すると少年は、そういう心当りはないが、もしなんだったら、ぼくんちには一部屋あいてるから、一晩ぐらいだったらお母さんが泊めてあげるんじゃないか、と答えた。

これを聞いたわれわれは、明るい月光を浴びながら少年の首っ玉にかじりつき、彼を祝福した。少年がわれわれの感動に圧倒されて地面に倒れ、われわれもまた彼の上に倒れてしまうことがなかったならば、これはきわめて美しい光景であったろう。ハリスは喜びのあまり卒倒した。そして意識を取戻すまでには、少年の、ビールのはいっている水差しを奪いとって、半分ばかり飲んでしまうことが必要であった。それから彼は、荷物は全部ジョージとぼくにまかせて、一目散に駆けだした。

少年の家というのは、四部屋の小さなコティジであった。そして彼の母親——なんという善良な人だろう！——は、ぼくたちに温かいベーコンで夕食をとらせてくれた。ぼくたちはそれを全部——五ポンド——平らげ、それからジャムつきのパンを食べ、お茶をポットに二つ飲み、そして寝ることにした。部屋にはベッドが二つあった。一つは二フィート六インチの車つき寝台で、ジョージとぼくはそれに寝た。ただし落っこちないようにシーツで体をベッドに縛りつけてである。もう一つは子供用のベッドで、ハリスはそれを一人で占領した。朝になってから見ると、ハリスの奴、足を二本ベッドの外へ突き出している。ジョージとぼくは顔を洗うあいだ彼の足をタオル掛けとして用いた。

その次ダチェットに行ったときは、もう生意気な気持は押えて、宿の選《よ》り好みはしなかった。

閑話休題。今度の旅行のことに話を戻そう。わくわくするようなことは何も起らなかった。ぼくたちはモンキー・アイランドの少し下流まで舟を曳いてゆき、そこでボートを岸につけて昼食をとった。昼食にはコールド・ビーフを食べたのだが、芥子《からし》を持ってくることをぜんぜん忘れていたことに気がついた。ぼくの生涯において、あの時ほど芥子が欲しいと思ったことは、それ以前にもそれ以後にもなかったような気がする。ぼくは普通、芥子をあまり好まないほうで、滅多に芥子をつけて食べることはないのだが、このときばかりは、それと引換えなら世界を手渡してもいいという位の気持だった。

宇宙にどれだけ多くの世界があるものか、ぼくは知らないけれど、今このときスプーン一杯分の芥子をくれる人がいたら、そういう幾つもの世界を全部やってもいいと思った。何かほしいものがあってそれが手にはいらないと、ぼくはいつもこんな気持になる。

ハリスも、芥子と引換えに世界を渡してもいいと言った。もしそのとき芥子を一罐もってこの場に誰かがやって来たら、その男は一生のあいだ生きていてもおつりが来る位たくさん、世界をもらったことだろう。

しかし、ああ！　ハリスにしろぼくにしろ、芥子を手に入れてしまったらこの約束をごまかそうとしたに違いないのである。人間は興奮すると大仰な約束をするものだが、落着いて考えるようになると、対象の価値に引きくらべてひどく釣合いがとれてないということが判るのである。かつて、一人の男がスイスの山に登って、ビール一杯と引換えなら世界を手渡してもいいと言った。しかしその男が、ビールを売っている小屋へやって来たとき、ものすごい喧嘩をはじめたそうである。ビール一瓶が五フランもするのはとんでもないと言って怒ったのだ。彼は、これはスキャンダラスな値段だと言い、下山してから『タイムズ』の「物申す」欄へ投書したそうである。

ボートの上には憂愁が漂った。芥子がないからである。ぼくたちは黙々としてコールド・ビーフを食べた。生きていることは空虚で索漠たることのように思われた。ぼくたちは幼年時代の幸福な日々のことを思い、深く吐息をついた。しかし、やがてほんの少し明るい表情を浮べた。アップル・パイを食べたからである。そして、ジョージが食料籠の底のほうからパイナップルの罐詰を一つ取出し、ボートの真中へそれを転がしたとき、われわれは、生きていることは、結局、意味のあることなのだ、と考えたのである。

ぼくたちは三人ともパイナップルが大好きだ。まずレッテルの絵をじっとみつめ、甘い汁のことを考えた。そして互にほほえみあった。ハリスのごときは、もうとっくにスプーンを手に握りしめていた。

そこで罐切りを探した。食料籠のなかのものを全部とりのけてみた。鞄のなかをひっくりかえした。ボートの底板をあげてみた。果てはあらゆるものを土手にあげ、それを一つ一つゆすぶってみた。しかし、罐切りはどうしてもみつからない。

ハリスがナイフで罐をあけようとしたが、ナイフが折れて、ひどい怪我をした。ジョージが鋏でやってみたが、鋏がはねて、あやうく目玉をつつきそうになった。彼らがこのようにして手傷を負っている間、ぼくは爪竿《ヒチャー》の尖ってるほうの端で穴をあけようとしたが、爪竿はつるりとすべり、そのせいでぼくは、ボートと岸の間の深さ二フィートの泥水のなかへ転げ落ちた。罐は平気でゴロゴロころがり、コップを一つ割った。

そこで、ぼくたちは総員カッとなった。罐を土手に持って行って、ハリスは原っぱを探しまわり、大きな尖った石を持って来た。ぼくはボートに戻って、マストをひっこ抜いて来た。そしてジョージが罐を手に持ち、ハリスが石の尖端を罐の上に当てがい、ぼくはマストを空高く持ちあげ、全身の力をこめて打ちおろした。

その日ジョージの命を救ったのは、彼のかぶっていた麦藁帽であった。彼は今でもその帽子（というよりもその残骸）を保存していて、冬の夜長に煙草をくゆらしながら、みんなが過去の冒険譚を語るときには、この帽子を持出して一座に示しながら、この血湧き肉躍る物語を、そのたびごとに新しい誇張をつけ加えて語るのである。

ハリスはちょっと負傷しただけで済んだ。

その次には、ぼくが罐を受取って、こっちが身も魂も疲れ果てるまでマストをめった打ちにした。その次にはハリスが代って殴りつけた。

ぼくたちは、パイナップルの罐詰を平べったくなるまで打ちのめした。そして次にはそれを四角にし、その次には……というふうに、幾何学において知られているあらゆる形にしたのだが、ただしそれに穴をあけることはできなかったのである。

ジョージがマストを取上げて殴りはじめると、異様で無気味で野蛮で醜悪で非現実的で、なんとも形容のできない変な形になったので、こわくなってしまい、マストを捨てた。そこでわれわれ三人はそれをとり囲んで草の上に坐り、じっとパイナップルの罐詰をみつめた。そのてっぺんには、大きな凹みができていて、人を馬鹿にした笑いを浮べているような感じであった。それがひどく癪にさわるので、ハリスは思わず駆けよって手につかみ、河の真只中へ投げこんだ。それが沈むと、ぼくたちは思うさま罵り、それからボートに帰って、一生懸命に漕ぎつづけ、メイドン・ヘッドにつくまで一休みもしなかった。

メイドン・ヘッドは、どうも俗物的な感じで、愉快な町ではない。着飾った女を連れた洒落者がたえずうろついている町である。あるいは、伊達男とバレーの踊り子が主なお得意様である見掛け倒しのホテルの町である。それはあの河の悪魔——スチーム・ランチが出発する魔女の台所である。『ロンドン・ジャーナル』の連載小説では、公爵はいつもここに妾宅を構える。そして三冊続きの長篇小説のヒロインは、他の女の夫と一緒に宴会に出るとき、いつもここで食事をとるのだ。

われわれはメイドン・ヘッドをすばやく通りぬけ、それから少し速度をゆるめてボールターおよびクッカムの水閘《ロック》にいたるすばらしい景色を鑑賞しながら、ボートを進めた。クリーヴディンの森は優雅な春の衣裳をまだつけていて、濃淡さまざまの美しい緑と調和しながら、水辺から立上っている。これは、おそらく、テムズ河のほとりで最も美しい眺めであろう。ぼくたちはしばし去り難い思いで、快よい眺めを楽しんだ後、小さなボートを先へと進めた。

クッカムの少し下流の所まで、堰返しの水のなかを漕いで進み、そこでお茶《ティー》にした。水閘《ロック》を通りぬけたときにはもう日が暮れていた。このとき強い風が吹きはじめた。不思議なことに、それが追風なのである。なぜ不思議かというと、河の上ではこっちがどの方角へゆこうとしているときでも、風はぜったい追風ではないことに決っているからだ。たとえば朝、日帰りの遠漕に出かけるとき向い風であるとする。こっちは一生懸命漕ぎながら、帰りにはのんびりと帆を張って帰ればよいと考える。ところが目的地に着いてお茶を飲むと、風は向きが変ってしまい、帰りもずうっと漕ぎつづけなければならないのだ。

今度は最初から諦めて、帆を持ってゆかない。そういうときに限って、行きも帰りも風は追風なのだ。ああ！　しかしながら人生はたえざる試練の場所なのである。人間はそもそも苦しむために生れてきたのだ。

ところが、この夕暮は、風のほうで何か間違ってしまって、正面から吹きつける代りに後ろから吹いた。

そこでぼくたちは、風に気がつかれないようにそっと帆を張って、分別くさい表情でボートのなかに寝ころんだ。帆は風をはらみマストをきしませた。ボートは飛ぶようにしてすべってゆく。

舵をとっていたのはぼくだった。

帆走ほどスリリングな楽しみはない。そのときぼくたちは、夢のなかでなければ味わえないような、飛び翔《か》けるのに近い状態にあるのだ。風の翼はぼくたちを上へ上へと運んでくれる。どこへなのかは、判らないけれども。そのときわれわれはもはや、大地の上を苦しみながら這ってゆく、あの緩慢で、微弱な、とぼとぼと歩く土くれではない。われわれはそのとき《自然》の一部なのだ。われわれの心臓は《自然》の心臓に合せて高鳴る。彼女の栄光ある腕はわれわれを抱き、われわれを彼女の心臓へと押し当てる！　われわれの精神は彼女の精神と一体になる。われわれの肢体は軽やかになり、天空の声はわれわれに歌いかける。大地はもはや遠く遥かな卑小なものとなり、雲はわれらの兄弟となって頭上真近なところに横たわる。そしてわれわれは双の腕をあげて雲に触れるのだ。

ぼくたちはこのとき河を独占していた。ただしずいぶん遠い所に、三人の漁師をのせた平底舟が中流にもやってあるのが見えたけれども。ぼくたちは水面を滑ってゆき、森の茂っている土手を通り過ぎた。誰ひとり口をきく者もない。

舵をとっていたのはぼくだった。

近づいてみると漁をしている三人の男は、しかつめらしい顔の老人たちであった。彼らは平底舟の三つの椅子に腰をかけ、熱心に糸を見つめていた。赤い夕陽は波の上に神秘的な光を投げかけ、そそり立つ森を火のように染め、そしてまた層雲を黄金の輝きに色どっていた。それは深い魅惑の時刻、恍惚《こうこつ》と希望と憧憬の時であった。小さな帆は紫の空を背景にしてくっきりと浮び、薄暮は世界を虹いろの影に包みながらぼくたちのまわりに横たわる。そして背後には夜がこっそりと忍びよるのだ。

ぼくたちは、まるで古い伝説のなかの騎士たちのような気がしていた。そう、神秘な湖を横切って見知らぬ黄昏の国へ、日の沈む大いなる国へと、舟を走らせてゆく騎士たち。

……

だがしかし、ぼくたちは黄昏の国へはゆかなかった。突然、平底舟へぶつかったのである。もちろんその舟では、老人が三人、魚を釣っていた。最初は、どういうことが起ったのか、ぜんぜん判らなかった。というのは、帆が視界を遮っていたからである。しかし、夕闇をつんざいて聞える言葉の模様から推して、近くに人間がいることは判った。その人間たちが怒っていることも判った。

ハリスが帆をおろしたので、始めて真相が明らかになった。われわれは三人の老人を椅子からはねとばし、ボートの底に一かたまりにしたのである。そして彼らは、今、ゆっくりとかつ痛々しく、お互に自分の体をより分け、それからまた自分の体についている魚をつまんでいる。こういうふうに働きつづけながら、彼らはぼくたちのことを呪っていた。ただしそれは普通の呪いではなくて、長く長く続く、入念に考えられた複雑な呪いであったし、その呪いの対象たるや、遠い未来までをも含むわれわれの全経歴、われわれの親類全部、われわれに関係のあること全部、であった。つまりそれは極めて立派な、実質的な呪いだったのである。

ハリスは彼らに、一日じゅうじっと坐って釣りをしているんだから、こういうちょっとしたことが起るほうが面白いだろう、と言った。また、あなた方のような高齢の人が気持を抑制することができないのを見るとたいへん悲しい、とも言った。

しかしハリスの言葉は、なんのききめもなかった。

ジョージが代って舵をとろうと言った。お前のような詩的な魂の持主に舟をゆだねるわけにはゆかない、われわれ全員が溺れ死にしないうちに、自分のような平凡人がボートをあずかることにしよう、と彼は言い、紐を握ってマーロウまで舟を進めたのである。

マーロウで橋のそばに舟をつなぎ、その夜はクラウン・ホテルに泊った。

第十三章

マーロウ　ビシャムの僧院　メドメナム僧団の僧たち　フォックステリアの破廉恥なる行為　モンモランシー、老猫を殺害し得ると考える　されどその結果は……　マーロウからの出発　威風堂々たる行列　スチーム・ランチを困らせる法　河水を飲むことへの拒否　平和な犬　ハリスおよびパイの異様な消滅

ぼくの知っている限りでは、マーロウはテムズ河畔の中心地の一つである。それは人出の多い活気のある小さな町だ。そして、全体としては景色のいい町ではないが、《時間》の穹窿《アーチ》の上に立って眺めると、ここかしこと興味深い場所が多いのだ。すなわち、われわれの空想は、ウィリアム征服王が女王マチルダへ与えるためこの町を従える以前、ウォリック伯爵や賢者の誉れ高いバジェット侯爵（彼は四つの王朝に仕えた）の所領であった以前の時代、マーロウ荘園がサクソン・オルガーをその君主として仰いだ時代へと溯るのである。

ボートを漕いだ後で散歩をするのが好きな人にとっては、このあたりの田園は美しい眺めである。それに、河もまたすばらしい。クォーリイの森と牧場を過ぎてクッカムへ至るあたりは、まさに絶景と呼んで差支えないだろう。ああ、懐しいクォーリイの森よ！　狭い坂道、曲りくねった林間の空き地。そこでは明るい夏の日々の思い出が、なんとかぐわしく匂うことか！　影の多い並木道にはニンフたちの笑顔が浮び、木の葉の囁きからは遠い昔の声がそっとこぼれ落ちるのだ。

マーロウからソニングまでは、更に一段と美しい。かつてその壁に、聖堂騎士《ナイツ・テンプラーズ》たちの叫び声がこだましたことのある、そしてまたアン・オヴ・クリーヴズやエリザベス女王の住居となったことのある、古いビシャムの僧院は、マーロウ橋の上流半マイルの右手にある。ビシャムの僧院はメロドラマチックな性格にみちている。そこには、綴れ織《タピストリ》を垂れた寝室や、厚い壁で塗りこめた秘密の部屋がある。いとけない愛児を殴り殺したホーリー夫人の亡霊は、夜ともなれば今なおそこを歩きまわり、その幻の手を幻の水盤で洗おうとすると言う。

王様作り《キング・メイカー》として知られるウォリックも、ここに眠っている。もちろん今は、地上の王や地上の王国のような瑣末な事柄に対しては、いささかの関心も示さないで。それからまた、ポアチエの戦いで勲功をたてたソルズベリイもここに眠っている。この僧院にゆくちょっと手前、右手の岸にビシャムの教会がある。探求の値打のある墓がこの世にあるならば、それはビシャムの教会の墓と記念碑であろうと思う。マーロウに住んでいたシェリイ（彼の家は今、ウエスト・ストリートに残っている）が、『イスラムの叛乱』を書いたのは、ボートにのってビシャムの橅《ぶな》の林の下を漂いながらであったそうな。

ここから少し上流にあるハーリーの水門を通り過ぎるとき、ぼくはよく、このあたりの美しさを鑑賞しつくすためには一ヵ月滞在しても無理だろうと考える。水閘《ロック》から歩いて五分のところにあるハーリーの村は、テムズ河随一の古い土地で、遠い時代の奇妙な言葉遣いを引用して言えば「セルバート王およびオッファ王のころから」あったのだ。それから、水閘を過ぎてすぐの所に、デインズ・フィールドがある。ここは、侵入して来たデンマーク人がグロースターシャーへ進軍する途中、露営した所である。もう少し溯ると、メドメナム僧院の跡が美しい入江にかこまれて残っている。

有名なメドメナム僧団、すなわち普通には「地獄の炎《ヘル・ファイアー》クラブ」と呼ばれている所のものは、あの悪名高いウィルクスもその一員だったが、「汝の欲することを為せ」がモットーである宗教団体で、この文句は今日もなお、僧院の半ば廃墟と化した門に掲げてある。これら破戒無慙《むざん》な僧たちを集めたインチキ僧院が建設されるよりも遥か前、同じ地点に、きわめて厳格な僧院があった。この寺の僧たちは、彼らの五百年後の後継者ともいうべき道楽者たちとは、かなり違っていたのである。

十三世紀に、ここにその僧院があったシトー修道会の僧たちは、粗末なチュニックと僧帽以外には衣服をまとわず、肉も魚も卵も食べなかった。藁の上に寝《い》ね、深夜に起きてミサをおこなった。日中は、労働と読書と祈禱にいそしんだ。そして、彼らの生活には死のような静寂が支配していた。なぜなら、誰ひとり口をきかなかったからである。

神がこのようにも派手やかに創り給うた甘美な土地において、陰鬱な生涯を過した教団！　河水のやさしい歌声、水辺の草のささやき、風の音楽――それらさまざまの《自然》の音楽が彼らに、これよりももっと真実な生活の意味を教えなかったとは異様な話である。彼らは、日がな一日黙々として耳かたむけ、天空から訪れる声を待っていた。そして天空からの声は、ひねもす夜もすがら、無数の調べを奏でて語りかけるのであったが、彼らの耳にはそれが聞えなかったのである。

メドメナムからハンブルドンの水閘《ロック》までは、河は平和な美しさにみちみちている。しかしグリーンランドを過ぎると、ヘンリーの対岸をかなり過ぎるまでは、岸辺には何もなくて、退屈な眺めである。

ぼくたちはマーロウで、月曜の朝かなり早く起き、朝食前に水浴に出かけた。その帰途、モンモランシーはひとつ馬鹿なことをした。モンモランシーとぼくが意見を異にする重大な話題が一つある。それは猫だ。ぼくは猫が好きだが、モンモランシーは猫が嫌いなのである。

ぼくは猫に出会うと、

「猫ちゃん、猫ちゃん」

と言ってかがみこみ、頭の横を撫でてやる。すると猫は尻尾を固くしてピンと上げ、背中を弓なりにして鼻をぼくのズボンにこすりつける。実に温良で平和な感じだ。ところがモンモランシーが猫に出会うと、町じゅう知らざる者はないという大事件になる。普通の尊敬すべき人間が倹約しながら使えば一生のあいだ、使える位の下品な言葉が、わずか十分間のうちに使い果たされることになる。

ぼくは犬を非難する気持は毛頭ない。(犬の頭をコツンとぶんなぐったり、石を投げつけたりする程度で、我慢することにしている。)というのは、あれは犬の天性だとぼくは考えているからなのだ。フォックステリアは、他の犬の三倍の分量の原罪をもって生れて来ている。フォックステリアの喧嘩好きを然るべく矯正するには、われわれキリスト教徒が何年も何年も忍耐強く努力することが必要らしいのだ。

いつだったたか、ヘイマーキット・ストアのロビーにいたら、ぼくのまわりは全部、犬ばかりであった。彼らは、なかで買物をしている飼主が戻って来るのを待っていたのである。マスチーフが一匹、コリーが一匹か二匹、セント・バーナードが一匹、レトリーヴァーとニュー・ファウンドランド種が数匹ずつ、ボア・ハウンドが一匹、首のまわりだけ毛がフサフサしていて真中のところは疥癬《かいせん》にかかっているフレンチ・プードルが一匹、ブルドッグが一匹、鼠《ねずみ》くらいの大きさのロウサー・アーケイド種が数匹、それにヨークシャー種が二匹。彼らは、忍耐強く、大人しく、分別くさく坐っていた。鹿爪らしい穏やかさが、そのロビーを支配していた。静寂と忍従と大人しやかな悲しみが、ロビーにみちあふれていた。

そのとき、若い美人がいかにも大人しそうな小さなフォックステリアを従えてはいって来、ブルドッグとプードルの間に彼を縛りつけてから、なかへはいって行った。彼はしばらくの間、まわりを眺めていた。それから視線を天井に投げ、どうも表情から察するに母親のことを考えているらしい模様であった。それから彼は欠伸《あくび》をし、次に他の犬たちを見渡した。彼らはみな、静かで堂々として威厳にみちている。

彼は右側でウトウトと眠っているブルドッグを見た。左側で体をシャンと立て、高慢そうにしているプードルを見た。次に彼は、一言の警告も発せずに、また、いかなる刺戟も与えられなかったにもかかわらず、自分に近いほうのプードルの前足を噛んだ。苦悶の叫びはロビーの静寂をつんざいた。

この最初の経験の結果は、彼に高度な満足を与えたらしい。そこで彼は、これを継続して、周囲を大いに活気づけようと決心した。まずプードルに飛びかかり、それから元気よくコリーを攻撃した。するとコリーが目をさまし、プードルと、荒ら荒らしく且つかまびすしい戦いをただちに開始した。そのときフォックステリアは元の位置に戻り、ブルドッグの耳をくわえて彼を振りまわそうとした。ところがこのブルドッグは奇妙なくらい平等を愛する奴で、彼の届く範囲のあらゆる犬に喰いついた。そのなかにはこの店の番犬も含まれていた。この騒ぎは、あの小さなテリアが彼と同じくらい熱心なヨークシャー種の犬との間に継続的な戦闘を楽しむ機会を与えた。

犬の天性がどういうものであるかを知っている人には、改めて説明する必要はない訳だけれども、こうなると、この場に居合せた犬は全部、まるで一家の運命がきまるのはこの一戦にありという意気込みで喧嘩を始めた。大きな犬どもはお互に無差別にくってかかる。そして小さな犬どもは、小さな犬同士で喧嘩をしながら、たまたま空いている時間があると、その間にちょいと大きな犬の足に噛みつく。

ロビーは今や大混乱。騒音は地軸をゆるがすばかり。ヘイマーキット・ストアの前には黒山のように人だかりがして、これはいったい宗教会議なのですか、それとも誰かが殺されたのですか、殺人だったらその理由は？　などと口々に語り合う。やがて棒や綱をもった男たちが現われ、犬を引離そうとするが、うまくゆかないので、とうとう警察署に人を走らせた。

喧嘩の最中、あの若い美人が戻って来て、その愛犬（野良犬と喧嘩して全治一ヵ月の重傷をおわせた経験の持主なのに、まるで生れたての小羊みたいな大人しい顔をしている）を抱きあげ、キスをして、

「お前、殺されかけたんじゃないかい？　あのけがらわしい犬たちが何をしたの？」

と問いかけると、フォックステリアは彼女に甘えて、こう言いたげな顔でじっとみつめる。

「ああ、ぼくはとてもうれしいです。こういうけがらわしい場所から、ぼくを救いだしに来て下すって！」

そこで彼女は、こういう野蛮な犬どもをきちんとした人間の飼っている犬と一緒にするのは断じて許せない、とストアの人々に喰ってかかり、どうしてもこれは裁判沙汰にするつもりだとタンカをきる。

まあ、こういうのがフォックステリアの生れつきなのである。だからぼくは、モンモランシーが猫と喧嘩するからといって、彼を咎《とが》める気にはなれない。が、彼としては、あの朝あんな真似をしなければよかったと考えているらしい模様であった。

前にも述べたように、ぼくたちは一泳ぎしてから戻って来たのだが、大通りまで来たとき、一匹の猫がすぐ前の家から飛出し道を横切りはじめた。モンモランシーは歓喜の叫びをあげた。それは敵が手中に陥ったのを見た猛《たけ》き武士《もののふ》の叫び、スコットランド人たちが山から下りて来たときクロムウエルがあげた叫び——のようなものであった。モンモランシーは彼の餌食を追いかけた。

彼の餌食というのは、大きな黒猫であった。ぼくはこれ以上大きな黒猫も、これ以上獰《どう》猛《もう》な顔つきの猫も見たことがない。尻尾が半分ちぎれていたし、耳も片方がなく、鼻も片側がなくなっていた。大きな体つきの頑丈な猫で、穏やかな満足しきった感じを漂わせている。

モンモランシーは時速二十マイルの速度で、この哀れな猫に近づいた。しかし猫は急ごうとしない。生命が危険に瀕しているという考えをまだいだいていないように見受けられた。猫は静かに歩みつづける。そしてついに暗殺者は、一ヤードと離れていない所まで迫った。そのとき猫はくるりと振り向き、道の真中に坐りこんだ。そして、静かな物問いたげな表情を浮べてモンモランシーを見やりながら、こう言った。

「やあ、何か用かね？」

モンモランシーは臆病者では決してない。しかしこの猫の視線には、世界で最も勇敢な犬の心胆をも寒からしめるものがあったのだ。モンモランシーはとつぜん立止り、猫をみつめた。

両者いずれも一言も口をきかない。しかし想像するところ彼らの間の会話はあきらかに次のようなものであった。

猫　何か用なのか？

モンモランシー　いえ……何も……有難う。

猫　遠慮しないで言いな。ほんとに用があるんだったら。

モンモランシー　（大通りを後退りしながら）いや、ないんだ……全然ない……気にしないでくれ。その……実は勘違いしたんだ。おれの知合いの猫かと思った。邪魔して悪かった。

猫　なあに謝ることなんか、ねえさ。じゃあ、ほんとに用はねえんだな。

モンモランシー　（いよいよ後退りしながら）ないよ、ないよ。有難う……全然ないんだ。いや、どうも御親切に。さようなら。

猫　あばよ。

そこで猫は立上り、のそのそと歩いてゆく。モンモランシーは尻尾をまき、ぼくたちの所にやって来て、おずおずと列の最後についた。

今日でも、もし誰かがモンモランシーに向って、

「そら、猫だ！」

と言おうものなら、彼は明らかに縮みあがり、悲しそうな目つきをして、

「お願いです。猫の話だけはよしてください」

と言うのである。

朝食後ぼくたちは買物に出て、三日分の食料を補給した。ジョージは、われわれは野菜をとらねばならぬ――野菜を食べないのは健康によろしくない、と言った。彼の説によると、野菜は料理が簡単だから自分が引受けてもよろしい、というのである。そこで馬鈴薯十ポンド、そら豆一ブッシェル、キャベツ若干を買った。また、ビーフステーキ・パイ一

つ、グーズベリイ菓子二つ、羊の足一本をホテルから買った。さらにまた、果物、ケーキ、パン、バターおよびジャム、ベーコン、卵、その他のものを町中ひっかき廻して買い漁《あさ》った。

われわれがマーロウを出るときの光景は、われわれの最大の成功のひとつであったと思う。それは堂々としていて印象的で、しかも見栄を張った感じはいささかもなかったのである。買物をした店では、買上げた品を早速とどけるようにとやかましく言いつけた。「はい、かしこまりました。直ぐに届けさせますでございます。皆さま方がお帰りになりませんうちに、うちの小僧がもうお届けしてあることと存じます」などと言われて、舟着場に戻ってみても小僧は来ない。仕方がないのでまたその店へゆき、一喧嘩おっぱじめる――などというのはやり切れないから、ゆく店ごとに小僧が籠につめるのを待って、その小僧を後ろに従えて店を出ることにしたのだ。

ぼくたちは実にたくさんの店に行った。そしてどの店でも、この手口を採用した。その結果はすなわち、買物が完了するまでに、籠をたずさえた一団の小僧がずらりとわれわれの後に居並ぶことになったのである。大通りを河へと向って進軍するわれわれの最後の行進は、マーロウの町にとっては、絶えて久しく見たことのない威風凛々《りんりん》たるものであったに相違ない。

行列の順序は次のようなものであった。

モンモランシー、ステッキを口にくわえている。

二匹の見苦しい野良犬、これはモンモランシーの親友たちである。

ハリス、ふくれ上った旅行鞄を片手に、ライムジュースの壜をもう一方の手に持って、ちっとも重くないといった顔つきで歩く。

八百屋の小僧とパン屋の小僧、手に籠を持つ。

ホテルの番頭、食料籠を運ぶ。

菓子屋の小僧、籠をかかえている。

食料品店の小僧、同じく籠をかかえている。

毛のフサフサした犬一匹。

チーズ屋の小僧、籠をかかえている。

臨時雇いの男、鞄を運ぶ。

その男の親友、両手をポケットにつっこんで、陶器のパイプを口にくわえている。

果物屋の小僧、籠を手にしている。

ぼく、三つの帽子と長靴二足を持ちながら、しかもそのことに気がつかないふりをしている。

そして最後に子供が六人と四匹の野良犬。

舟着場に着いたとき、船頭は、

「ええと旦那、旦那の舟はスチーム・ランチでしたっけ、それとも屋形舟でしたっけ？」と訊ねた。ペアのボートだよ、と言うと、びっくりして目を丸くしていた。

この朝はスチーム・ランチのせいで、大分てこずった。ちょうどヘンリーのボート・レースが来週おこなわれるので、スチーム・ランチがウヨウヨしているのだ。ボートを引張っているものもあれば、引張ってないものもあったが、とにかくぼくは、スチーム・ランチが大嫌いである。ボートを漕ぐ人間は誰でもそうだと思う。ぼくはこいつを見るといつも、どこか河の寂しい所へ誘いこんで秘密裡にしめ殺してしまいたくなる。

スチーム・ランチというのには、もともと騒々しくて高慢ちきな感じがあって、その感じは、ぼくの本性のなかにあるあらゆる邪悪な本能をかきたてるのにはなはだ適しているのだ。どうもぼくはスチーム・ランチを見ると、遠い昔が恋いしくなる。つまり、自分が相手のことをどういうふうに考えているかということを、手斧と弓と矢で教えてやることができた時代が懐かしくなるのだ。両手をポケットにつっこんで、船尾につっ立ち、葉巻きをくゆらしたりなんかしてる奴の表情は、それだけでも平和に対する違反行為を正当化するであろう。そして、道をあけろと命ずるあの高慢ちきな汽笛は、それだけでも、「正当防衛による殺人」という表決をどんな陪審員からでも得る保証となるにちがいない。

奴らはぼくたちを見ると、汽笛を鳴らして道をどかせなければならないものだと心得ている。自慢する訳ではないが、この週にわれわれの小さなボートは、われわれと擦れちがったスチーム・ランチに対し、テムズ河に浮んでいた他の舟全部が集ったよりももっとひどく、打撃を加えたのである。

はるか彼方に敵影を見かけると、

「スチーム・ランチだぞ！」

と一人が叫び声をあげる。そのとたん、敵を迎え撃つための準備を始めるのだ。ぼくは舵をとり、ハリスとジョージはそのそばに坐る。三人とも、ランチのほうに背中を向けるのだ。そして、ボートをのんびりと流れの真中に漂わせる。

ランチは進んで来る。もちろん汽笛を鳴らす。こっちは平気でボートを漂わせておく。相手の距離が百ヤード位になると、向うはまるで気違いみたいに汽笛を鳴らし始め、乗っている奴らはみな舟べりに身を寄せて、われわれに向ってどなる。しかしこっちはぜんぜん聞えない振りをしている。ハリスはお母さんの逸《いっ》話をしゃべりだす。そしてジョージとぼくは、一語も聞き逃すまいとその話に聞きいるのだ。

ランチは、ボイラーも破裂せんばかりの、断末魔の叫びにも似た汽笛を鳴らしてから機関を逆転し、蒸気をもうもうと吐き、グルリと向きを変えて浅瀬に乗りあげる。甲板の上の連中はみんな、船首に突進してぼくたちにどなり、岸の上の人々も立止ってぼくたちにどなり、通りがかりの他の舟もみんな止って騒ぎに加わり、こうしてテムズ河のこのあたりは上下数マイルにわたって一大混乱を呈することになる。このときハリスは話のいちばん面白い所で、語るのをやめ、おやっといった表情で顔をあげ、ジョージに向って言うのだ。

「おいジョージ、スチーム・ランチがそこにいるじゃないか」

するとジョージが答える。

「ふうむ、そうか。何か音がすると思ったよ」

慌てふためいてボートを退かそうとするのだが、うまくゆかない。ランチの人々は寄ってたかってぼくたちに指図を下す。

「右を引くんだよ――おい君、君だよ！　左は戻すんじゃない。違う、君じゃない――もう一人のほうだ――左は離せというのに――ほらっ、両方一緒だよ。違う。そっちじゃない。おい、この……」

そこで彼らはボートを下し、われわれを助けにやって来る。十五分ばかり骨を折った末、ぼくたちのボートを彼らのコースの外へ出すことができる。そこでぼくたちはさんざん御礼を言ってから、こっちのボートを曳いて行ってくれと頼むのだが――もちろん断られる。

貴族的な感じのスチーム・ランチに対する嫌がらせとしては、彼らを村の宴会の遊山船と誤解した振りをして、ソース鍋をひとつ貸してくれないか、などと頼む方法もある。

河に馴《な》れない老婦人たちは、スチーム・ランチをひどくこわがるものである。ぼくは一度、この種の婆さんたち三人を含む一行と、ステインズからウインザーへ行ったことがある。このステインズからウインザーへの間は、スチーム・ボートという機械の怪物が特に多い地帯である。これは面白い体験だった。スチーム・ランチが一隻でも目にはいると、婆さんたちは、上陸してランチが見えなくなるまで岸に坐っていようと主張するのだ。自分としては本意ではないのだが、家を出るとき無鉄砲なことをしないようにと家の者に命じられて来たから、というのである。

ハンブルドンの水閘《ロック》に来たとき、飲料水がなくなったのに気がついた。そこで水差しを持って、番人小屋に水を分けてもらいに行った。

ジョージがスポークスマンである。彼は愛嬌たっぷりの笑いを浮べ、

「水を少し分けていただきたいんですが」

「ええ、どうぞどうぞ。欲しいだけお取りなさい。余った分は残しておいておくれ」

と爺さんは答えた。ジョージは、

「どうも有難う」

とつぶやきながらあたりを見廻して、

「ええと……どこにしまってあるのですか？」

すると番人は、

「いつでも同じ場所ですよ。あなたのすぐ後」

と無愛想な返事をする。ジョージは振りむいて、

「見えないな、ぼくには」

「えっ？　眼はどこについてるんだね」

と言いながら、爺さんは水の流れを指さして、

「ほら、あそこにいっぱいあるじゃないか」

ジョージはここで、やっと言葉の意味が判って、

「でも、河の水は飲めません」

「全部は飲めないさ、もちろん」

と爺さんは答えてから、

「わしはこの十五年間、河の水を飲んでいるんだよ」

ジョージは負け惜しみに、しかし小父さんの顔はこの河水の広告にはなれそうもないね、ぼくはやはりポンプで汲んだ水がいい、と言った。

しかたがないから少し離れた小屋に行って水を貰った。どこの水だか判らないからいいようなものの、実はそれも河の水らしかった。しかし、眼で見てはいないのだから、胃袋のほうは文句を言わないのだ。

このシーズンのうちに一回、河水を使ったことがある。これはとんでもない失敗だった。遠漕の帰りで、ウインザー附近の堰《せき》外の支流を漕ぎながらお茶を飲みたくなった。水差し

はからで、お茶なしで我慢するか河の水を使うか、ということになった。ハリスは河の水を使おうと言う。沸《わか》せば大丈夫だ、水のなかの黴菌は沸せば死んでしまうというのである。そこでテムズの堰外の水を湯沸しに入れてぐらぐら沸騰させることになった。それが確かに沸騰するのを、ぼくたちは注意深く確認した。

お茶を入れ、そしていよいよそれを飲もうということになったとき、ジョージは唇にコップを近づけながら、

「あれは何だ？」

と叫んだ。

「何がなんだ？」

とハリスとぼくは訊ねた。ジョージは西のほうを見ながら、

「おい、あれを見ろ！」

ハリスとぼくは彼の見ているほうを見た。ゆるやかな流れに漂ってぼくたちのほうに一匹の犬が流れて来る。それはぼくがこれまでに見たなかでの最ももの静かな、最も平和な犬であった。こんなに満足しきった、こんなに安らかな感じの犬を、ぼくはこれまで見たことがない。それは仰向けになって、四つ足を空中につき出し、夢見るようにして流れて来る。腹も胸もふくれている。彼は、静かに威厳にみちて大人しく流れて来て、ぼくたちのボートの横に達し、それから芦の間にひっかかると、そこで今夜を過すらしい模様であ

った。

　ジョージは、もうお茶は飲みたくない、と言って、ついだのを河にあけた、ハリスも、もう咽喉の渇きはおさまったと言って、ジョージの真似をした。ぼくは、半分だけ飲むには飲んだが、飲まなければよかった、と後悔した。

　ジョージに、

「ぼくはチブスになるんじゃないだろうか？」

　と訊ねると、

「なに大丈夫さ」

　と答えたが、どうもその口調は、うまく生き延びやがった、と考えているらしい口振りであった。とにかく、チブスにかかっていようといまいと、二週間たてば判るわけであった。

　ウォーグレイヴまでは堰返しの支流を溯った。これはマーシュの水閘《ロック》の半マイル上まで右手の岸にそって続いている短い流れで、半マイルばかり近道である他に、景色がいいし日影になっているという長所がある。

　もちろん入口は杭と鎖でふさがれているし、制札が幾つも幾つも立っていて、この流れに漕ぎ入れた者に対してはあらゆる種類の拷問、投獄、死刑が課せられる、と書いてある。（ぼくはかねがね不思議に思っているのだが、こういう田舎の河岸土地所有者たちは、なぜ河の上の空気を一呼吸するごとに四十シリング請求しないのだろう？）しかし、杭と鎖はほんの僅かの技術で容易に避けて通ることができるし、制札のほうは、あたりに幸い人影がなく、五分ばかり余裕があれば、一つや二つ引抜いて河に投げこむこともできるのだ。

支流を半分ばかり漕ぎ上ったところでボートから出、昼食をとった。ジョージとぼくが大変なショックを受けたのは、この昼食のときである。

もちろん、ハリスもショックを受けたに違いない。しかしぼくは、ハリスのショックはジョージやぼくのそれほど大きなものではなかったろうと思う。

つまりこういう訳だったのだ。ぼくたちは牧場のなかの、河岸から十ヤードばかり離れたところに腰をおろし、今まさに楽しい食事を始めようとしていた。ハリスはビーフステーキ・パイを膝と膝の間に持って行って、ナイフで切ろうとしていた。ジョージとぼくは皿を用意して待っていた。ハリスが、

「スプーンがあるかい？　肉汁《グレイヴン》を分けるのに欲しいんだが」

と言った。食料籠はぼくたちのすぐ後にあったので、ジョージとぼくは振り向いてスプーンをとり出した。それにはものの五分とかからなかった。それから振り返ると、ハリスもパイも消え失せていたのである！

それは広々とした野原であった。数百ヤードにわたって一本の木も一つの生垣もない。河に落ちたはずはないのである。なぜなら、ぼくたちが彼よりも河岸に近いほうにいたの

だから、河に落ちるためには、ぼくたちの上を乗り越えなければならない。

ジョージとぼくはあたりを見廻した。それから顔を見合せ、

「神隠しにでもあったんだろうか？」

とぼくが訊ねると、ジョージが、

「だったら、パイだけは残っているはずだ」

と言った。この反対意見はたいへん有力だったので、われわれは神隠し説は放棄することにした。ジョージは平凡にしてかつ実際的な立場に立って、

「つまり真相は……地震があったのかもしれない」

と言った。そして、哀愁にみちた声でこう付け加えた。

「ハリスにパイを切らせていたのは、生憎だったねえ」

ぼくたちは吐息をつきながら、もう一度ハリスとパイを最後に見た地点へ、視線を投げた。するとそのとき、ぼくたちの血は凍り、ぼくたちの髪の毛は逆立ったのである。ハリスの頭が見えたのだ。しかも頭だけしか見えない。長い草のあいだにちゃんと直立して、真赤な顔でひどく怒った表情で！

ジョージがまず正気に返って、

「おい、生きてるのか死んでるのか言え！　体の他の部分はどこにあるんだ？」

と叫んだ。するとハリスの頭は、

「馬鹿なことを言うな。二人のいたずらだろう」

「えっ、なんだって？」

とジョージとぼくは叫んだ。

「とぼけるな。わざわざここに坐らせやがって、おいっ、早くパイを受取れ」

そして地面の下から（というふうに、われわれには見えたのだが）パイが登って来た。こわれてグチャグチャになったパイである。そのパイのあとから、泥だらけの、きたならしい、びしょ濡れになったハリスが現れた。

彼は、そうとは知らずに小さな下水の縁のところに腰をおろしていたのだ。ぼうぼう生えている草が覆っているので判らなかったのだ。ほんの少し後退《あとずさ》りしたとき、パイ諸共おっこちたという訳であった。

あんなに驚いたことは生れて始めてだ、と彼は言った。自分の体がどんどん落ちてゆくときには、一体なにが起ったのか見当もつかず、まず最初に考えたのは世界の終りがやって来たということだったそうである。

ハリスは、ジョージとぼくがあらかじめ企んだのだと今でも思いこんでいる。最も罪なき者に対してさえ不当な疑惑がなされるのだ。詩人も、「誰か能く冤罪《えんざい》を免かるるを得ん」と歌っている。

そう、誰か能く……

第十四章

ウォーグレイヴ　蠟人形　ソニング　ぼくたちのシチュウ　モンモランシーがからかう　モンモランシーと湯沸しとの格闘　ジョージのバンジョー　反対に出会う　アマチュア音楽における困難　風笛演奏の練習　夕食の後のハリスの悲しみ　ジョージとぼくが散歩に出かける　飢えかつ濡れて帰る　ハリスの挙動不審　ハリスと白鳥の物語　ハリスの眠られぬ夜

昼食が済むと風が出てきた。そのせいでわれわれはウォーグレイヴとシップレイクを楽しく通りすぎることができた。テムズ河の屈曲部にあるウォーグレイヴの町はさながら夏の午後の日ざしを浴びて熟している美しい果実であって、それを通過するときには一幅の古画のように思われるし、記憶の網膜にもまた、甘美な色調の絵として長くとどまっているのである。ウォーグレイヴのジョージ・アンド・ドラゴン亭はロイヤル・アカデミイ会員であるレズリイが片面を描き、ホジスンがもう片面を描いた一枚の看板を掲げている。

レズリイはジョージと竜《ドラゴン》との格闘を描き、ホジスンは格闘が済んだあとの情景を空想して描いた。すなわち、ジョージが一杯のビールに咽喉をうるおしている情景である。『サンドフォード・アンド・マートン』の著者であるデイは、ここに住んでいたし、殺されたのもまたウォーグレイヴにおいてである。ただしこの土地が有名なのは、むしろ後のほうの理由によってであるけれども。教会にはセアラ・ヒル夫人の記念碑がある。彼女は、「親不孝をせず悪態をつかず嘘もつかず盗みもせず窓ガラスも割らなかった」男の子二人と女の子二人に対し毎年復活祭のとき与えるようにと、年額一ポンドの金を遺贈した。これだけ大人しくして一年五シリングという訳である。いくら何でも安すぎるじゃないか。

ずいぶん久しい以前、この町に本当にこういうことを全部、絶対におこなわなかった少年が現われた。なあに、している所を見られなかっただけのことだろう。もちろん要求されているのはそれだけのはずだし、またそれ位しか期待するのができないはずである。とにかく——その少年はヒル夫人の栄光の冠を受けた。そして三週間のあいだ、ガラスのケースに入れられ、市役所に陳列されたそうである。

この賞金はどういうふうに使われたか、誰も知らない。人の噂によると近くの蠟人形の見世物を見るのに使われたという話だ。

シップレイクはきれいな村だが、山の上にあるので河からは見えない。テニスンが結婚したのはここの教会においてである。

ここからソニングに至るまで河は数多くの島の間を縫って流れてゆく。穏やかで静かでひっそりしていて、人影はほとんど見えない。ただし夕方になると、村の恋人たちが一組か二組、岸辺を歩いているけれども。ケアリイちゃんとフィッツヌードル君は、ヘンリーより先きへは行かない。そして陰鬱でうす汚れたレディングにはまだ到着しない。このあたりは、過ぎ去った日々、消え失せた顔と形、昔はあったかもしれないが今はないものを夢みるにふさわしい場所である。

ソニングで舟からおり村を散歩した。ここはテムズ河で最も浮世離れのした小さな村である。それは、煉瓦と漆喰で造られた村というより、むしろ芝居の書割の村に似ているのだ。ちょうど今頃、六月の上旬には、家々はすべて薔薇の花に埋もれている。その薔薇は匂やかに輝く雲を思わせる。

ソニングに滞在するなら、教会の裏にあるブル・ホテルに泊るがよい。これは昔の田舎の宿屋を絵に描いたような家で、正面には四角い緑の中庭があるし、そこでは夜ともなると、樹々の下の椅子に腰かけて、老人たちがビールを飲みながら、村の政治についてのゴシップを交換するのだ。部屋は奇妙な形で、天井が低く、窓には格子がはめてある。階段は変てこだし、廊下は曲りくねっている。

一時間ばかりソニングをぶらついていたら、レディングを通って漕いでゆくには遅くなったので、シップレイクの島のひとつに戻り、今夜はそこで泊ることにした。島に着いたのはまだ早い時刻だったので、ジョージが、時間はたっぷりあるからすばらしい夕食を作るには絶好のチャンスだと言った。河でどれだけすばらしい料理ができるか見せてやろう、と彼は威張り、野菜とコールド・ビーフの残りとその他いろいろさまざまなものを材料に、アイリッシュ・シチュウを作ろうと提案した。

これは名案のように思われた。ジョージは木を集めて火を起し、ハリスとぼくはジャガイモの皮むきを始めたのだが、ジャガイモの皮むきがこんなに難かしいものだとはついぞ知らなかった。ぼくがたずさわったこの種の仕事のなかでも、いちばん難かしい仕事だということが判ったのである。敢えて言うならば、ぼくたちは陽気に皮むきを始めた。しかし第一のジャガイモをむき終るまでに、われわれの陽気さは消滅してしまったのである。むけばむくほど、まだ皮が残っているような感じであった。そして皮を全部むき、イボをすっかり取ってしまったときには、もうジャガイモは残ってなかった――少くともジャガイモと呼び得るようなものは残ってなかった。ジョージが戻って来てこれを見た。それはほぼピーナッツ位の大きさであった。彼は、

「それじゃ駄目だよ。ジャガイモを捨ててるみたいなもんだ。皮をこすりとるようにしなくちゃ」

と言った。そこでわれわれは皮をこすりとることにしたのだが、これは皮むきよりもっと辛い仕事であった。どうも、ジャガイモというのは実に奇妙な形である。つまりコブと

イボと穴で出来ているのだ。われわれは二十五分間孜々《しし》として働き、四つのジャガイモを完成した。が、それからただちにストライキに突入することにした。こんなことをしていれば、こっちがヘトヘトになってしまう、という趣旨の下にである。

　ぼくは、ジャガイモの皮むきほど人間を苦しめるものを他に知らない。ハリスとぼくがあれだけクタクタになるまで働いて、わずかジャガイモ四つとは！　このことを見ても、経済などというものがいかにくだらない概念であるかが判るのである。

　アイリッシュ・シチュウのなかにジャガイモが四つしかはいらないのは馬鹿げているとジョージが言ったので、半ダースかそこらのジャガイモを洗い、皮をむかずに放りこんだ。また、キャベツを一箇に、そら豆を半ペック（一ペックは約九リットル）入れた。ジョージはそれをかきまわしながら、まだ大分ゆとりがあるようだと言う。そこで、ぼくたちは二つの食料籠をひっくり返し、いろいろさまざまな残り物をシチュウに放りこんだ。ポーク・パイが半箇に、冷たくなったボイルド・ベーコンが少し残っていたので、これも入れた。そのときジョージが、鮭《さけ》罐が半分残っているのを見つけたので、これも鍋のなかにあけた。

　彼の説によると、こういうのがアイリッシュ・シチュウの長所だというのである。つまり、たくさんの物を処分してしまうことができる点である。割れた卵を二つみつけたので、これもぶちこんだ。ジョージは、卵は汁の味をぐっと引立てると主張した。

　他の材料は忘れてしまったが、とにかく一つとして無駄に捨てられたものはなかった。

シチュウが出来あがりかけたころ、事の成行きに今までずっと多大の関心を示していたモンモランシーは、熱心にかつ鹿爪らしくどこかへ出かけてゆき、数分後ドブ鼠の死体を口にくわえて戻って来た。明らかに彼は、これを晩餐の一部として提供するつもりであったらしい。ぼくたちをからかっているのか、あるいは手伝うつもりなのか、どうもハッキリしないのだけれども。

鼠をシチュウの中に入れるか入れないかで、三人は熱心に討議した。ハリスは、入れて差支えない、どんなものだって味をよくするのに役立つ、と言った。ところがジョージは、前例にこだわった。アイリッシュ・シチュウにドブ鼠を入れた話なんて聞いたことがない、実験は避けて安全な策をとりたいというのである。ハリスはこれを聞いて、

「なんでも実験してみなくちゃ判らないじゃないか。世界の進歩を妨げるのは君のような人間なんだ。最初にドイツ・ソーセージを食べた男のことを考えて見給え！」

と言った。

そのアイリッシュ・シチュウは大成功であった。これ以上おいしい食事をぼくは食べたことがないような気がする。それは、なんとなく新鮮で、しかもピリリと辛い味があった。人間の舌は、古い陳腐な味にはウンザリしてしまうのである。そしてこの料理には、新しい味わい、地上のいかなる他の物とも違う味があったのだ。

それにまた、栄養もあった。ジョージが言ったようにいろんなものがタップリはいって

いるのである。豆とジャガイモはもう少し柔らかければよかったろう。しかしぼくたちの歯は丈夫なのだから、これは大した問題ではない。汁に関して言えば、それはまさに一篇の詩であった。虚弱な胃にとってはいささか濃厚な味に過ぎたろうが、とにかく滋養に富んでいたことは確かである。

お茶とチェリイ菓子で食事は終った。モンモランシーは、お茶を飲んでいる間に湯沸しと喧嘩をして、ひどい目にあった。

彼はこの旅行の間じゅう、湯沸しに対し多大の関心を示していた。湯沸しが沸騰すると、坐りこんで、疑惑にみちた表情で眺める。そしてときどき、これに向って吠えたて、湯沸しを怒らせようとするのであった。湯沸しがブツブツ音をたてはじめると、彼はこれを挑戦とみなし、喧嘩をふっかけようとするのだが、すわという瞬間に誰かが突進して来て、彼がとっくみあいを始める前に、彼の哀れな餌食を取上げてしまうのだった。

今日は邪魔のはいらぬうちに始めようと、彼は決心を固めていたのである。湯沸しがちょっと音をたて始めると、彼は立上って唸《うな》り、脅迫するようににじり寄った。相手は、小さな湯沸しとはいえ勇気にみちている。熱い唾をモンモランシーに向ってペッと吐きかけた。

モンモランシーは歯を見せ、唸り声をあげた。

「野郎！　やりやがったな。働き者の立派な犬にふざけた真似すると承知しねえぞ。この、惨めったらしい、鼻の長い、薄汚い野郎め。さあ、来い！」

そして彼は哀れな小さな湯沸しに向って突進し、その呑み口に手をかけた。

このとき夜の静寂をつんざいて、血も凍るほどの叫びが起った。そしてモンモランシーはボートから飛び出し、時速三十五マイルの速度で島のまわりをきちんと三回廻ったのである。もちろん、ときどき立止ってはその鼻を冷い泥のなかに埋めた。

この日以来モンモランシーは、畏怖と疑惑と憎悪のまじった視線で湯沸しを見るのである。彼は湯沸しを見るたびに、唸り声をあげ、尻尾をまいて退却する。そして湯沸しがストーブにかけられると、すばやくボートから出て、お茶の時間が終るまで岸に坐っているのだ。

ジョージは夕食がすむとバンジョーを取出し、弾きたいと言ったが、ハリスは反対した。頭が痛いので、とてもバンジョーが我慢できるような気分ではないというのである。ジョージは、音楽は体にいい――神経をなだめ、頭痛を取去ると言いながら、どんな具合かみせようとして二、三小節ひいて聞かせた。

ハリスは、頭痛のほうがまだしもましだと言った。

ジョージはこのときまで、まだバンジョーを練習していなかった。あたりの者が何やかやと邪魔するからである。今度の遠漕ちゅうも、夜になってから二、三回練習しようとしたが、いずれもうまくゆかなかった。ハリスは口が悪いし、かてて加えてモンモランシーは練習の間じゅうそばに坐りこみ、ワンワン吠えたてるのである。これでは、音楽にとってよい環境を与えられたとは言い難い。

「せっかくおれがバンジョーを弾いてるのに、なんであいつは吠えるんだ？」

とジョージはカンカンになって、靴で殴ろうと狙いをつける。するとハリスはその靴をひったくって、

「せっかく吠えてるのに、なんでバンジョーなんか弾こうとするんだ？　ほっといてやれよ。あいつとしては、どうしようもないんだ。何しろモンモランシーは、耳がいいからな」

それでジョージは、家へ帰るまでバンジョーの練習を取り止めにした。しかし彼は家に帰ってからも、あまり機会にめぐまれなかったのである。弾き始めると下宿の内儀さんがやって来て、

「まことに申訳ありませんが……いいえ、あたしは構わないんですよ……でも二階の奥さんが臨月なものですから、お腹の子供にさわるといけないと、先生がおっしゃるんです」

と抗議しに来る。

そこでジョージは、夜更けてから広場《スクエア》に出て行って練習することにした。ところが附近の人が警察に言いつけたので、ある夜、刑事が張込んでいて彼を逮捕した。証拠は充分で彼は六ヵ月間の蟄居《ちっきょ》を命ぜられた。

彼はその後、音楽を諦めたように見えた。六ヵ月がすむとまたバンジョーを始めそうな気配を一、二度みせたが、周囲の態度は依然として冷い。周囲はこれまでと同じく、同情してくれないのである。やがて彼はすっかり諦めてしまい、楽器を捨て値で売る広告をだした。「不用につき売り度し」というのである。代りに今度はトランプの手品を始めた。

一体、楽器を練習するのはたしかに大変なものであるらしい。音楽は社会の福利を増進するものだから、人が楽器を習いたいといえば社会は全力をあげて援助するだろう、などと思ったら大間違いである。

ぼくの知合いに風笛《バッグパイプ》の稽古をしている青年がいた。彼がどんなに多くの反対と戦わねばならなかったかは、びっくりする程である。彼は自分の家族からさえ、奨励らしい言葉をかけてもらったことがないのだ。父親はものすごい音楽嫌いで、口にするさえ汚らわしいといった調子である。

その男は朝早く起きて練習するのだが、この練習計画は姉の反対に会ってオジャンになった。彼女は宗教に凝っていて、一日をそういうもので始めるのは神様への冒瀆《ぼうとく》であると言うのだ。

そこで彼は、夜遅くまで起きていて、家族が寝静まってから練習したが、これもはなはだまずいことになった。つまり、彼の家はこのせいで悪評を蒙ったのである。深夜帰宅する人々が、立止って聞き耳をたてる。そして翌朝になると、ジェファースンさんの家で昨夜《ゆうべ》おそろしい殺人が行われた、という噂が町じゅうにひろまるのだ。しかもその噂はたいへん克明で、被害者の悲鳴はどんなふうであったか、殺人者の恐しい呪いはどんなふうであったか、そのあとで慈悲を求める祈りはどんな調子だったか、そして死体がどんなぜイぜイいう音を立てたか、などということまで述べられるのである。

そこで家の者は、彼を、戸を閉めきった裏の台所で日中、練習させることにした。だが、これだけ用心しても、彼の奏でる調べのうち、より成功しているパッセージは、居間にいても聞えるのである。そしてこれを聞くと彼の母親は涙を浮べるのであった。

彼女は、死んだお父さんのことを思い出すからだと言った。（この死んだお父さんというのはニューギニヤの沖で水泳をしているとき、鱶《ふか》に喰われてしまったのである。だが、鱶と風笛とがどんな関係があるのかは、母親も説明してくれなかった。）

そこで家の人たちは母屋《おもや》から四分の一マイル離れた庭のはずれに、彼のために小屋を一軒建て、風笛を弾きたいときはそこへ持ってゆかせることにした。すると、風笛のことを何も知らないお客がやって来て、しかも家の人たちがそのことについてあらかじめ、説明なり注意なりをするのを忘れていたとする。お客が庭を散歩して、風笛の音の聞える所に突然やって来たとき、大変なことになるのだ。そのお客が強靭な神経の持主なら、発作《ほっさ》を起す程度ですむ。だが、普通の神経の持主だと、たいていのばあい発狂してしまうのである。

たしかにアマチュアが風笛を習いはじめての、初期の努力には、悲壮なものがある。ぼくは友達の練習ぶりを聞いていて、そう感じないわけにゆかなかった。風笛は骨の折れる楽器のようである。まず演奏する前に、全曲分の息を吸いこんでおかねばならない。少くともぼくは、ジェファースンの様子を見てそういう印象を受けた。

彼は最初、野性的で、元気一杯で、これから戦場に出かけるといったような、聞いている人間の気持をワクワクさせる調子で、威風堂々と始める。ところがだんだん先へゆくにつれて、弱く《ピアノ》なり、最後の一節などは途中ですっかり景気がわるくなり、ブツブツとか、シュッシユッとかいう音を立てるきりなのだ。

風笛を演奏するためには、体がよほど健康でなければならない。

ジェファースン青年は、この風笛でたった一曲練習しただけであったが、ぼくは彼のレパートリイが少なすぎるという苦情を聞いたことがない。そういう苦情はぜんぜん出なかった。その曲は『キャンベル家の者がやって来た、フレーフレー!』だと本人は言ったが、彼の父親はいつも、あれは『スコットランドの青い鐘』だと言っていた。それが何という曲なのか誰にもはっきりしなかったが、いかにもスコットランド風の感じだということには、みんな同意していた。

お客は曲の名前を三度まで当てさせてもらえるのだが、たいてい三回とも別の曲の名をいうのであった。

夕食がすむとハリスは気分が悪くなった――シチュウのせいだと思う。彼はああいう高級な料理は食べつけていないのである。そこでジョージとぼくは、彼をボートに残し、ヘンリーへ散歩に出かけることにした。ハリスは、ウィスキーを一杯ひっかけてからパイプをくゆらし、夜の支度でもしておこう、と言った。われわれが戻って来てどなると、彼が島から漕いで来て乗せてくれる、という手筈であった。ぼくたちは出かけるとき、

「おい、眠るなよ」

と言った。ハリスは、

「このシチュウがある限り大丈夫さ」

と言いながら、島へボートを漕いで行った。

ヘンリーの村はボート・レースをひかえて賑わっていた。町を歩きながら、知っている人にたくさん出会い、楽しいおしゃべりに耽っているうちに、時間はあっという間に過ぎ去った。それで十一時に近い頃になって、ようやく、これから四マイル歩いて家へ帰るということになったのだ。もうこのくらい日数が経つと、ボートのことを家だという気がしてくるのである。寒くて陰気な雨の降る夜であった。暗い静かな野原を、低い声でしゃべりながらトボトボと歩く。そして、右へ進んでいるのか左へ進んでいるのかと怪しみながら、気持のよいボートのなかのことを考えるのである。ボートでは、しっかりと張られた帆布のなかで、明るい光が揺れており、ハリスとモンモランシーとウィスキーがぼくたち

を待っている、などと。

ああボートのなかにいるのだったら、どんなに素敵だろう！ 疲れきって、それに少しお腹がすいていたぼくたちは、ボートのなかの情景を想像した。暗い河と曖昧朦朧としている樹木、その樹木の下にあの懐しい古ぼけたボートがまるで巨大な発光虫のようにうずくまり、いかに居心地よく暖かく楽しいかということを心に思い描いた。そこへ戻れば、夜食を食べることができる。コールド・ミートをつつき、パンのかたまりを食べることができる。ぼくたちはナイフのカチカチいう陽気な響き、笑い声などが空間をみたし、入口から通り抜けて夜の闇のなかに流れてゆくのを聞くことができる。

とうとう曳舟路にぶつかった。このせいで、気持がとても晴れやかになった。というのは、今までは河に向って歩いているのかそれとも反対側に向って歩いているのか、一向はっきりしなかったからである。くたびれていて早く寝たいときには、この種の不確実性は気持をいらいらさせるものだ。シップレイクを通りすぎたとき、時計は十二時十五分前を打った。そのときジョージは分別くさい声で言った。

「どの島だったか覚えてるかい？」

「いや覚えてない。島は幾つあったかな？」

とぼくも心配になりながら答えた。

「四つしかないから、大丈夫だろう。あいつが起きてさえいれば」

「起きてなければ？」

とぼくは訊ねたが、それから先きのことは考えないことにした。

第一の島の対岸に来たとき、どなったのだが返事がない。そこで第二の島にゆき、ここでもどなってみたが、結果は同じだった。

「あっ、やっと思いだした。三番目の島だよ」

とジョージが言った。そこで三番目の島へ希望をいだいて走ってゆき、叫んでみたのである。

返事がない！

事態は深刻になった。もう、真夜中である。シップレイクとヘンリーのホテルは満員だろう。こんな時刻に空き間を探して歩くわけにはゆかない。ジョージは、ヘンリーへ歩いて戻り、巡査をたたき起し、交番に一晩泊めてもらおうといった。しかし、巡査はわれわれを閉めだすだけで監禁してくれないかもしれないのである。

まさか一晩じゅう巡査と喧嘩しているわけにはゆかないし、それに、事を起して六ヵ月くらいこむなどというのは、あまり好ましくない。

ぼくたちはすっかりがっかりして、第四の島があると思われるあたりに向って叫んでみたが、やはり返事はない。雨はますます激しくなり、どうやら晴れそうもない。ぼくたちはずぶ濡れになった。寒くて惨めな気持であった。いったい島は四つなのか、それともそれ以上なのか、われわれは島の近くにいるのか、われわれは目標から一マイル以内の所にいるのか、あるいは河のぜんぜん別の所にいるのか、といったことを考えはじめた。闇の中ではあらゆるものが異様で変てこにみえる。こうして《森の赤ん坊たち》（古いバラッドの登場人物たち。伯父の悪だくみによって森のなかに捨てられる）の気持が分るような気がした。

ぼくたちが一切の望みをあきらめたとき——小説では何か事が起るのはこういうときであることを、ぼくはよく知っているけれども、これは仕方がないのだ。ぼくはこの本を書きだすとき、あらゆることをそっくりそのまま書こうと決心した。だから、ぼくはそうするつもりである。たとえその目的のためにきまり文句を使うことを余儀なくされるとしても。

それはまさしくわれわれが一切の希望を捨てたときだったから、ぼくはそう書くしかないのである。そしてわれわれがあらゆる希望を捨てたとき、ぼくは突然ちょっと下流のほうに、異様な、気味の悪い光が対岸の木々の間にちらつくのを見つけたのである。一瞬ぼくは、幽霊だと思った。そんな神秘的なほの暗い光だったのである。しかし次の瞬間ぼくたちのボートなのだという考えがきらめいた。ぼくは河の向こうへと、夜の闇をゆるがすほどの大声で叫びかけた。

ちょっとの間ぼくたちは息をこらして待っていた。するとそのとき——おお！　夜の闇の厳粛なる音楽よ！――モンモランシーのワンワンと吠える声が返事をしたのである。ぼくたちは《七人の眠り男》（伝説のなかの七人の若い貴族。二百三十年間ねむりつづけ、目覚めて間もなく死んだ）をも起すくらい大きな声で叫んだ。ただし、眠っている一人の男を起すよりも七人の男を起すほうがなぜ大声を必要とするのか、分らないけれども。すると、一時間ほどと思われる時間が経って後――しかし実際には五分程たってからだと思うが、灯りをつけたボートがゆっくりと暗黒の河を上ってくるのが見えたのである。ハリスが眠そうな声で、どこにいるのかと訊ねた。

　ハリスはひどく異様な感じであった。普通の疲れ方を通り越していた。彼がボートをつけたのは、ぼくたちがとうてい乗り移れない位置にであって、しかもボートをつけるとすぐ彼は眠ってしまったのである。

　もういちど彼を起すには、ずいぶん長いこと金切り声をあげたりわめいたりする必要があった。しかし、最後にはとにかく彼を正気づかせ、ぼくたちは舟に乗ることができた。舟に乗ってみると、ハリスは悲しそうな表情をしていた。それはひどく苦労した男という印象を与えた。何か起ったのか、と訊ねると彼は、

「白鳥だよ！」

　と言った。われわれはボートを白鳥の巣のごく近所につないだものらしい。ジョージとぼくがいなくなるとすぐ雌の白鳥が戻って来て、そのあたりを暴れまわった。ハリスはこれを追い払った。雌の白鳥はいなくなったが、やがて亭主を連れて戻って来た。ハリスは

二羽の白鳥と大格闘を演じたそうである。そして、勇気と技術が最後には勝利を占め、彼は彼らに勝ったのだ。

三十分たつと彼らは他の白鳥を十八羽つれて戻って来た！　ハリスの物語から理解できた範囲でいうと、これは血みどろの闘いであったらしい。白鳥たちは彼とモンモランシーをボートから引摺りおろして、溺《おぼ》れ死にさせようとしたそうである。そこで彼は数時間にわたって英雄のように防ぎつづけ、たくさんの白鳥を打ち殺し、彼らは命からがら逃げだしたのだそうだ。

「白鳥は何羽いたんだい？」

とジョージが訊ねると、

「三十二羽」

「さっきは十八羽と言ったぜ」

とジョージがいぶかしそうに言うと、ハリスは、

「いや、そんなことは言わない。おれは十二羽と言ったんだ。大体きちんと計算できると思うか」

この白鳥の話で真相はいったいどうなのか、結局よく判らなかった。朝になってからこのことをハリスに訊ねたのだけれども、彼は、

「えっ、白鳥だって？」などと言って、まるでジョージとぼくが夢を見たみたいに思って

るらしいのだ。

試練と恐怖のあとで、ボートのなかでのんびりしていることは、何と楽しい気持であったことか！　ジョージとぼくは、心ゆくばかり夜食を食べ、それがすむとポンチを飲みたいと思ったのだが、ウィスキーがどうしても見つからなかった。どうしたのか、とハリスに訊ねたけれども、「ウィスキー」という言葉が何を意味するのか判らないような、つまりわれわれが何の話をしているのか判らないような、そんな顔をハリスはしていた。モモランシーは、ぼくは知ってますよという表情だったが、しかしもちろん何も言わない。

ぼくはその晩よく眠った。ハリスがいなかったら、もっとよく眠れたろう。夜の間、すくなくとも十二回ハリスがボートのなかを、ランプをつけてウロウロ、服を探しているのに起された記憶があるのだ。彼は一晩じゅう自分の服を心配していた。

彼は、ぼくたちが彼のズボンの上に寝ているのじゃないかと思って、ジョージとぼくを二度も起した。二度目にはジョージがすっかり憤慨し、

「夜の夜中に何のためにズボンがいるんだ？　さっさと寝てしまえ！」

その次ぼくが目が覚めたとき、彼は靴下が見つからないと言って困っていた。そして最後にぼんやり記憶に残っているのは、ハリスがぼくの横に寝ころんで、こうもり傘はどこへ行ったのかと変なことをブツブツ言っていたことである。

第十五章

家政についての一考察　仕事への愛　河の古強者は何をするか、そして何をしたと語るか　新しい世代の懐疑主義　舟遊びの思い出　筏に乗る　ジョージのスタイル　老いたる船頭の態度と方法　静かに、そして平和に　初心者平底舟　悲しい事故　友情の喜び　わが最初の帆走　なぜわれわれは溺死しなかったかという理由への推測

翌朝は遅くなってから目がさめた。そしてハリスの熱心な希望に従って、「こったもの」はいっさい避け、あっさりした朝食を食べた。それが終ると、皿を洗いボートのなかを掃除した。（こういう労働は、ぼくにかねてからの疑問を解決するための手掛りを与えてくれた。つまり女というものはどうして退屈がりもしないで家のなかのつまらぬ仕事にかまけて時間をつぶせるものだろうか、という疑問である。）十時頃に、たっぷり一日かかる予定の行程に出発した。

今まで曳いて来たから、今朝は漕ぐということに意見が一致した。ハリスは、ジョージ

とぼくが漕いで彼が舵をとるのがよいと言いだしたが、ぼくはこの考えには賛成しかねた。ハリスとジョージが漕いでぼくが少し休むということをハリスが提案すべきだ、とぼくは言ったのである。どうもこの遠漕では、ぼくが不当に多く働いているような気がするのだ。そして、最近いよいよこの確信を深めた。

一体ぼくは、いつも働くべき分量以上に多く働いているような気がする。誤解しないでほしいが、ぼくが仕事が嫌いだという訳ではない。ぼくは仕事が大好きだ。何時間も坐りこんで、仕事を眺めていることができる位なのだ。ぼくは仕事をそばに置いておくのが好きで、仕事から引離されるなどということは、考えただけでも胸が痛くなる。

ぼくはいくら仕事が多くても平気なのである。仕事を溜めておくということは、ぼくにとって、ほとんど情熱のようなものになっている。今では、ぼくの書斎は仕事が一杯になって、もうこれ以上仕事を置いておく余地がないくらいだ。もうじき建て増ししなければならないと思っている。

それにぼくは仕事に対して注意ぶかい。だから、ぼくが抱えている仕事のなかには何年間もぼくの所有に属していて、しかも指のあと一ついていないものもあるのだ。ぼくは自分の仕事にたいへん誇りをもっている。ときどき仕事をとりだしてハタキをかけてみるくらいだ。仕事の保存状態がぼくよりもよい人は、あまりいないだろう。

しかし、仕事は大好きだけれど、丁寧にするのが好きなのだ。だから、多過ぎるほどの仕事はしたくないのである。

しかし、こっちがしたくないと言っても、仕事のほうで押しかけて来る。少くとも、ぼくにはそんなふうに見える。それですっかり困ってしまうのだ。

ジョージは、そんなことで苦労する必要はない、と言う。手に余るほど仕事をかかえこんでいると思うのはぼくが苦労性だからだ、実際問題としては本来しなければならない分量の半分も引受けていない、というのがジョージの意見だ。これは、ぼくを慰めようと思って言っているのだろうと思う。

ボートに乗るといつも気がつくことだが、乗組員はめいめい、自分があらゆる仕事を一人で引受けていると思いこむ。ハリスは、働いているのは自分ひとりで、ジョージとぼくは彼に仕事を押しつけていると考えた。ところがジョージはハリスが食べることと眠ること以外に何かしたかといって嘲り笑い、労働と名のつくほどのことをしたのは彼（ジョージ自身）だという固い信念に燃えていた。

彼は、ハリスとぼくみたいな怠け者どもと一緒にボートに乗ったことはない、と言った。

この意見はハリスを喜ばせた。彼は笑って、

「ほう、ジョージが仕事の話をするのか。三十分も働けば死んじまうだろうに。君はジョージが働いてる所を見たことがあるかい？」

とぼくに話しかける。ぼくは見たことがない、とハリスに同意する。たしかに、この遠

漕に出発してからはそうなのである。

するとジョージはハリスに向って、

「君にはそういうこと判るかしら？　だって、一日じゅう眠ってるんだもの。ハリスが、まあ食事のときは別だけれど、シャッキリと目をさましているのを見たことがあるかい？」

とジョージはぼくに向って訊ねる。

真理はやはり尊重しなければならないから、ぼくはジョージの意見に与《くみ》することになる。手助けになるという観点からみると、ハリスは最初から今までボートのなかで、ちっとも役に立っていないのである。

「なに言ってんだ。おれはJよりはともかく働いてるぜ」

とハリスが、今度はぼくに当り散らして言う。するとジョージが、

「まあ、君だけ怠けていいって法はないからな」

とこれもやはりぼくを咎《とが》めると、ハリスがつづけて、

「Jは自分のことをお客さまだと思っているらしいんだ」

ぼくが彼らと彼らのおんぼろボートをキングズトンからはるばると運び、彼らのためにあらゆることを監督し、管理し、いろいろと世話をやいてやり、奴隷のように働いたことに対するお礼の言葉がこれなのだ。ああ、これが世間というものか。

ぼくたちは現在の難問題を、ハリスとジョージがレディングを過ぎるまで漕ぎ、ぼくがそれから先きを曳いてゆく、ということにして解決した。近頃のぼくにとっては、急流に溯って重いボートを漕いでゆくことはあまり魅力がないのである。ずいぶん昔は、ぼくも辛い仕事をみずから求めたものである。しかし最近のぼくは、むしろ若い連中に機会を与えてやりたいと思っている。

いったい年期をいれた漕手になってくると、一生懸命漕ぐ必要があるときにはいつも若い者にゆずるものである。ボートの底にクッションをしいてながながと寝そべり、漕いでいる連中に向って去年のシーズンの体験談などを語って激励している奴をみたら、これはなかなかの古強者だと判定して差支えない。

「この程度のことで辛いなんて言うのかい」

などと煙草をふかしながら、もの憂《う》そうに言う。言われているのは汗みどろになっている二人の初心者で、過去一時間半のあいだ流れにさからって一生懸命に漕いできた連中だ。

「ジム・ビフルズとジャックとぼくは、去年マーロウからゴアリングまで半日で漕いだんだぜ——いっぺんも休まずに。忘れやしないだろう、なあジャック」

集められるだけの毛布と上着を船尾に並べてベッドにしているジャックが、今まで二時間ぐっすり眠っていたのに、どういう訳かこのときパッチリ目をあけて、あの遠漕のときは流れがひどく早かったし、それにかてて加えて風も強かった、などと物語る。

「約三十四マイルは漕いだに違いないね」

　と言いながら、頭の下へもう一つクッションをもってゆく。するとジャックがそれをさえぎって、

「違うよ。話を大げさにしちゃいけない、トム。せいぜい三十三マイルだろう」

　こうしてジャックとトムは会話のせいですっかりくたびれてしまい、またもやウトウトと眠りにつく。漕いでいるほうの、二人の単純な若者は、ジャックやトムのようなすばらしい漕手を乗せて漕いでいることを誇らしく思い、前よりもいっそう頑張ることになる。

　ぼくも若いころは先輩のこういう話に聞き耳をたて、それを真《ま》に受けて呑込み、一語のこらず消化し、もっと聞かせてくれと頼むくらいの勢いであった。ところが最近の若い世代は、昔の話に対し信仰を失っている。去年ぼくたち――ジョージとハリスとぼく――は、一人の初心者を連れて遠漕に出かけ、ぼくたちの経験したことについてほら話をいろいろさまざま聞かせてやった。

　ぼくたちが聞かせたのは、みな由緒正しいほら話であって、長い年月の間、あらゆる遠漕家が河上において繰返した歴史的な嘘であり――しかもそれにぼくたちが自分で発明したまったくオリジナルなものを七つつけ加えておいた。そのなかには一つ、数年前われわれの友人がある程度まで実際に体験した、ほとんど実話と呼んでもかなり差支えないような、いかにも起りそうな話が一つはいっていたのである。それは子供に聞かせても、精神

を害する恐れなしに真に受けそうな話であった。ところがその若者は、こういう話をすべて馬鹿にするのである。そんなら今ここで実地にやってみろとか、ぼくたちがそんなことをしなかったというほうに十対一で賭けてもいいとか、ぬかすのであった。

　ところでこの朝の話題は、ボートの漕ぎ方をどういうふうに覚えたか、ということであった。めいめい、初心者のころの苦心談を披露することになったのである。こういう方面でのぼくの最初の思い出は、五人の子供が三ペンスずつ出しあい、リージェント・パークの池で奇妙な筏をつくって浮べ、結局は公園の番人小屋で服をかわかした思い出である。

　これから後、水に対する趣味を身につけて、郊外の煉瓦製造所の池でなんどもなんども材木を組んで遊んだものだ。これは想像するよりもずっと面白い、ワクワクする遊びであって、特にこっちが池の真中にいるとき、筏の材料である材木の所有者がとつぜん、手に大きなステッキをもって岸にあらわれたりすると、なおさら興趣がます。

　こういう紳士を見かけたとき、まず感じることは、どういう訳なのか判らないけれども、この人と向いあって話をするのはやり切れないということ、乱暴をしないでそうすることができるものならば、その人と逢うのはなるべく避けたいということ、である。それゆえこっちの目的は、池の、その男がいるのとは反対のほうに逃げて、コッソリとしかもすばやく家に帰り、この男を見かけなかったような振りをしよう、ということになる。ところが向うも、こっちを摑えてじっくり話をしたいと思っているのだ。

どうもその男は自分の父親を知っているらしいし、こっちでも彼を見かけたことがある。だが、こういうことは、いっこう彼と逢いたいという気持にさせてはくれない。向うでは、材木を貸して、筏のちゃんとした作り方を教えてやろう、などと言う。だが筏の作り方はとうに知っているのだから、こういう親切な申出も無用の親切として感じられる。それにこういう申出を受けるせいで、相手に迷惑をかけるのはどうも気が進まない。

ところが、こっちに逢いたいという相手の熱心さは、こっちの冷淡さに耐えるだけの力を持っている。上陸するのを待ち構えるために、池のまわりをあちらこちらと走り廻る熱心な態度は、まるでおべっかをつかっているような感じなのだ。

もしも向うがズングリした小柄な男なら、こっちもすばやく身をかわすことができる。ところが、まだ元気一杯で背の高い男が相手となると、両者の会見は不可欠になる。しかしこのインターヴューはきわめて短時間のうちに終る。喋っているのはほとんど向うだけで、当方の意思表示は主として間投詞と単綴語によってなされる。そして、ワッと泣き出してインターヴューは終るのだ。

ぼくは三ヵ月ばかり筏に熱中し、それからこの部門の技術に必要なだけのものは身につけた、と考え、今度は正式の漕ぎ方を覚えるつもりでリー河にあるボート・クラブの一つにはいった。

リー河にボートを浮べることは、特に土曜の午後などは、じきにボートの扱い方を上手にさせる。乱暴な船頭に追いかけられたり、屋形舟に衝突したりするのを、機敏に避けることができるようになる。それからまた引綱にひっかかって河のなかへ放りだされるのを避けるため、ボートの底に四つん這いになるという、機敏にしてかつ優雅な方法を学ぶ機会など、たっぷり与えられるのだ。

しかし、リー河ではスタイルは教えてくれない。ぼくがスタイルを身につけたのは、テムズ河で漕ぐようになってからである。ぼくの漕ぎ方は、今、たいへん尊敬されている。つまり、人々はみんな、じつに変った漕ぎ方だと言うのだ。

ジョージは十六歳になるまで、水際に近よったことがなかった。その年、彼とそれからほぼ同い年の八人の紳士とが、土曜日に一団となってキュウへ行った。ボートを借りてリッチモンドまで漕ぎ、そこからまた折返そうという計画であった。彼らのなかにジョスキンズという髪のクシャクシャした若者がいた。彼は一、二度、サーペンタイン池でボートをあやつったことがあって、ボートは面白いぜ、とみんなに言った。

彼らが舟着場に着いたとき、流れはかなり早くて、それに風も強かった。しかしこんなことは彼らをいっこう困らせない。彼らはまずボートを選んだ。

エイトのレース用ボートが艇庫のところに引上げてあった。これが彼らの気に入ったので、このボートを貸してほしいと言った。艇庫番は留守で、男の子が管理していた。この少年はレース用ボートに対する彼らの熱心さをさまそうとして、家族用の、いかにも楽に漕げそうなボートを二つ三つ見せたが、全員どうしても承知しない。レース用ボートに乗ったほうが上手そうに見えると思ったのである。そこでその少年が舟を出してくれた。彼らは上着をぬぎ、席につく準備をした。艇庫番の息子は、その当時からいつどんな一座でもいちばん体重の重い人間であったジョージを見て、四番についたらよかろうといった。ジョージは四番ならばぼくとしても満足だと言って、大急ぎで一番に着き、しかも反対向きに坐った。彼らは彼を四番に引戻し、それから他の人間が席についた。

ひどく神経質な少年が一人いたが、これはコックスを命ぜられ、ジョスキンズから舵の取り方を教わった。ジョスキンズ自身はストロークになった。彼は他の者に向って、なあに簡単だ、みんなぼくの真似をすればいい、と言った。

用意はできたという訳で、例の男の子がボートを中流に押しやった。

それから先きのことを、ジョージは詳しく説明することができない。彼の混乱した思い出にあることとは、出発後すぐに五番の者のオールの端が彼の背中をはげしく打ち、と同時に自分のシートがまるで魔法みたいにどこかへ消え失せ、彼は舟底に尻餅をついたということである。変だなあと思ってあたりを見廻すと、そのとたん、二番が舟底にいる彼の背中の上に転げて来て、足を空中につきたて、まるで発作を起したみたいに騒いでいる。

彼らは時速八マイルというノロノロした速度で、舟を横にして、旧橋の下を通り抜けた。漕いでいるのはジョスキンズ一人である。ジョージは彼を助けようと思って、シートをまた手に入れたのだが、オールを水にひたすと、驚いたことにはそれがたちまちボートの下に消え失せた。拾おうとすると自分も河水に落っこちそうである。

そして「コックス」は、舵取りの紐を流してしまって、ワアワア泣きだしている。どういうふうにして戻ったか、ジョージは覚えてないが、とにかく戻るのに四十分かかった。キュー橋には、野次馬が黒山のようにたかってこの面白い見世物に熱中し、皆がめいめい違った指図をする。彼らは橋のアーチを通り抜けようと三回こころみたが、三回とも流れのせいで押し戻され、そのたびに「コックス」は顔をあげて橋を見やり、もう一度すすり泣くのであった。

ジョージはこの午後、もう金輪際ボートはやるまいと思ったそうである。

ハリスは河で漕ぐのよりも海のほうに馴《な》れていて、運動としてはこっちのほうがいいと言う。ぼくはそうじゃない。去年の夏イーストボーンで小さなボートを借りた。ずいぶん昔、海でさんざん漕ぎ廻ったことがあるから大丈夫だろう、と思ったのだ。ところが、やってみると漕ぎ方をすっかり忘れている。片方のオールを水につっこむと、もう一方は空中であらあらしく活躍している。両方で同時に水を摑えるようにするためには、立上って漕がなければならなかった。散歩道には紳士方がいっぱいいたかっていたので、こういう馬鹿ばかしいやり方で彼らの面前を通り抜けねばならない。ぼくは途中で海岸に舟をつけ、それから先きは老人の船頭をやとって送り届けてもらった。

老人の船頭といえば、ぼくはあの連中が、ことに時間ぎめで雇われたときの様子を見ているのが好きである。老人の船頭の態度には、どこか物静かで落着いた感じがある。それは、十九世紀の生活を毎日まいにち毒しているあの猛烈な奮闘という、気持をイライラさせる忙しさと無縁なのである。他のボートを追い抜こうとして頑張ることなんか彼は絶対しない。他のボートが追いついて追い抜こうとも、そんなことは気にかけない。もちろん他のボートは全部追いつき、そして全部追い抜いてゆくのだが、他の人ならこんな目に逢えばイライラして、癇癪《かんしゃく》をおこすかもしれないが、彼はまったく平気である。こういう、厳しい試練のもとにある老船頭の崇高な落着きぶりは、野心とか傲慢《ごうまん》とかいうものがどんなに下らないかを教えてくれる。

ただボートを漕ぐだけなら、習うのにそう難かしい術ではない。しかし、娘たちが見ている前でボートを漕ぎ、悠々としているようになるには、かなり修練を積まねばならぬ。つまり初心者が苦労しなければならないのは、時間の不足のせいなのである。

「どうも変だぞ」

などと彼はつぶやく。五分間に二十回も彼のオールが他人のオールともつれてしまうからである。

「ぼくが一人で漕ぐときには、こんなことはないのに」

初心者が二人、互に調子を合せようとしているのを見るのは、非常に面白いものである。

バウはストロークとペースをそろえるのが不可能だと考える。なぜならストロークは、じつに変な漕ぎ方をするからだ。ストロークはこれを聞いて腹をたて、自分がこの十分間苦労していたことはバウの能力になんとかして合せようとすることだったと述べる。今度はバウがむっとして自分（バウ）のことについて心配などしないでくれ、自分自身がきちんと漕ぐようにだけ心を集中してくれ、とストロークに要求する。

「それとも、ひとつ交替してみようか？」

と彼は、こうすれば万事うまくゆくかもしれないと思って言い添える。

今度はある程度までうまくゆき、百ヤードばかり進むのだが、そこまで来たとき、うまくゆかない原因はオールのせいだという考えが霊感のようにひらめく。彼はバウに、

「判ったよ。ぼくのオールを君が持ってたんだ。君のをこっちへよこしたまえ」

と大声で言う。するとバウがパッと明るい顔になって、

「いや、実はどうしてこう具合が悪いのかと考えてばかりいたんだ。さあ、今度は大丈夫だ」

とひどく仲睦《むつ》まじくオールを交換する。

だが大丈夫ではないのだ——今度もまた。ストロークがオールをうまく使いこなすためには、腕の関節がはずれるほどオールを前にもってゆかねばならぬ。のみならず、バウのオールは毎回、彼の胸を乱暴にぶんなぐるのである。そこで彼らはまたオールを交換し、

結局、ボート屋のおやじが別の舟のオールを貸したのだという結論に達する。そして二人でさんざんこの男の悪口を言いながら、彼らはたいへん仲がよくなるのだ。

ジョージは、ときどき気分転換に、平底舟に乗りたくなると言った。しかしあれは、はたで見るほど楽なものではない。舟をいちおう進めたりさばいたりする仕方なら、漕ぐのと同じように簡単に習えるが、威厳のある態度で、袖口に水をいれたりなどせずに、こういうことができるようになるには、多年の修練が必要なのだ。

ぼくの友達が始めて平底舟に乗り、水竿を操ったとき、非常に悲しい事故をおこした。始めはかなり上手《うま》く行ったものだから、すっかり得意になって、見ていてもほれぼれするくらい、ぞんざいにかつ優雅に水竿を操り、平底舟の上をあっちへ行ったりこっちへ行ったりしていた。船首のほうへ堂々と、歩いて行って水竿をつきたて、それからスッと体をかわして戻って来る。まるで名人みたいな貫禄である。見事なものだった。

そして不幸なことに、彼がついうっかり景色に見とれ、一歩舟の外へ踏みだすことさえしなければ、彼の水竿さばきはいつまでも見事だったろう。水竿はしっかりと泥のなかにつきささっていた。そして彼がそれにしがみついているうちに、平底舟は流れてゆく。彼の恰好ははなはだ威厳のないものになってしまった。土手の上のいたずら坊主が、早速これを見つけ、連れの子供に、

「おうい、見ろ、水竿に猿がつかまってるぜ」

と言った。

ぼくは彼を助ける訳にゆかなかった。というのは、運の悪いときには仕方のないもので、予備の水竿を持って来ることを忘れていたのである。仕方がない、ぼくは坐りこんで彼を眺めていた。竿がだんだん彼と一緒に沈んでゆくときの彼の表情を、ぼくは一生忘れないだろう。その顔には千万無量の想いがこもっていた。

ズルズルと水のなかへ落ちて行っては、また這い上ってくる、ずぶ濡れになって悲しそうな彼を、ぼくは眺めていた。何しろひどく滑稽な様子なので、笑わない訳にはゆかなかった。しばらくの間ぼくはクスクス笑いつづけていたが、ふと、本当は笑ってなぞいられないということに思い当った。ぼくはここに居る。平底舟のなかに一人だ。水竿もない。河の真中を流れてゆく――たぶん堰の落ち口へ。

ぼくは、あんなふうにして舟の外へ踏みだして行ってしまった友だちに対し、ひどく憤慨しはじめた。彼は、たとえどんなことがあろうとも、あの竿だけは残してゆくべきだったのだ!

四分の一マイルばかり漂いつづけたとき、河の真中にもやってある釣り舟が目にはいった。年寄りの漁師がふたり乗っている。彼らはぼくの舟がぶつかりそうな気配を見て、どけろ、どけろと叫んだ。

「そうはゆかないんだよ」

とどなり返すと、向うでは、

「そうしなくちゃ駄目なんだよ」

と答える。もっと近づいてから事情を説明すると、ぼくのボートをつかまえ、水竿を貸してくれた。わずか五十ヤード下流に堰の落ち口があるのだそうだ。彼らがたまたまそこにいたせいで、ぼくは命拾いしたのである。

ぼくが始めて平底舟に乗ったのは、三人の友達と一緒だった。彼らがぼくに水竿の使い方を教えてくれるというのである。四人いっしょに出かける訳にはゆかなかったので、ぼくがまず行って平底舟を借り、そのへんをブラブラして、彼らが来るまで少しばかり練習しようということになっていた。

しかし平底舟は全部、出払っていて、その午後には借りることができなかった。それでぼくは土手に腰をおろし、河を眺めながら、友達が来るのを待っているしかなかった。

しばらくそうしていると、平底舟に乗っている男が目にはいった。驚いたことには、彼はぼくのとそっくり同じジャケツと帽子なのである。あきらかに水竿使いの初心者で、その仕草はじつに面白かった。彼が竿を使うとき、これからどんなことが起るのか誰にも判らない。自分にも判っていないらしかった。時には上流へと乗りきり、時には下流へとゆく。時にはクルクル廻るだけで、つまり竿の反対側に身を移すだけのことになる。彼は毎回同じようにびっくりし、かつ当惑していた。

少し経つと、河のほとりの人々は彼にすっかり興味をもちはじめ、次の一押しでどういう結果が生じるかについて賭けをはじめたりした。

やがて、ぼくの仲間が向う側の岸に現われたのだが、彼らも立止ってこの男を見ている。彼は彼らに背中を向けているので、ジャケツと帽子しか見えない訳であった。このせいで彼らは、妙技をみせているのは彼らの親友であるぼくなのだという結論に飛躍してしまい、彼らの喜びは止るところを知らなかった。彼らは彼を冷酷無残にからかい始めたのだ。

ぼくは最初、彼らが錯覚しているのだということが判らず、「見ず知らずの人にあんなことをするなんて、なんて低級な奴らだろう！」と考えた。ところが、呼びかけて彼らを叱らないうちに事情が判ったので、ぼくは木の蔭にかくれた。

彼らはその若者をからかうことにすっかり熱中していた。たっぷり五分間そこにたたずんで彼に下品な言葉をなげつけ、嘲り、嘲弄し、からかうのであった。彼らは陳腐な冗談をあびせかけたし、新しい冗談を発明してそれを投げつけたりした。それから、われわれの仲間うちの冗談を言ったが、もちろんこれは相手にはぜんぜん判るはずがなかった。そのとき、この執拗《しつよう》な愚弄《ぐろう》に耐えきれなくなって、彼はクルリと向き直った。そこで彼らは彼の顔を見たのである！

ぼくにとって嬉しかったことは、そのときひどく間のぬけた顔をするだけの上品さが彼らに残っていたことである。彼らは、友達だと勘違いしたのだと説明していた。友達でもない人間をつかまえてあんなにひどい口をたたけるほど下等な奴だと考えないでくれ、などと言い添えて。

もちろん、友達と間違えたというのは立派な言い訳になった。そこで、ハリスから聞いた話を思いだすのだが、彼はかつてブーローニュで泳いでいたとき、こんな体験をしたそうである。浜辺に近い所で泳いでいると、後ろからとつぜん首をつかまえられ、水中につっこまれた。激しく抵抗したけれども、誰か判らないがとにかくヘラクレスそこのけの力持ちで、いくら頑張っても振り放すことができない。彼は諦めて暴れるのをやめ、この男がいつ解放してくれるかという厳粛な問題を考えることにしたそうだ。

やっと体が自由になったので、犯人のほうへと振り向いた。すると、すぐ後ろに立ってゲラゲラ笑っていた暗殺者は、ハリスの顔が水中から出たのを見たとたん、ギクリとして後退りし、ひどく心配そうな顔をした。そして、しどろもどろになってどもりながら

「かんべんしてください。友達だと思ったんです！」

ハリス曰く、友達と間違えられてまだしもよかった、親類と間違えられていたら溺れ死んだに違いない。

帆走も、知識と経験が必要なものである。ただし少年時代ぼくはそう思ってはいなかった。ちょうどまり投げや鬼ごっこみたいに、生れつき覚えているものだと考えていたのだ。友達にぼくと見解を同じゅうする子供がいて、ある風の強い日、二人で帆走をやってみよ

うということになった。当時二人ともヤーマスに居たのだが、イェアーまで行ってみようということになった。橋際の店で帆舟を借り、出発した。

舟を出すとき店のおやじは、

「今日は風が強いから曲るときには縮帆して、船首を風上に向けたほうがいいね」

と言った。ぼくたちは、ああいつもそうしているよ、と答え陽気な調子で、じゃ、さようならと言ったのだが、心のなかでは、どうすれば「船首を風上にむける」ことができるのか、どのへんから「縮帆する」のがよいのか、それをしてしまったらその次にはどうすればよいのかと、いぶかしく思っていた。

町が見えなくなるまで漕いで行った。そして、前途に茫々《ぼうぼう》と海がつらなり、風が嵐のように吹きまくるようになると、いよいよ帆を張る時期は来たと考えた。

ヘクター——というのが彼の名前だったと思うが——は漕ぎつづけ、ぼくは帆をほどくことにした。これはなかなか複雑な仕事であったが、とうとう最後にはほどくことができた。が、そのとき、一つの疑問が訪れたのである——一体どっちが上なのか?

もちろんわれわれは、一種の本能的な直感によって、結局、この問題を解決した。つまり下のほうを上だと思い、さかさまに帆を張りはじめたのである。こうして曲りなりにも張りおえるまで、かなりの時間がかかった。帆のほうとしては、ぼくたちが葬式ごっこをしているのだと思いこみ、ぼくが死体で自分は屍衣であると見立てていたのかもしれない。

ところがこの予感が間違っていることに気がついたものだから、帆の奴め、ぼくの頭をどしんと殴りつけ、それ以後はもう何もしようとしない。するとヘクターは、

「濡らしたらいいよ。はずして水につけるといい」

などと知ったかぶりを言う。彼の説によると、舟乗りは帆を張る前にはいつも濡らすものだそうである。そこで濡らしてみたのだが、事態は前よりも一段と悪化した。乾いている帆が足にからんだり、頭からスッポリかぶさったりするのも嫌なものだが、これがびしょ濡れの帆となるともう不快どころの騒ぎではない。

とうとう二人がかりで帆を張った。正確に言えば上下さかさまにではなく、横に張って、わざわざそのために切ったもやい綱でマストに縛りつけたのである。

とにかく、ボートが転覆しなかったことだけは事実である。なぜ転覆しなかったかという理由は、ぼくにはぜんぜん判らない。それ以来しょっちゅう考えてみるのだが、この現象についての満足すべき説明は、一つとして得られたことがないのである。

たぶんこういう結果は、世界じゅうのあらゆる事象に生れつき身に具っている、天邪鬼《あまのじゃく》的性格によってもたらされたものかもしれぬ。ボートはわれわれの挙動がソワソワしていることから判断して、われわれが自殺の目的で出かけるのだ、と結論をくだし、がっかりさせてやろうと決心したのだろう。ぼくに言えることとしては、こんなこと位である。

死んだも同然みたいにして舟べりにへばりつきながら、外へ放りだされまいと努力した

のだが、これが実は猛烈な労働であった。ヘクターは海賊やなんかは普通、すごい嵐になると、舵をなにかに縛りつけ船首三角帆はおろしておくそうだ、と言い、われわれも一つやって見ようじゃないかと提案した。しかしぼくは、やはり船首を風に向けておくことにした。ぼくの方針のほうが実行するのに遥かに簡単だからそっちを採用することにして、相変らず舟べりにしがみつき、船首を風上に向けておいた。

舟はあれ以来、ぼくが経験したこともないし、また二度と経験したいとも思わない速度で、潮の流れに逆らって約一時間つっ走った。そしてある岬の尖端を曲るときには、帆が半分も水浸しになるまで舟は傾いた。が、奇蹟的にも立直り、長く低くつづく泥土の岸へと、飛ぶようにして走っていった。

この泥土の岸がぼくたちの命を救ってくれたのである。ボートはその真只中へと突込んだのだ。ぼくの方針でやればもう一度動きだせると考えて、袋のなかの豆みたいにゆすぶられているよりもと思い、這いだして帆を切りおとした。

帆走にはもうすっかり堪能していた。物事はすべからく、過度にわたらないようにしなければならない。帆走の楽しさは味わった。申分ない。わくわくする位たのしい、興趣にみちた帆走であった。そこで今度は気分転換に漕いでみようという訳である。

オールをとり上げてボートを泥から押しだそうとしたら、一本がぽきりと折れてしまった。これから先きはひどく注意してやったのだが、何しろ古物なので、残る一本はさっきよりもっと簡単に折れた。つまりわれわれははなはだ心細いことになった。泥はわれわれの前方に、約百ヤードにわたってひろがっている。そしてわれわれの後ろは海である。手はただ一つ、じっと坐りこんで、誰かがやってくるまで待つしかなかった。

しかしその日は、人々が河に出たくなるような日ではなかった。三時間たってようやく人影が一つ、眼にはいった。それは年寄りの漁師で、ひどく苦労した末ようやくぼくたちを救いだしてくれた。そしてわれわれは艇庫まで曳いてゆかれるという、はなはだ不名誉なことになった。

その漁師にチップをやったり、オールの破損を弁償したり、四時間半ぶんの借り賃を払ったりすると、一週間ぶんの小遣銭はふっとんでしまった。しかしわれわれは経験を学んだのである。そして諺《ことわざ》にもいうように、どんなに高くついても経験は常に安いのだ。

第十六章

レディング　スチーム・ランチに曳いてもらう　小さなボートどもの怪しからぬ振舞　彼らはどんなふうにスチーム・ランチの邪魔をするか　ジョージとハリス、またしても彼らの責務を回避する　かなり陳腐な物語　ストリートリーとゴアリング

十一時ごろ、レディングが見えるところまで来た。河はこのへんになると薄ぎたなくて陰鬱である。レディングの近辺でグズグズしてる気にはなれない。町それ自体は遥かイーズルレッド王の時代にまでさかのぼる、古来有名な町である。当時、デイン人はケネットに軍船を碇泊させ、レディングから出発してウェセックス全土を掠奪《りゃくだつ》したのだ。イーズルレッドとその弟のアルフレッドは彼らと戦い、そして敗北せしめた。イーズルレッドはお祈りのほうを、アルフレッドはいくさのほうを引受けたのである。後になると、レディングは、ロンドンに何か不快なことが起ったときの絶好の疎開地として考えられるようになった。ウエストミンスターに疫病が発生すると議会はレディングへ移るのが通例であ

った。一六二五年には高等法院もこの真似をし、裁判はすべてレディングでおこなわれた。だから弁護士や代議士を追払うためには、ときどきロンドンに疫病をはやらせるというのも一考に価する案であろう。もっとも、あまりひどい疫病では困る。

国会の紛争がつづいたあいだ、レディングはエセックス伯爵に包囲された。そして四分の一世紀のうちオレンジ大公はジェイムズ王の軍勢をこの地で敗走させた。

ヘンリー一世はレディングに葬られている。くわしく言えば、彼が建立したベネディクティン寺院に葬られているので、この寺の遺跡は今も残っている。同じ寺院で、あの偉大なジョン・オブ・ゴウントがレイディ・ブランチと結婚した。

ぼくたちはレディングの水閘《ロック》で、ぼくの友達のスチーム・ランチに追いついた。そこでストリートリーから約一マイルの所まで引張って行ってもらうことになった。ランチにボートを曳いてもらうのは、たいへん楽しいものである。ぼくは、漕ぐよりはこのほうが好きだ。ただし、行手にふさがって邪魔をする小さなボートがしょっちゅう現われ、そのせいで絶えず速度をゆるめたり止ったりする必要さえなければ、もっともっと愉快だろうと思う。ああいうボートどもがランチの邪魔をするやり方は、見ているだけでイライラして来る。これはなんとか方法をこうじて取締る必要がある。

それにああいうボートは、ひどく生意気なのである。ボイラーが破裂するんじゃないかと思う位こっちが汽笛をならして、ようやく向うをせきたてることができるのだ。ぼくはときどき、世の中が思うとおりになるものなら、見せしめのために衝突して行って、一、二隻沈没させたほうがいいと思うのだ。

レディングの少し上流からは、河の眺めは大へん美しくなる。タイルハーストの近くは鉄道のせいでそこなわれているけれど、メイプルダーラムからストリートリーまでは絶景と称するに足る。メイプルダーラムの水閘《ロック》の少し上に、ハードウィック・ハウスがある。ここはチャールズ一世が酒宴を催したところである。古趣に富んだ白鳥館《スウォン・イン》のあるパングバーンの近辺は、美術展覧会の常連にとっては、この土地の住民たちにとってと同じくらい馴染《なじみ》ぶかいところだ。

友達のランチとは、洞窟の少し下流で別れた。ハリスは、今度はぼくが曳く番だと言い張った。このことは、ぼくにはひどく理窟にあわない意見のように思われた。ぼくがレディングの上流三マイルの所までボートを漕いでゆくということに、今朝きめたのである。ところが現在われわれがいるのは、レディングの上流十マイルの所ではないか！　つまり今度はまた彼らの番だということは、明らかなのである。

しかし、こういう正論をジョージやハリスに呑込ませることはできなかった。だから時間を節約するために、ぼくはいさぎよくオールを手にした。だが、漕ぎだして一分もたたないうちに、流れに漂っている何か黒いものをジョージが発見し、そこへ漕ぎよせてみた。近づくとジョージが身をのりだし、それに手をかけた。とたんに悲鳴をあげて飛び退き、真青な顔になった。

　女の水死体なのである。それは軽やかに漂っていた。顔の感じはきれいで整っている。美人ではない。美人と呼ぶにしては顔立が少し老けているし、痩せてゆがんだ感じである。しかし、貧苦にやつれたあとがあるにもかかわらず、優しくて愛らしい顔である。とうとう苦痛が去ってしまったあとで病人の顔に時として訪れる、あの安らかさが、その顔にはあった。

　ぼくたちにとって幸いなことに――検屍法廷に引張りだされたくないからこう言うのだが――土手の上にいた人たちもこの死体を見つけていたので、後のことは彼らに頼んだ。

　あとになってから、この女の身の上が判った。もちろん、おきまりの俗っぽい悲劇である。彼女は愛し、そして欺《あざむ》かれた――というよりもむしろ自分自身を欺いたのかもしれない。とにかく彼女は罪を犯した。――ぼくたちのなかのある者がしょっちゅう犯しているように。彼女の家族と友人はもちろんショックを受け、憤慨し、彼女と縁を絶った。

　一人で世間と戦わねばならなくなったため、汚辱の碾臼《ひきうす》を首にかけられたまま、彼女はしだいに低く低く沈んで行ったのだ。しばらくの間、彼女は一日十二時間の辛い労働で手にいれる一週十二シリングの金で、自分と子供の暮しを立てた。そのうち六シリングは子供のために払った。そして残りで自分の体と魂を養ったのだ。

　一週六シリングでは、体と魂の二つを安楽に支えてゆくことはできない。そんなかぼそい絆では、肉体と心をつなぐことは難かしいのである。ある日、苦痛と単調さとが彼女の目前に、今までよりももっと虚しいものとして立ちふさがり、嘲るような亡霊が彼女を脅かしたのであろう。彼女は友達に最後の哀願をこころみた。しかし彼らは勿体ぶった冷やかな態度で、この、罪を犯して追放された者のことをかえり見ようとはしなかったのだ。彼女は子供に逢いにゆき——疲れきった様子で抱きあげ、キスした。それから、悲しそうな顔は見せずに、一ペニーのチョコレートを子供の手に握らせ、最後の数シリングでゴアリング行きの切符を買ったのである。

ゴアリング附近の森とあかるい緑の牧場には、彼女の生涯の苦い思い出が結びついていたにちがいない。しかし女たちというものは、異様なことに、みずからを刺すナイフをかえって抱きしめるものなのだ。そして、大樹が枝を垂れているこの日陰の地帯で過した甘美な時間の思い出は、苦い記憶と分ちがたく結びついていたのである。

彼女は終日、河のほとりの森をさ迷った。そして夕闇が迫り、灰いろの闇がそのローブを河面にひろげたとき、彼女は自分の悲しみと喜びを知っていてくれる寂寞《せきばく》たる流れへと身を投じたのだ。

年老いた河はやさしい腕に彼女をいだき、彼女の疲れた頭を胸に抱きしめ、苦痛を取去ってやったのだ。

このようにして彼女は、あらゆることにおいて罪を犯した——生において、死において罪を犯した。神様が彼女を救ってくださるように！　そしてもっと他にも罪人《つみびと》がいるならば、あらゆる罪人たちを救ってくださるように！

左岸のゴアリングと右岸のストリートリーは、数日滞在するにふさわしい魅力のある町だ。両方でもいいし、片方だけでもいい。ここからパングボーンへかけての一帯は、日光を浴びて帆走するにもいいし、月光を浴びて漕ぐにも適している、風光明媚《めいび》の土地である。ぼくたちはこの日のうちにウォリングフォードまでゆくつもりだったが、優美にほほえむテムズの顔《かんばせ》はぼくたちを誘惑したので、しばらくここに滞在することにした。橋のところでボートを捨て、ストリートリーにゆき、ブル・ホテルで昼食を食べた。このことはモンモランシーを大へん満足させたようである。かつて両岸の山はここで出会い、現在のテムズ河をさえぎっていたそうで、当時ゴアリングの上流は巨大な湖だったと伝えられている。ぼくはこの説に賛成も反対もしない。ただ紹介しておくにとどめる。

ストリートリーは、他のたいていのテムズ河畔の町や村と同様、サクソン時代にまでさかのぼる古い土地柄である。もし二つのうちいずれかを選ぶのならば、ストリートリーのほうがきれいでよろしい。もっともゴアリングだってそれなりに結構だし、ことに、駅が近いから、ホテルの勘定を払わないで逃げるのに適している。

第十七章

洗濯日　魚と釣師　釣りの技術について　良心的な釣師
魚についてのエピソード

ぼくたちはストリートリーに二日滞在し、衣類を洗濯した。ジョージの監督のもとに河で洗濯したのだけれども、これは失敗に終った。率直に言えば、失敗よりももっとひどい結果であった。つまり、洗濯する前よりももっと汚れてしまったからである。もちろん、洗う前だってひどく汚れていた。それでも、とにかく着ることはできたのである。洗い終ると——左様、レディングとヘンリーの間の河水が前より少しきれいになったのではあるまいか。レディングとヘンリーの間の河水のあらゆる汚れは、洗っている間に、ぼくたちの衣類にはいりこんでしまったのである。

ストリートリーの洗濯女は、この洗濯には普通の値段の三倍請求してもいい位だと思うと言った。あれは洗うなんてものじゃなくて、垢《あか》をむしりとるような仕事だった、と言うのである。

ぼくたちは文句を言わないで、その金を払った。

ストリートリーとゴアリングのあたりは、釣りの名所である。ここは大へん釣りに適しているのだ。カワカマス、ウグイ、ハエ、カワギス、ウナギなどがいっぱいいるから、一日じゅう坐りこんで釣りをすることができる。

事実、ある人たちはそうしているようである。しかし、彼らはけっして魚を釣りあげはしない。ぼくは、人がテムズ河で釣りあげるのを見たことがない。ただし小魚と猫の死骸は別だけれども。もちろん、こういうものは魚釣りとは関係がない。釣りの案内書を見ても、釣りあげるという言葉は使っていないようである。そういう本には、どこそこが「釣りに好適の地」と書いてあるきりだ。ぼくの経験から言っても、この文句はたいへん正確である。

この土地よりももっと多く魚を釣ることができ、もっと長い時間、釣りができる所はない。ある者はここに来て一日釣りをし、他の者は一ヵ月滞在して釣りをする。もしお望みとあれば、一年間だって釣ることができる。

『テムズ河釣り案内』によると「カマスとスズキもこのあたりで釣れる」そうだが、『釣案内』はこの点まちがっている。カマスとスズキはこの辺にい
るかもしれない。実際、たしかにいるということをぼくは知っている。土手を散歩していると浅瀬を泳いでいるのが見えるし、近くにやって来てビスケットをねらい、口をあける。泳ぎにゆけばまわりに集

って来て邪魔をし、イライラさせる。しかし、針のさきにミミズや何か、とにかくそういうものをつけておろすと、ぜったい食いつかないのである。そう、絶対に！

ぼくは釣りはあまり上手じゃない。一時はかなり凝《こ》ったことがあるし、少しは上達しかけたように思う。しかし老巧な連中に言わせると、本当に上手にはなりそうもないから諦めたほうがいい、のだそうである。彼らの意見によれば、ぼくは糸さばきもうまいし、気転もきくし、この道に本質的に必要な怠惰さも充分もちあわせている。だが、どうしても釣りには向かないというのだ。充分なだけの想像力がないのである。

詩人や小説家、あるいは新聞記者、まあそういった種類の者には大丈夫なれるだろうと人は言う。しかしテムズ河の釣師となるには、ぼくなどが持っているよりももっと奔放な空想、もっとすばらしい発明の才がなければ駄目なのだそうである。ある人の説によると、上手な釣師となるのに必要なものは、楽々と顔もあからめずに嘘をつく才能だと言うのだが、この考え方は間違っている。見えすいた嘘をでっちあげるのでは駄目で、それ位のことなら初心者にだってできる。玄人《くろうと》ちゅうの玄人らしく見せるには、釣ったときの感興をこと細かに描写するとか、釣りあげる蓋《がい》然性について潤色をほどこして語るとか、一般に、実直な（ほとんどペダンチックなくらい実直な）誠実さをみなぎらせるとか、まあそういったことが大事なのである。

「昨夜《ゆうべ》は、スズキを百八十尾釣ったよ」

とか、

「この間の月曜、鯉を一尾釣りあげたんだが、なにしろ重さが十八ポンドで頭から尻尾まで三フィートという代物なんだ」

というようなことなら、初心者にだって言える。しかしこれでは、こういうことに要求される技術とか熟練とかが見られないのである。もちろん、勇気はある。しかしそれだけである。

こんなんじゃ、駄目だ。熟練した釣師というものは、こういう嘘のつき方を軽蔑する。彼の方法は、それ自体、研究する価値のあるものである。

そういう人間は、まず、帽子をかぶったまま静かにはいって来る。いちばん坐り心地のいい椅子に腰をおろし、パイプに火をつけ、黙ってくゆらし始める。若者たちに自慢話を好きなだけさせておく。それからちょっと話が途切れたときに口からパイプを離し、カウンターにこつこつと当てて灰を落しながらつぶやくのだ。

「うん、こんなことは君たちに話したって仕様がないことなんだが、火曜の晩は一尾釣りあげた」

「ほう、なぜ仕様がないんですか？」

とみんなが訊ねると、

「誰も信用してくれないだろうからさ」

とその男は穏やかかに、皮肉めいた感じなぞ全然ない口調で言いながら、ゆっくりとパイプを詰め、スコッチを指三つ、と亭主に注文するのだ。

この老紳士の言葉を否定するだけの自信はないので、みんなは黙っている。すると彼は、誰も膝をのりだしはしないのに、語りつづける。

「そうだよな。人から聞かされたんだったら、ぼくだって真に受けっこないんだ。半日坐っていて、何ひとつ獲物はなかった。ウグイが十尾に雑魚《ざこ》が二十尾ぐらいを除けばね。諦めて、そろそろ引上げようとしたとき、突然ぐっと引いたじゃないか。また雑魚か、と思いながら引上げようとすると、竿が動かないんだ。魚を釣りあげるまで三十分もかかった。三十分だぜ、君たち。竿がぽきんと折れるんじゃないかと思って、その間じゅう、気が気じゃなかった。でも、とうとう仕とめたんだ。いったい何だと思う？　蝶鮫《スタージョン》さ！　四十ポンドの蝶鮫！　それが糸の端に引掛ってるんだなあ。いや、君たちがびっくりするのも無理はない。親爺さん、スコッチを（また指三つ）」

それから彼は、その魚を見た者がみんな、どんなふうに驚いたか、持って帰ったら奥さんがどう言ったか、ジョー・バグルズがどういう意見を述べたか、を説明する。

ぼくは一度、河沿いのホテルの主人に、釣師の自慢話を聞いているのは随分うんざりするものじゃないか、と訊ねたことがある。すると彼は、

「いや、今ではそうでもありませんね。そりゃあ、始めのうちはかなり閉口しましたよ。

でも何しろ、あたしだって家内だって、今じゃあ毎日聞いてますからね。馴れてしまうんですよ。馴れというのは、こわいもんですね」

ぼくの友だちにひとり、ひどく良心的な男がいたが、彼は釣りにゆくときには、釣りあげた魚の数を二十五パーセント以上は掛け値をいわないという決心をした。だから、「四十尾釣れたら五十尾釣れたと皆に話をするんだ。だがそれ以上はけっして嘘をつかない。嘘は罪だからな」

と言っていた。しかし、この二十五パーセント計画は全然うまくゆかなかった。彼はその計画を使うことができなかった。一日に釣上げた最大の数は三であったから、三に対してその二十五パーセントを足すことはできないのである。少くとも魚の場合には。

そこで彼はパーセンテージを三十三・三三三パーセントに改めた。しかし、これでも、一尾か二尾しか釣れなかった場合には、うまくゆかない。そこで彼は、計算を容易にするために、二倍にすることに決心した。

この取りきめに二ヵ月のあいだ従ったが、二月たつと不満を感じはじめた。彼が、二倍にしかしてないと言っても、誰も信用しないのである。だから、彼はちっとも名声があがらないし、それにこういう遠慮がちな態度では、他の釣師たちに対し不利な立場に立つことになる。彼は小さな魚を三尾、実際に釣りあげ、みんなに六尾釣りあげたと言う。そしてそう述べながら、実は一尾しか釣っていない男が二十四尾釣ったと言っているのを耳にして、激しい嫉妬を感じるのであった。

こうして、結局彼は、自分じしんとの間に最終的な取りきめをおこない、以来それをほとんど宗教的なくらいに守ったのである。それは、捕えた魚の一尾一尾をそれぞれ十尾として勘定し、おまけに最初から十尾だけ数え足しておくという方法であった。たとえばぜんぜん釣れなかったときには、十尾釣ったと言うのである。つまり彼のシステムに従えば、十尾以下になることはけっしてない。これが彼のシステムの基礎ともいうべき部分なのである。そしてたまたま彼が本当に一尾釣ったとすれば、それを二十尾と呼び、二尾は三十尾となり、三尾は四十尾となるという訳であった。これは、簡単だし実行も容易なプランなので、最近では魚釣り仲間のあいだでひろく採用されているらしい。実際、二年前のことだが、テムズ河釣師連合委員会はこの方法の採用を提議したのである。しかし、古参の会員たちの間には、反対する者があったそうである。反対者の言い分は、数を倍にして、釣った一尾を二十尾と計算するほうが妥当だというのであった。

遠漕に出かけたとき閑な夜があったら、その村の小さな宿屋兼業の飲み屋にはいってゆき、酒場にぼんやり坐ることをおすすめしたい。ポンチをすすっている釣師の一人や二人には必ず逢って、わずか三十分位のあいだに釣の話を、一ヵ月かかっても消化しきれないくらい聞かせてくれるはずである。

ジョージとぼくは（ハリスはどうしていたのかぼくは知らない。午後早く出かけてひげを剃り、それから戻って来て、四十分ばかり靴の手入れをしていたが、その先きは見掛けなかったのである）ぼくたち二人にあずけられた犬と一緒に、二日目の晩ウォリングフォードへ散歩に出かけた。そして散歩から戻ると、河沿いの小さな宿屋兼業の飲み屋に、休息およびその他の目的のためにはいって行った。

酒場にはいって腰をおろした。そこには年配の男が一人、陶器《クレイ》のパイプをくゆらしていたので、自然おしゃべりがはじまった。

今日はよいお天気でした、と向うが言うので、ぼくたちは彼に、昨日もよいお天気でしたね、と言った。それから三人一緒に、明日もいいお天気でしょう、と言ってから、ジョージは、今年も豊作でしょうと言い添えた。

そうこうしているうちに、ぼくたちがこの土地の者ではなく、明日の朝出発するということが明らかになった。そこで会話が途切れたとき、ぼくたちは部屋のなかをあちこちと見廻した。すると視線は最後に、炉棚の上の高い所にかけてある、埃だらけの大きなガラスのケースにとまった。そのなかには鱒《ます》が一尾はいっている。この鱒は、ぼくをすっかり夢中にさせた。ものすごく大きいのである。実を言うと、一目みたとき鱈《たら》だと思ったくらいであった。ぼくの目の方向を見て紳士は、

「ああ、あれですか。すばらしいでしょう」

「珍しいものですね」

とぼくは言った。ジョージはこの老人に、どの位の重さだろうと訊ねた。

「十八ポンド六オンスです」

とその男は答えながら、コートを手にし、

「来月の三日で、ちょうど十六年になりますよ——わたしがあれを釣りあげてから。橋のすぐ下で、小魚をつけた針にくいついたんですよ。こいつが河にいるという知らせがあったもんだから、逃がすもんかといって出かけましてね。まあ、その通りになった訳です。今じゃあ、この辺でもこれだけの魚はみかけませんね。おやすみなさい、皆さん、おやすみなさい」

と言って、われわれ二人を残して出て行った。

ぼくたちはもうこの鱒から目を放せなかった。本当に見事な魚だったのである。じっとみつめていると、この土地の運送屋でこの宿屋に泊っている男が、ビールのコップを手にして戸口へやって来た。彼も魚を見ている。ジョージが彼のほうに振向いて、

「大きい鱒ですね」

と言うと、その男は、

「ああ！　そうおっしゃるのも尤もなことですよ」

と答えてから、ビールを一口のみ、やがてこう言い添えた。

「この魚がとれたときには、あなたがたはこの土地においでじゃなかったでしょう？」

「もちろんですよ。私たちはこの土地の者じゃありません」

　これを聞いて運送屋は、

「じゃあ、無理もない話だ。わたしがこの鱒をつかまえてから、もうそろそろ五年になります」

「ほう！　じゃあ、これを釣ったのはあなたですか？」

　とわたしが訊ねると、愛想のよい年配の男は、

「そうですとも。水閘《ロック》のちょっと下流のところでした。あのころはまだ水閘《ロック》があったんだな、金曜の午後でしたよ。なにしろこれだけの魚を蚊針で仕止めたんだから、変な話ですねえ。鱒を釣ろうなんてことは夢にも思わず、カワカマス釣りに出かけたんでした。すると、こんな大きなのがぶら下ったじゃありませんか。こっちが河に引込まれなかったのが、幸せでしたよ。なにしろあなた、二十六ポンドもあるんですから。おやすみなさい、皆さん、おやすみなさい」

　五分たつと第三の男がはいって来て、彼がある朝早く、川魚の餌でどんなふうにして釣ったかを説明した。彼がいなくなると、鈍感そうな鹿爪らしい顔の中年男がはいって来て、窓際に腰をおろした。

　しばらくの間みんな黙っていたが、とうとうジョージがこの客に向って、

「まことに失礼ですが、わたしたちはこの土地は始めての者なんですが、あなたがこの鱒

をどういうふうにして摑えたか、話をしてくださると有難いんですがね」

「ほう、わたしがあれを釣ったのを、誰にお聞きになりましたか？」

と相手はびっくりして言った。ぼくたちは、誰から聞いた訳でもないけれど、なんとなく本能的に、あなたがその当人らしい気がするのだ、と言った。鈍感そうな男は満面に笑みをたたえて、

「いや、これはまったく不思議ですね。まったく不思議だ。なぜって、まったくあなたのおっしゃる通りだからですよ。捉えたのはわたしです。しかしあなたがそれをぴたりと当てるとはね。いやまったく不思議だ」

それから彼は話しつづけ、釣りあげるまで三十分かかったことや、竿がぽきりと折れたことなどを語った。家へ帰ってから注意深く目方を計ると、三十四ポンドのところでまだ分銅がはね上った、とも言った。

彼が出てゆくと、宿屋の主人がやって来た。この鱒について耳にしたさまざまの話を聞かせてやると、彼はひどく喜んだ。ぼくたち三人は笑いころげた。

「ほう、ジム・ベイツや、ジョー・マグルズやジョウンズさんや、ビリー・モウンダーズ爺さんなんかが、みんな、自分でこれを摑えたというんですか。あっ、はっ、は！　いや、これはよかった」

とこの正直者の老人は心の底から笑いながら、

「なるほど、あの連中は自分でこれを釣りあげておきながら、うちの酒場に飾るために、あたしにくれたという訳ですね。あっ、はっ、は！」

それから彼はこの魚の本当の来歴を聞かせてくれた。ずいぶん昔のこと、彼が子供だった時分に、一人で釣りあげたのだそうである。技術も熟練も何もなく、ただ学校をずるけて、よく晴れた午後に魚釣りに出かける小学生をいつも待ちうけているものらしい、あの、途方もない幸運のおかげで、木の枝の端に結びつけてある釣針にこういうものがかかって来た、ということらしかった。

彼はこの鱒をもって帰ったおかげで、父親にぶたれなくて済んだし、学校の先生も、比例算や実算を覚えるよりよほど偉いと褒めてくれたそうだ。

主人はここまで話したとき、呼ばれたので部屋から出て行った。ジョージとぼくはまた魚をじっとみつめた。

実際ものすごく大きな鱒である。眺めれば眺めるほど、感歎しない訳にはゆかなかった。

ジョージはすっかり興奮してしまって、椅子の背に乗り、もっとよく見ようとした。

そのとき椅子が辷《すべ》ったので、ジョージは身を支えようと鱒のケースにつかまり、その拍子にケースがガチャンと落ちて来て、ジョージと椅子はその上に重なり落ちた。

「魚は大丈夫だろうな」

と叫ぶと、ジョージはそろそろと起き上りながらあたりを見廻し、

「まさか壊れやしないと思うけど」

と言った。

しかし、壊れていたのである。鱒は千の破片になって砕け散っていた——今、千と言ったけれども九百位だったかもしれない。ぼくは数えてはみなかったのだ。

剝製《はくせい》の魚がこんなに粉微塵に砕けるなんて、どうも不思議だ、とぼくたちは思った。剝製の鱒ならばたしかにそれは不思議だったろう。しかしそうではなかったのである。

その鱒は石膏細工であった。

第十八章

水閘《ロック》　ジョージとぼくが写真に撮られた話　ウォリングフォード　ドーチェスター　アビンドン　一家族の首長　難所　河の空気がいかに人間の品性を毒するか

翌朝はやくストリートトリーを発って、カラムまで漕いでゆき、支流へボートを入れて天幕の下で眠った。

ストリートトリーとウォリングフォードの間は、非常に興味深いとは言い難い。クリーヴからさき六マイル半は、水閘《ロック》が一つもない。テディントンの上流では、ここがいちばん長く河水がつづいている所であろう。オクスフォード・クラブは選手選抜のボート・レースをここでおこなっている。

しかし、水閘《ロック》がないのは漕ぐ身になれば助かるけれども、景色を眺める点からはあまりいいものじゃない。

ぼく個人としては、水閘《ロック》が好きである。水閘《ロック》が多いのは遠漕の単調さをまぎらしてくれるからだ。ボートのなかに坐っていると、閘内《ロック》のひいやりとした所から広々とした新しい眺めへ浮び出る気持は何ともいえない。また、いわばこの世から沈むように沈んでゆき、ほの暗い水門の戸が軋《きし》るとわずかばかりの日光が戸の間に次第にひろがって、ついには眼前に河の水がのびやかにほほ笑むとき、小さなボートを牢獄のような水閘《ロック》からわれわれを歓び迎えてくれる水へと進めるのも、なかなか嬉しいものである。

水閘《ロック》は絵のような場所だ。頑丈な体格の年老いた番人、陽気な内儀さん、明るい目つきの娘は、通りすがりにちょっと話をするのによい相手である。* ここではまた、他のボートに出会って河のゴシップを交換することができる。

*というよりもむしろ、であった。最近の管理事務所は馬鹿をやとうための機関になったらしい。新しく雇い入れられた水閘番人の中には、ことに河の混雑するあたりの水閘ではそうなのだが、こういう仕事には不適当な怒りっぽくて神経質な年寄りが多いのだ。

水閘《ロック》のことを書いたついでに、ジョージとぼくがある夏の朝ハムトンコートで最近経験したことを思い出した。

よく晴れた日で、水閘《ロック》は混雑していた。そして、河ではよくあることだが、写真屋が来ていて、ぼくたちが水閘《ロック》のなかでだんだん高くなってゆくところを写していた。

最初ぼくは、どういうことなのか判らなかったので、ジョージがズボンを慌てて直したり、髪を撫《な》でつけたり、帽子をしゃれたふうにアミダにかぶったりし、愛想のよさと悲しさとが入り混ったような顔つきになって、優雅なポーズで腰をかけ、それから足をしきりに隠そうとしているのに気がついたとき、すっかりびっくりしてしまった。最初に考えたことは、彼の知っている娘が来ていることにとつぜん気がついたのかもしれない、ということだった。そこでぼくは、誰なのか見ようと思ってジロジロあたりを眺めた。水閘《ロック》のなかのあらゆる人が、突如として改った表情になってしまっている。彼らはみんな、いつか日本の扇で見たことがあるような、無表情な、ぎごちない態度で、立ったり坐ったりしている。娘たちはみんな微笑を浮べている。ああ、なんと優しい感じであることか！　男たちは顔をしかめ、いかめしくて上品な表情になっている。

そこでとうとうぼくにも真相が判ったので、ぼくは、これからでも間に合うだろうかと心配した。何しろぼくたちのボートはいちばん先頭なので、この男がせっかく写す写真を台なしにしては可哀想な話だと考えたのだ。

そこでぼくは素早く向きを変え、船首に位置を占めて、さり気ない優雅な感じを出して、水竿によりかかった。そのポーズは、軽快でしかも力強く見えるようにした。それから額のところで髪をカールさせ、表情はやさしい憂愁をほのかなシニシズムの入り混ったものにした。ぼくにはこういう表情がぴったりしていると言われたことがあるのだ。

今か今かと待ち構えていると、誰か後ろから大声で叫んだ。

「おい！　鼻《ノウズ》を見ろ！」

いったい何事が起ったのか、見なければならないのは誰の鼻なのかを知るために、振り向く訳にはゆかなかったのである。ぼくは横目を使ってジョージの鼻をちらりと見た。どうってことはない——少くとも、簡単に変えられるような欠点はない。ぼくは自分の鼻を横目で見た。しかし、それは期待していた通りの形であった。

「鼻を見ろ、馬鹿野郎！」

と同じ声がもう一度、もっと大きく怒鳴った。別の声が叫んだ。

「鼻をつき出せ——できないのか！　そこの、犬を連れてる二人！」

ジョージもぼくも振り向かなかった。写真屋の手は、蓋《ふた》にかかっている。いつ写真がとられるか判らない瀬戸際だ。奴らはぼくたちに呼びかけているのだろうか？　ぼくたちの鼻がどうしたのだろうか？　なぜ鼻をつき出さねばならないのだろうか？

しかし今度は水閘《ロック》じゅうが騒然となり、すぐ後ろから高い声がこう呼びかけたのだ。

「ボートを見ろ。赤い帽子と黒い帽子の二人。早くしないと、君たちの死骸が写真に写っちゃうぜ」

そこでぼくたちは振り向いた。するとわれわれのボートの船首《はな》が水閘《ロック》の板壁につきささっており、舟の周囲にはいってくる水が高く波打っていて、ボートは今にも転覆するところなのだ。ぼくたちは急いでオールを手にし、その端で水閘《ロック》をしたたか殴りつけ、ボートを引離した瞬間、仰向けにボートの底にひっくり返ってしまった。

ジョージとぼくの二人は、どっちも、写真にはよくは写らなかった。もちろん覚悟はしていたことだが、これが運命というものなのだろう、ぼくたち二人が「おやっ？　これは？」と言った、けげんな表情で仰向けになり、四本の足を空中に振り廻しているとき、あの写真屋はオンボロ機械のシャッターを切ったのである。

写真のなかの大立物はいうまでもなく四本の足であった。というよりも、それ以外のものはあまり写っていないのである。四本の足は前景ほとんど全部を占めていた。その後ろには他のボートや周囲の景色が少しは写っているけれども、とにかくぼくたちの足に較べれば、水閘《ロック》のなかのあらゆる物、あらゆる人は、取るに足りない存在になっていた。それで他の人々はすっかりプライドを傷つけられ、写真を予約するのを断った。

あるスチーム・ランチの持主は六枚予約していたのだが、ネガを見て、注文を取消した。じぶんのランチが写真に出るようにしてくれれば買ってもいいと言ったそうだが、これは無理な話である。スチーム・ランチはジョージの右足に隠れているのだ。

このことについては、後でいろいろ不快なことがあった。写真屋は写真の十分の九はぼくたちなのだからぼくたちが一ダースずつ買うべきだと言ったけれども断った。等身大に写されても文句は言わない、ただまともに写してほしい、と言ったのだ。

ストリートリーの上流六マイルの所にあるウォリングフォードは、たいそう古い町で、英国史の中心ともいうべき所であった。ブリトン人はこの地に部落を作り、粗末な粘土の城壁をめぐらしていたのだが、ローマの軍勢が彼らを追い払い、彼らの粘土の城壁に代えるに堅固な要塞をもってした。この城跡を《時》の流れが滅すことができなかったところを見ると、昔の石工はなかなか腕がよかったということになる。

しかし《時》はローマ人の城壁には勝てなかったけれども、ローマ人たちを土に変えることには簡単に成功した。後年この地において野蛮なサクソン人と巨大なデイン人が、ノルマン人の入冠のときまで戦いつづけた。

この地は議会戦争のころまでは城壁に囲まれた町であったが、フェアファックスのため長いあいだ包囲され、ついに降服し、城壁はまったく破壊された。

ウォリングフォードからドーチェスターまでの間、河の附近は水が多く、変化に富んでいて、絵のように美しい。ドーチェスターは河から半マイル離れたところにある。小さいボートならテムズ河から漕ぎ上ることもできるが、一番いいのはデインの水閘《ロック》で舟から降り、野原を歩いてゆくことである。ドーチェスターはおだやかで平和な古い町で、静寂と沈黙と倦怠《けんたい》のなかに眠っているような感じだ。

この土地はウォリングフォードと同様、古代イギリスの一都市であった。当時はカエール・ドレーンすなわち「水の上の町」と呼ばれていた。その後ローマ人はここに陣営を構えたのだが、その城壁は今なお低い平坦な城壁となって残っている。サクソン時代はここはエセックスの首都であった。非常に古い歴史をもつ所で、かつては強大を誇っていたのである。しかし今では騒がしい世界から離れて夢見勝ちに暮している。

クリフトン・ハムデンはすばらしくきれいな村だが、この附近は古風で平和な、花の咲き誇っている美しい地帯で、河の眺めはまことに豊かで華やかである。クリフトンに上陸してここに泊るのだったら、バーリイ・モウ・ホテルがよろしい。これはテムズ河のほとりで最も雅致《がち》にとんだ、古風な宿屋である。これは橋の右手にあって村から離れて建っている。低い傾斜した破風、藁葺《わらぶ》きの屋根、格子窓は、まったく物語めいた雰囲気を漂わせているし、家のなかにはいると、いっそう「むかしむかし、ある所に……」といった情緒がみなぎっている。この宿屋はしかし、現代小説のヒロインが泊るのにふさわしくはない。今どきの小説のヒロインは、きまって「すばらしく背が高い」し、かならず「胸をはって颯爽《さっそう》と歩く」のだから、バーリイ・モウ・ホテルではそのたびに天井に頭をぶつけてしまう。

ここはまた酔っぱらいが泊るにも不適当である。昇り降りの階段があまり曲りくねっていて、寝室へゆくにも、あるいはいったん出たベッドを探しだすのにさえ、ずいぶん骨が折れるからである。

翌日は午後までにオクスフォードに着きたいと思っていたから、早く起きた。舟に泊っているとき、早く起きることができるのは、不思議なほどである。鞄を枕にし、毛布に包まれてボートの底に横になっていると、羽根ぶとんのベッドのときと違って、「もう五分だけ、頼む！」ということにならないのである。ぼくたちは朝食をすませ、八時半までにクリフトンの水閘《ロック》を通過した。クリフトンからカラムまでは、両岸の眺めは平板で単調で、面白くないけれども、カラムの水閘《ロック》（テムズ河の水閘《ロック》のなかでいちばん水が冷くていちばん深い）を通りすぎると、景色がよくなる。

アビンドンでは、河は町の通りに接している。アビンドンはこぢんまりした典型的な田舎町で――物静かで勿体ぶっていて小ぎれいで、むやみやたらに退屈である。古いのを自慢にしている町だが、この点でウォリングフォードやドーチェスターと肩を並べることができるかどうか疑わしい。ここには昔、有名な寺院があったが、その遺跡は、今はビールの醸造所になっている。

アビンドンのセント・ニコラス教会には、ジョン・ブラックウォールとその妻ジェインの記念碑がある。彼らは幸福な結婚生活を送った後、同じ日に、つまり一六二五年八月二十一日に死んだのである。セント・ヘレン教会には、一六三七年に死んだW・リーの墓があって、「生前すでに子孫をもうけること二百に三を余すのみ」と書いてある。このことから計算すれば、W・リーの家族は百九十七人いたことが判る。五回にわたってアビンドンの市長をつとめたW・リー氏は、彼の一門にとってはたしかに有難い恩人であったろうが、この人口過剰の十九世紀においては、こういう人はあまり出ないほうがいいと思う。

アビンドンからニューナム・コーティネイにいたる一帯は、大へん景色が美しい。ニューナム・パークはいちど行ってみる価値がある。公開日は火曜と木曜である。美術館には絵や骨董《こっとう》のすばらしいコレクションがあるし、園内の眺めもまた格別である。

サンドフォードの水閘《ロック》のすぐ蔭にある堰返しの水は、溺死《できし》するのに好適の所である。瀬がものすごく早いので、一度まきこまれればそれでもうぜったい確実である。水泳ちゅう二人の者が溺死した地点にオベリスクが建っているけれども、このオベリスクの階段は、ここが本当に危険であるかどうかを知りたい若者たちによってダイヴィング・ボードに使われている。

オクスフォードの手前一マイルの所にある、イフリーの水閘《ロック》と水車小屋は、河の景色を好んで描く画家のお気にいりの場所である。しかし、絵を見た後では実物を見るとがっかりするようだ。ぼくの今までの体験によると、実物が絵に匹敵《ひってき》する場合は、一般にきわめて稀なような気がする。

十二時半ごろ、イフリーの水閘《ロック》を通過した。それからボートのなかを片づけ、上陸の準備をして、最後の一マイルを漕ぎはじめた。

イフリーとオクスフォードの間は、ぼくの知っている限り、最大の難所である。ここでうまく漕ぐためには、この近所で生れる必要があるだろう。ぼくは何度もここで漕いだことがあるが、どうもいまだにコツが判らない。オクスフォード＝イフリー間を真直ぐに漕げる男なら、妻、義母、自分のいちばん上の姉、自分が赤ん坊のときからいる女中と一緒に、同じ屋根の下で仲良く暮してゆけるだろう。

まず流れのせいで右岸にもってゆかれる。次に左岸へもってゆかれる。と、その次には中流に押しやられ、クルクルと三回ばかり廻ったあげく、今度は上流へ流される。そしていつの場合も、とどのつまりは大学のレース・ボートに押しつぶされそうになるのだ。

もちろんこの結果、一マイルかそこらのうちに数多くのボートに邪魔される。ということは、こっちが向うの邪魔をする、ということでもある。従ってこの結果、悪口をたっぷり言いあうことになる。

どういう訳なのか判らないが、河の上ではみんな例外なく怒りっぽくなるものだ。陸の上だったら気にも止めない小さな不運なのに、それが河の上でのこととなると気も狂わんばかりに憤慨する。ハリスやジョージが陸の上で馬鹿な真似をしても、ぼくは黙って笑っているだけだが、彼らが河の上でそういうことをすると、ぼくは血も凝《こご》るほどの言葉を浴びせかけてしまうのだ。他の舟が邪魔にはいろうものなら、オールを振り上げてそれに乗っている奴らをみな殺しにしたい、という気持になる。

陸の上ではこの上なく優しい気立の人でも、ボートに乗ると血に飢えたようにあらあらしくなるものだ。ぼくは一度、若い夫人と一緒にボートに乗ったことがあるが、この人は生れつきじつに優しい穏やかな人だったけれども、河の上でこの人の言葉遣いを聞くと、ぼくなどすっかり戦慄するくらいであった。

たまたま運の悪いボートがこっちの行手をふさぐと、彼女は叫ぶのだ。

「ちぇっ！　間抜け！　自分の進む方角が見えないの？」

それから帆がきちんとあがらないと、すっかり癇癪をおこして、

「まあ、なんていやらしいオンボロ帆だろう！」

と言いながら、帆をつかまえ、野獣のようにゆすぶる。ところがいったん陸にあがれば、さっきも言ったように実に親切だし、優しい人なのである。

河の空気には人間の品性を下落せしめる作用がある。あの船頭たちが不断だったらきっとそんな言葉を使ったことを後悔するような言葉を平気でやりとりしているのは、まったくこのためであろう、とぼくは考える。

第十九章

オクスフォード　モンモランシーの天国観　貸しボートの美点と長所　「テムズの誇り」号　天候一変　テムズの別の相　愉快な夜ではない　手に入れられないものへの憧れ　楽しき雑談の果てに　ジョージ、バンジョーを弾く悲しきメロディー　またもや雨　遁走　夕食と乾杯

オクスフォードで、ぼくたちは二日間たいへん愉快に暮した。オクスフォードには犬がたくさんいる。モンモランシーは最初の日には十二回、二日目には十四回喧嘩した。そしてすこぶる満足そうであった。

生れつき体が弱かったり、生れつき怠け者だったりする人々の間では、漕ぎ上るという辛《つら》い仕事をさけるために、ボートをオクスフォードに廻しておいてそこから漕ぎ下るのが普通のようである。しかし、元気な者にとっては、漕ぎ上る旅のほうがたしかに面白いものだ。いつも流れを利用して下るだけではつまらないような気がする。背中を四角にし、流れにさからい、流れを物ともせず前進することにこそ大きな満足はあるのだ——少くと

もハリスとジョージが漕ぎ、ぼくが舵をとっている間、ぼくはそう感じた。

オクスフォードを起点として遠漕しようと思っている人には、自分のボートで出かけるようにと注意したい。もちろん発見される危険なしに他人のボートを使用することができるのなら話は別だけれども。テムズ河のマーロウより上流での貸しボートは、一般に非常によいボートである。耐水性もかなりあるし、注意深く扱いさえすれば、こなごなに砕けたり沈んだりすることは稀にしかない。坐るところもちゃんとついているし、漕いだり舵をとったりするのに必要な設備も全部――あるいはほとんど全部――ついている。

しかし、外観が駄目なのである。マーロウよりも上流の貸しボートは、見せびらかしたり、気取ったりすることができるような、そういうボートじゃない。貸しボートは借り主のそういうくだらない欲望をたちどころに砕いてしまうであろう。このことが、貸しボートの特徴――というよりもむしろ唯一の長所であると言って差支えない。

貸しボートに乗る連中は謙虚で引込み思案である。彼らは木蔭にいるのが好きだし、朝早く、ないし夜おそくに漕ぐのが好きだ。漕いでいる所をあまり人に見られなくて済むからである。そして誰か知っている人でも見かけようものなら、岸にのぼり、木の蔭に身をかくすのだ。

ぼくはある夏、数日の旅を楽しむ予定で、四、五人組んで貸しボートを借りたことがある。ぼくたちは誰ひとり、それまで貸しボートなるものを見たことがなかった。だからそれを見たとき、何なのか判らなかった。

ぼくたちは前もって手紙で、フォアを頼んでおいた。鞄をさげて艇庫へ着くと、こっちの名前を言った。すると親爺が、

「はい、あのフォアのほうですね。よろしゅうございます。おーいジム、《テムズの誇り》を出しといで」

と言いつけた。小僧が出て行ってから五分も経つと、ノアの洪水以前の木片のようなものを引張って出て来た。最近どこかから発掘され、しかも発掘の際、不必要に損傷を受けたような傷だらけのものである。

ぼくは一目みて、ははあ、これはローマ人の遺物だ、と考えた。何の遺物かははっきりしなかったが、たぶん棺の遺物だろうと見当をつけた。

テムズ河の上流近辺には、ローマ人の遺物が多いのだから、ぼくの推測はかなり根拠があると思った。ところが地理学をちょっぴりかじった真面目な青年がいて、ぼくのローマ遺物説を鼻であしらい、これが鯨の化石であるということは、最も低級な知性の持主にとってても明らかだ、と言った。(この、最も低級な知性の持主というカテゴリーにぼくを入れることができないのを、残念がっている感じだった。)そして彼は、これが前氷河期に属しているに違いないことを証明する、さまざまの証拠を指摘した。

論争にケリをつけるため、ぼくたちはその小僧に訊ねた。こわがることはないから真実

を率直に述べよ、と言ったのである。だがわれわれが、

「これはアダム以前の鯨の化石かい？　それとも初期のローマ人の棺かね？」

と訊ねると、小僧は、

「《テムズの誇り》です」

と答えたものだ。

最初ぼくたちはこれを、小僧がユーモアたっぷりの返事をしたのだと考え、誰かがこの当意即妙の答に対する褒美《ほうび》として二ペンス握らせた位であった。ところが、小僧があまりいつまでもこの冗談（とぼくたちは思ったのだ）を言いつづけるものだから、みんな怒りだした。そこでキャプテンが語気するどく、

「おい小僧！　馬鹿なことはもうよせ。お母ちゃんの洗濯タライは家へ持って帰って、代りにボートを持って来い」

と言った。

とうとう船大工まで出て来て、これが確かにボートであるということを専門家としての面目にかけて保証した。しかも、あなた方の遠漕用に選び出されたフォアがこれなのだ、と言って頑張った。

ぼくたちはサンザン不平を言った。少くとも、白く塗るとかタールを塗るとか――発掘品と区別するために何かしておいてもよかったろう、と考えたのだ。だが相手は、このボ

ートにはぜんぜん欠点はないと言い張った。

彼はわれわれの言葉で、かなり気持を傷つけられたようでさえあった。ボート全部のなかからいちばんいいのを選んでおいたのだと言い、もっと感謝されて然るべきだとさえ言った。

《テムズの誇り》は今の通り（というよりもむしろ現在どうにか間に合っている通り）四十年間使われてきたもので、今まで誰も文句を言ったことがないのだから、なぜあなた方が文句をつけるのか判らない、と言うのである。

ぼくたちはもうそれ以上議論はしなかった。

そしてこの、いわゆるボートを、紐で縛ったり、いちだんとひどい箇所には壁紙を貼ったりして、神様にお祈りをしてから乗りこんだ。何しろこの遺物を六日間借りるのに三十五シリングとられたのである。海岸で流木を売っている所にさえゆけば、ただの四シリング六ペンスで同じ物が買えたのに。

そうだった。ぼくは今度の旅行のことを書いているのだったっけ。三日目から天気が変った。ぼくたちは降りつづける霧雨のなかをオクスフォードから家路についた。

日光が小波の上に踊るとき、緑灰色の橅《ぶな》の幹に金粉を塗るとき、暗くてひいやりした森の小径《こみち》にきらめくとき、浅瀬の上の影を追いかけるとき、水車の水滴をダイヤモンドの輝きに変えるとき、百合にくちづけを投げるとき、水閘《ロック》の水に戯れるとき、苔《こけ》むした壁や橋を銀色に変えるとき、あらゆる小さな町を陽気にするとき、一つ一つの小径と牧場を甘美に装うとき、葦の草蔭にもつれながら横たわるとき、入江のなかからのぞきみてほほえみかけるとき、数多くの白帆の上に陽気にきらめくとき、空気にそっと溶けこむとき――河は金色の美しい流れである。

しかし、冷くてもの憂《う》げで、その茶色に濁った水の上に雨がやむことなく降りつづけ、暗い部屋のなかですすり泣く女のような声をたて、岸には森が暗く沈黙しきって、霧の屍衣をまとい、亡霊のように（沈黙しきった亡霊のように、邪悪な行為の亡霊のように、忘れられた友の亡霊のように）立つとき――そのとき河は、虚《むな》しい悔恨の国を流れてゆく悪霊の巣くう流れとなるのだ。

日光は《自然》の生命である。《母なる大地》は、日光が彼女の許から去ってしまうと、どんよりした視線をわれわれに投げる。そのときぼくたちは、彼女と共にあることを悲しく思う。彼女はぼくたちを知ってもいなければ、ぼくたちの世話もしてくれないのだ。彼女は愛する夫を失った未亡人となり、彼女の子供たちは、その手を握りその目をのぞきこんでも、もはやほほえんではもらえないのである。

その日は一日じゅう雨のなかを漕いだ。じつに憂鬱だった。最初は愉快そうな振りをした。気分転換になるとか、違った相のもとで河を眺めるのはいいものだとか、語り合った。いつも晴天という訳にはゆかないのだし、それに第一いつも晴天では困る、とも言った。

《自然》は涙ぐんでいるときでさえ美しい、とも言った。

実際ハリスとぼくは、始めの数時間、このことに夢中だった。ジプシー生活を歌った歌をうたい、ジプシー生活がなんと楽しいか、嵐の日もお天気の日もその日その日の風まかせであるジプシー、雨をも楽しむジプシー、を礼讃《らいさん》し、雨の日には家のなかにとじこもっている連中の気が知れないと軽蔑した。

ジョージは鹿爪らしい顔で雨傘にへばりついていた。

昼食の前に覆いを張った。そして午後の間じゅうそのままにしておいた。船首のところを少し残して、そこから漕《こ》いだり外を見たりするのである。こんなふうにして九マイル進み、デイの水閘《ロック》のすこし下流に漕ぎいれて夜営した。

正直に言って、その晩、愉快だったとは言えない。雨は静かに、そして頑固に降りつづけた。ボートのなかの物は全部しめっぽかった。夕食もうまくなかった。仔《こ》牛の肉のパイも、食欲がないときには鼻につくだけだ。ぼくは、カツレツに白魚をそえたのを食べたいと思った。ハリスは舌びらめにホワイトソースをかけた料理について、ペラペラ喋った。そして、自分のパイの残りをモンモランシーにやった。モンモランシーはそれを断り、そんなものをすすめられたことに気分をそこねて、ボートの反対側にゆき、ゴロリと寝ころんだ。

ジョージは、コールド・ボイルド・ビーフを芥子もつけないで食べているのだから、食べ終るまではそういう話はやめてくれ、と言った。

食後、小銭をかけてトランプをした。一時間半ばかりやったのだが、結局、最後までにジョージは四ペンス勝ち——トランプになるとジョージはいつも運がいい——ハリスとぼくはめいめい二ペンスずつ負けた。

ぼくたちはもう、賭けはこのへんでやめようと言った。ハリスは、あまり賭けにこると病的に興奮するからまずいと言った。ジョージは、もう少し続けて復讐したらどうだとすすめたけれど、ハリスとぼくは、運命の女神《めがみ》には敢えてさからわないことにした。

それが済むと、今度はポンチを作り、車座になってお喋りをした。ジョージは二年前、ちょうど今夜みたいな晩、しめったボートのなかに寝てリュウマチになり、どうしても直らず、十日後苦悶しながら死んだ男の話をした。まだ若い男で、許婚があったのだそうである。彼は、あんな可哀想な男に今まで会ったことがない、と言った。

この話がハリスに、彼の友達のことを思い出させた。義勇兵になった男で、「ちょうど今夜みたいな晩」オールダーショットで雨に打たれながら露営し、朝になって目がさめてみると一生直らない跛《びっこ》になっていたそうだ。ロンドンに帰ったら紹介してもいい、とハリスは言った。そして、一目見ただけでも背筋が寒くなるぜ、とつけ加えた。

ここで端なくも話は、坐骨神経痛、熱病、感冒、肺病、気管支炎などについてのたいへん楽しい会話になってしまった。ハリスは、こんなに医者から遠い所にいて、しかも夜に、重い病気にかかったらどういうことになるか、と心配しはじめた。

こういう会話のあとでは、何か陽気なことがしたくなったので、ぼくがジョージに、バンジョーでも出してコミック・ソングでも歌わないか、と言った。

ジョージは喜んで承知した。楽譜を家に忘れて来たとか何とかいうような逃口上は言わなかった。直ちに楽器をとり出し、『二つのかわいい黒い瞳』を弾きはじめた。

ぼくはこの晩まで、『二つのかわいい黒い瞳』をかなり平凡な曲だと思っていた。それだけに、ジョージがこの曲から溢るるばかりの哀愁をひきだしたことは、ぼくをひどく驚かせた。

悲しい調べが進むにつれて、ハリスとぼくは相擁《あいよう》して泣きたくなったが、やっとの思いで溢れ出る涙を押え、切々たるメロディーに黙々と聞きいった。

コーラスの所まで来ると、ぼくたちは陽気になろうとして必死に努力した。ぼくたちはグラスに酒をつぎ、歌うのに加わった。ハリスが感じを出した震える声でリードをとり、ジョージとぼくはそれに少し遅れて歌った。

二つのかわいい黒い瞳
おお！　なんて素敵
あなたが悪いと言わなきゃよかった

二つの……

そこでぼくたちの声は途切れた。この「二つの」のところの、ジョージの伴奏のなんともいえないペーソスは、ぼくたちのそのときの精神状態ではとても耐えられないくらい悲しかったのである。ハリスは小児のように啜り泣き、モンモランシーは心臓ないし顎《あご》がこわれるんじゃないかと思うくらい吠えたてた。

ジョージは、別の曲を弾いてみようかと思った。もう少し調べに身をいれ、演奏ぶりに「奔放さ」を加味することができれば、こんなに悲しくないかもしれない、と言うのである。しかし多数意見はこの実験に反対した。

他になにもすることがないので、寝ることにした――つまり服を脱ぎ、三、四時間ボートの底に横になった。それから五時頃までウトウトし、五時になると起きだして朝食を食べた。

二日目も、一日目とそっくり同じだった。雨は降りつづけ、ぼくたちはレインコートにくるまったまま天幕の下に坐り、下流へ下流へと流されて行った。

三人のうちの一人が――誰か忘れてしまったが、たぶんぼくだと思う――《自然》の子供であり雨をも楽しむというジプシーの呑気な気分を醸《かも》しだそうとして、はかない試みを思いついた。しかしそれは全然だめだった。

雨が降ろうとかまわない！

という歌の文句を、われわれの気持の表現として歌うことは不必要であった。われわれの意見は、一点において一致した。それは、どんなことが起ろうとこの計画をやり遂げようというのであった。河の上で二週間は暮そうと思って出かけて来たのだから、どうしても二週間いようという訳であった。その結果、もし死ぬようなことがあったら！やむを得ない。友達や親類は悲しむだろう。しかし仕方のないことだ。イギリスのような風土で天気になぞ屈服する人間がいては、はた迷惑な先例になるだけだ。

「もうあと二日だ。おれたちは若いし、体も丈夫だ。なんとかのりきれるさ」

とハリスが言った。四時ごろ、三人で今夜のことを相談しはじめた。ゴアリングを少し過ぎたあたりである。パングボーンまでゆき、そこで今夜は泊ろうと決心した。

「もう一晩、陽気に騒ぐか」

とジョージがつぶやいた。われわれは坐ったまま、前途のことを思いやった。五時までにはパングボーンに着くだろう。まあ六時半には夕食が終るだろう。それが済むと、寝るまでの間、雨がしきりに降る村の中を歩き廻ることもできる。あるいは、ほの暗い酒場に腰をかけて年鑑を読むこともできる。

「なあ、アランブラ座（ロンドンの劇場、ミュージック・ホール）は賑かだろうねえ」

とハリスは、覆いから首をちょっと出し、空を眺めながら言った。

「その帰りには…………*で食事をするか、と」

とぼくは思わず口をすべらせた。

＊…………の近くにある、あまり人のゆかない素敵なレストラン。ここでは大へんおいしくて安いフランス料理が食べられる。最上の葡萄酒がついて三シル六ペンスである。こういう店の名を広告するほどぼくは馬鹿ではない。

「このボートから離れないなんて決心したのが残念だ」

とハリスは答えた。しばらくのあいだ沈黙がつづいた。

「この、糞いまいましい、棺みたいなボートのなかで死んじまう決心を固めてさえいなければなあ」

とジョージは、悪意にみちた視線で、ボートをじろりと睨みながら言った。

「五時ちょっと過ぎにパングボーンを出る汽車があって、それに乗れば、ちょうどいい時分にロンドンに着くし、軽い食事をしてから、さっき話に出た所へもゆけるんだ」

　誰も口をきかなかった。みんな顔を見合せ、めいめいが相手の顔のなかに自分自身の卑《いや》しくて罪深い思考を見ているようであった。われわれは黙りこくったまま鞄を出し、中味をあらためた。それから河上を見、河下を見た。幸いあたりに人影はない！

二十分後、みすぼらしい犬を連れた三人の男は、白鳥館の艇庫からこっそりと抜けだして、駅のほうへ向って行った。その服装は次に記すごときもので、小ざっぱりもしていなければ豪勢でもなかった。

汚れた黒い皮靴、ひどく汚れたフラノの背広。ペチャンコになった茶色のソフト。びしょ濡れのレインコート。雨傘。

ぼくたちはパングボーンで艇庫番をだました。雨が降るから逃げだすのだとはどうも言い難かったのである。ボートとそのなかのもの全部を、明朝九時までにととのえておくように、と命令して、彼にあずけたのだ。そしてぼくたちは、もしも、と言い添えた。もしも何か不測の事態が起り、ボートへ帰れなくなったら、手紙を書くから、と。

六時にパディントン駅に着いた。そして、さっき説明したレストランへ真直ぐにゆき、そこで軽い食事をとると、モンモランシーをあずけ、十時半に夕食をとるから支度をしておけと命じてそこを出た。それからレスター・スクェアへ向った。

アランブラ座では衆目を集めた。切符売場にゆくと、ぶっきらぼうに、カースル・ストリートのほうへ廻れ（五階席の入口は横についているから）と言われた。三十分ばかり時間に遅れている、とも言われた。

ぼくたちは、自分たちが「ヒマラヤ山脈から来た世界的曲芸師」ではないことを苦心のすえ納得させ、その結果、彼はわれわれの金を受取り、われわれを通してくれた。なかにはいると、もっと素晴しい成功をおさめた。赤銅色に日やけした顔と絵画的な服装は、嘆賞の視線を集めたのである。われわれは注視の的であった。

ぼくたち三人はすっかり得意になった。

最初のバレーが終ると、河岸《かし》を変えることにして、レストランに戻った。夕食がぼくたちを待っていた。

ぼくはその食事に心から満足したことを告白する。約十日の間、われわれは冷肉とケーキとジャムつきのパンで命をつないできたのだ。こういうものは、簡素だが滋養にとんだ食事である。しかし、心をそそる要素に乏しい。そしてバーガンディの馥郁《ふくいく》たる匂い、フランス・ソースの香り、純白のナプキン、長いパンは、食欲の戸口をまるで珍客のようにノックするのだ。

ぼくたちはしばらくの間、一言も口をきかず、食いかつ飲んだ。しかし、真直ぐに腰掛けてナイフとフォークをしっかりとつかむ代りに、椅子の背にもたれてのんびりと、そしてゆっくりと食事をする時間が、ついにやってくるのである。そのときぼくたちは、テーブルの下に足を投げだし、ナプキンが床に落ちても気にとめず、今まで気がつかなかった煙草の煙りが天井に近くたゆとう有様を仔細に眺めるのだ。そのときぼくたちは、腕をのばしてコップを食卓の上に押しやり、善良な気持、思索的な気持、そして他人の過《あやま》ちをすべてゆるしてやる気持になるのだ。

そのとき、窓の近くに座をしめていたハリスは、カーテンをあけて通りを見おろした。通りは濡れて暗く光っていた。風が吹くたびにほの暗いランプがチラチラする。雨ははね返って徐々に水たまりをつくり、水口を伝わって溝へと流れてゆく。ずぶ濡れになって通行人が、雨だれのしたたり落ちる雨傘の下に小さくなって、急いで通りすぎる。女の人たちはスカートをちょっとからげて歩いている。

ハリスは手をグラスにもってゆきながら言った。

「ぼくたちの今度の旅行は愉快だった。父なるテムズ河に心から感謝する。それにつけても、ぼくたちは、ちょうどいいときにテムズ河と別れたもんだ。《よくぞボートを逃げ出した三人男》のために乾杯！」

後足で窓際に立ち、深い闇をのぞいていたモンモランシーは、短く吠えて、この乾杯の辞に同意を示した。

解　説

井上ひさし

この小説の作者について、あるいはまたこの小説の読み方についてはーーといっても、小説に味読法などの定石があろうはずはなく、十人十色、それぞれ勝手な読み方をなさればよろしいのであるが、それはとにかくーー訳者の丸谷才一さん自身が筑摩書房版（昭和四十四年）に付された「あとがき」が簡潔な、しかしまことに有益な手引である。

志ある読者はわたしの「解説」を読むより、まずその「あとがき」を参照される方がはるかに賢い方法である。といっても、筑摩書房版を手に入れることはいまではなかなかに困難な仕事になった。神田古書街へ行けば筑摩版『世界ユーモア文学全集』（そのなかの一冊としてこの小説は訳出されたのだった）にお目にかかることは、幸運にさえ恵まれれば、さほど至難なことではないけれども、古本店の店主は、あなたに、全巻一揃でないとだめですなぁ、などと言うにちがいないのだ。全巻一揃で最低二万円はするはずであり――むろん、その「あとがき」を読むために払う一万円札二枚は、考えようによっては安いものだとも言えるが――そのような志ある読者の財産を守るために、まず筑摩版の「あとがき」を書き写すことにしよう。もとより筆写で解説を逃げようというつもりはない。

この小説の解説は、訳者自身の筆になる筑摩版「あとがき」をあらゆる困難を排してまず紹介すること、そこからはじめるのが至当であると信ずる故にそうするのである。

作者についての訳者の説明はこうである。

「ジェローム・クラプカ・ジェロームは一八五九年五月二日、イギリスのスタフォードシャーに生れた。彼は十五歳に達するまでに両親を失い、独立の生計を営むことを余儀なくされた。一八八八年に結婚。その翌年、『怠け者の無駄ばなし』とこの『ボートの三人男』を、雑誌『ホーム・チャイムズ』に発表して文名を確立した。彼の主として書いたものは、小説と戯曲である。彼の小説では『ポール・ケルヴァー』が最上のものとされているが、最も有名なものが『ボートの三人男』であることは論をまたない。彼は一九二七年六月十四日に死んだ。」

この簡にして要を得た作者略歴にいらざる蛇足をつけ加えるならば、まず作者名の英字綴はJEROME KLAPKA JEROMEであり、その主な著作目録は、

On the Stage and Off（1888）
Idle Thoughts of an Idle Fellow（1889）
Three Men in a Boat（1889）（本書）
Dairy of a Pilgrimage（1891）
Novel Notes（1893）

John Ingerfield（1894）
Prude's Progress（1895）
Rise of Dick Halward（1896）
Sketches in Lavender（1897）
Letters to Clorinda（1898）
Three Men on the Bummel（1900）
Miss Hobbs（1900）
Paul Kelver（1902）
Tea Table Talk（1903）
Idle Ideas in 1905（1905）
Angel and the Author（1908）
Fanny and the Servant Problem（1908）
They and I（1909）
The Master of Mrs. Chilvers（1911）
Esther Castways（1913）
The Great Gamble（1914）
Malvina of Brittany（1917）

Cook（1917）

All Roads lead to Calvary（1919）

Anthony John（1923）

My Life and Times（1926）

といったところである。……などと書くと碩学みたいに見えるが、ここで白状すればじつはわたしは本書と、目録末尾の「*My Life and Times*」しか読んだことはないのだ。ただこの「*My Life and Times*」が自叙伝であったので、作者が、文献学学校という特殊な学校の卒業生であること、学校事務員や小学校の分校の校長をつとめた経歴があること、また一時期、ロンドンの場末のヴォードヴィル劇場の喜劇役者だったこともあること、そして新聞記者を経て、『*Idler*《アイドラー》』（なまけ者）という雑誌の編集をはじめたこと、そしてこの雑誌に掲載したスケッチ文が人気を得て作家への通行手形を手に入れたことなどを知った。なお、この自叙伝によれば、ジェローム氏の趣味は乗馬と自動車運転と自転車遠乗りとボートだそうで、住居はロンドン市北西区《ノースウェスタン》ベルサイズ公園街四一番地……と記してもなんの益もないだろう。なにしろ御本人は五十年前に世を去られているのであるから。

次に、訳者による筑摩版「あとがき」の後半部分はこうである。

「彼はテムズ河の河遊びを好んだ。しばしば、二人の友人および一匹の犬といっしょにボートを漕いだのである。（ハリスに当るものはカール・ヘンチェルというポーランド人、ジョージに当るものはジョージ・ウィングレイヴであるとされている。三人目の男Jがジェローム・K・ジェロームその人であることは、言うまでもあるまい。更に、犬のモンモランシーもまた実在していた。そしてこの犬が湯わかしと格闘する話をはじめ、いくつかのエピソードは実際に起った通りを叙したものだそうである。）奇妙なことだが、『ボートの三人男』はユーモア小説として着手されたのではなかった。テムズ河についての歴史的および地理的な展望の書として目論《もくろ》まれたのである。（その痕跡はかなり色濃く残っているように思う。）しかし彼の溢るるばかりのユーモアは、旅行案内の書を変じて、イギリス第一の滑稽小説としてしまったのだ。

しかしこの滑稽小説を支えているものは、彼が最初から単なる滑稽小説を狙いはしなかったという点に象徴的にあらわれているような、一種複雑な味わいかもしれないのである。ここには地理への執着があり、歴史への趣味がある。感傷的な自然愛があり、世俗の知恵があり、道学めいた反省がある。野放図な冒険があり、一見したところ逆説的でありながら実は極めて常識的な文明論がある。更には、ドタバタ喜劇ふうの笑いと大げさな美文とが同居しているのだ。そうした雑然とした印象、奇怪な複雑さは、言うまでもないことだが、あれほど野性的でありながらあれほど洗練されており、あれほど涙もろいくせにあれほど諧謔を愛する、イギリス人の多層的・多面的な性格の反映なのだろう。ディケンズの伝統は、そして更に言うならばフィールディングの伝統は、ここに生きているのだ。『ボートの三人男』は、まず何よりもイギリスの国民全体が生んだ作品だと、ぼくの眼には映ずる。何も、ジェローム・K・ジェロームの才能を軽んずるわけではないのだけれども。

たしかに彼の美文癖はいちじるしい。そのことをアントニー・ポウエルは、彼が青年時代に読み耽ったにちがいない、ウォルター・ペイターの『ルネッサンス』（それは一八七三年に刊行された）の影響だと述べている。『ボートには四人目の男――ペイターが乗っていて、ときどき語り出す』と彼は言うのだ。もちろん、こう言い添えることをポウエルは忘れないのだけれども。――『ペイターの位置はときどき、もう一人の男にとって代られる（これはたぶん作者の父である素人伝道者であろう）。彼はとつぜん荒ら荒らしく説教をはじめるのだ。』ぼくは、『ボートの三人男』の、そうした雑然たる趣き、雑駁である故の豊饒さを、日本語で再現できたら面白いだろうと思ってやってみたのだが、どうもあまり成功しなかったようである。このような、粗野で包括的な生命力は、現代の日本語にはないのかもしれない。」

すぐれた文芸批評家でもある訳者は、実にさり気なくこの小説のおもしろさの秘密を、「この滑稽小説を支えているものは、彼が最初から単なる滑稽小説を狙いはしなかったという点に象徴的にあらわれている」と極めて正確に解き明す。これ以上、わたしはなにをつけ加えることがあろうか。しかし、解説者としてはここでウンとかスウとか言わなければ、その責めを果すことは出来ない。そこでまた恥をしのんで屋上屋を架すことにしよう。

ユーモアという言葉ほど、わが国で誤解や曲解を蒙っているものはないだろう。ユーモア小説は娯楽小説のなかで最もいやしめられ、ひとたびユーモア小説作家という肩書をたてまつられれば、その作家は吉原の女郎と同じで、一生、苦界に身を沈めたままになっているほかはなくなるのである。しかし、私見によれば、ユーモアは笑いと洒脱な感情の巧みな結合によって生れるもので、これはこれでなかなかの力業なのである。そうしてこの結合を文に綴る場合は、たしかな人生観と同じようにたしかな文章技術が要《い》る。であるから、世人は「何某はユーモア作家だ」「誰某もユーモア小説の書き手だ」などと、やたらに「ユーモア作家」の肩書を乱発するけれども、厳密な意味でのユーモア作家なぞ、この国にはそう大勢いないのである。おそらく芸術院の第二部会員の数よりすくないだろう。では、ユーモア作家に不可欠の「たしかな人生観」とはなにか。ユーモア作家は、人生の矛盾や世の中の穢さや賤しさにめげずに人生の意義を認めなければならぬ。醜悪なるこの現実にあっては愛は不毛であると認識しつつ、しかし同時に愛の可能性を信じなければならぬ。この世の不条理を深く嘆きながら、一方ではその上に超然と居直らねばならぬ。悪を憎みながら、「悪あってのこの世さ」と悪と調和しなければならぬ。ひとことで言い尽せば、両極に足をしっかりと踏まえてバランスをとりつつ、躰の中心は常に両極の真ん中に置くようにしなければならない。

この釣合いを上手にとることができるのは英国人が第一である。かつてプリーストリイが喝破したように、「英国人は常に叡智と遅鈍の中間にある」からだ。叡知は鋭い機智や洒落を生む。遅鈍は滑稽の原料である。そうして、ユーモアはこの両者の中間からもたらされるというわけである。明治以降のわれら大和民族は奸智に長けている故に、ユーモアからははるかに遠い（からといって別に「悪い」と申しているのではないが）。

次に、ユーモア小説の「たしかな文体」とはなにか。なによりも、あらゆることを併呑できる腰の強さや粘りがなくてはならない。であるから、「省略！」だの「筆を抑えて！」だの「適確に！」だのが文章作法の要諦とされるわが国の文芸界では、真のユーモア文体の所有者は生れ難《にく》い（だからペケである、と言っているのでもない）のだ。

丸谷さんは、前掲の筑摩版の「あとがき」の末尾に、「（日本語によるユーモア小説の文体の創造に）どうもあまり成功しなかったようである」と書いておられるが、決してそうではない。小説冒頭の「病気の総揚げ」、第四章の「荷造りのドタバタ《スラップスティック》」、第六章の「美文による風景点描」、第十章の「薬罐擬人化の滑稽」、第十一章後半の「歴史的叙述」、第十二章の「罐詰との笑劇風格闘」など、それぞれの場面にもっとも適切で効果的であると思われる文体をもって、訳者は堂々と訳し切っている。場面に応じてさまざまな文体を次々に繰り出すこの手練、しかも、それらをもうひとつ高い次元で統一しくくって行く作業。ユーモア小説を創出するときに要求される、この二つの至難の事業が見事にここに完成をみている。さあれ、一読されよ。できれば、日曜の午後など、時間のたっぷりあるときに、傍らにウィスキーの瓶を置き、スコット・ジョップリンのラグタイムでも聞きながら、文章を舐めるようにゆっくりと――。くどいようであるが、この小説を速読するのは損だ。読み手は、大河のように悠々と流れて行く訳文にたっぷりと浸たし、身をまかせてほしい。解説者としてではなく、これは「仲間」としての忠告である。

『ボートの三人男』　1976年７月　中公文庫
カバー画・池田満寿夫

中公文庫

ボートの三人男《さんにんおとこ》

1976年7月10日　初版発行
2010年3月25日　改版発行

著　者　ジェローム・K・ジェローム

訳　者　丸《まる》谷《や》才《さい》一《いち》

発行者　浅海　保

発行所　中央公論新社

〒104-8320　東京都中央区京橋2-8-7
電話　販売 03-3563-1431　編集 03-3563-3692
URL http://www.chuko.co.jp/

印　刷　三晃印刷

製　本　小泉製本

Published by CHUOKORON-SHINSHA, INC.
Printed in Japan　ISBN978-4-12-205301-4 C1197

中公文庫既刊より

各書目の下段の数字はISBNコードです。978-4-12が省略してあります。

ホ-3-1
ポー名作集
E・A・ポー
丸谷才一 訳
理性と夢幻、不安と狂気が妖しく綾なす美の世界をつくりだす短篇の名手ポーの代表的傑作八篇を、格調の高さで定評ある訳で贈る。〈解説〉秋山 駿
200024-7

お-10-2
日本語で一番大事なもの
大野 晋
丸谷才一
柿本人麻呂から芭蕉、「サラダ記念日」までを例にひき、日本語の本質と機能を探り、「てにをは」の重要性と面白さを徹底的に追求する。〈解説〉大岡 信
201756-6

お-10-3
光る源氏の物語（上）
大野 晋
丸谷才一
当代随一の国語学者と小説家が、全巻を縦横無尽に読み解き丁々発止と意見を闘わせた、斬新で画期的な『源氏論』。読者を難解な大古典から恋愛小説の世界へ。
202123-5

お-10-4
光る源氏の物語（下）
大野 晋
丸谷才一
『源氏』は何故に世界に誇りうる傑作たり得たのか。詳細な文体分析により紫式部の深い能力を論証する。『源氏』解釈の最高の指南書。〈解説〉瀬戸内寂聴
202133-4

ま-17-9
文章読本
丸谷才一
当代の最適任者が多彩な名文を実例に引きながら文章の本質を明かし、作文のコツを具体的に説く。最も正統的で実際的な文章読本。〈解説〉大野 晋
202466-3

ま-17-10
国語改革を批判する
丸谷才一 編著
国語改革とそれに対する抵抗は近代日本語の歴史の集約点である。学者、作家が戦前からの経緯を明らかにし、今日的論点を剔出する。〈解説〉高島俊男
203505-8

ま-17-11
二十世紀を読む
丸谷才一
山崎正和
昭和史と日蓮主義から『ライフ』の女性写真家まで、皇女から匪賊まで、人類史上全く例外的な百年を、大知識人二人が語り合う。〈解説〉鹿島 茂
203552-2

ま-17-12
日本史を読む
丸谷才一
山崎正和
37冊の本を起点に、古代から近代までの流れを語り合う。想像力を駆使して大胆な仮説をたてる、談論風発、実に面白い刺戟的な日本および日本人論。
203771-7

ま-17-13
食通知つたかぶり
丸谷才一
美味を訪ねて東奔西走、和漢洋の食を通して博識が舌上に転がすは香気充庖の文明批評。序文に夷齋學人・石川淳、巻末に著者がかつての健啖ぶりを回想。
205284-0

い-87-1
ダンディズム　栄光と悲惨
生田耕作
かのバイロン卿がナポレオン以上に崇めた伊達者ブランメル。彼の生きざまやスタイルから〝ダンディ〟の神髄に迫る。著者の遺稿を含む「完全版」で。
203371-9

い-87-2
黒い文学館
生田耕作
マンディアルグ、セリーヌ、バタイユ、三島由紀夫など、著者偏愛の作家論と、ベルメールなどの絵画論を集めた評論集。異端文学への秘めやかな誘い。
203964-3

い-87-3
閉ざされた城の中で語る英吉利人
ピエール・モリオン
生田耕作訳
匿名フランス人作家が発表した文学的ポルノの傑作。閉ざされた城という実験空間で性の絶対君主が繰広げる酒池肉林の諸場景を通しエロスの黒い本質に迫る。
204303-9

い-87-4
夜の果てへの旅（上）
セリーヌ
生田耕作訳
全世界の欺瞞を呪詛し、その糾弾に生涯を賭け各地を遍歴し、ついに絶望的な闘いに傷つき倒れた〈呪われた作家〉セリーヌの自伝的小説。一部改訳の決定版。
204304-6

い-87-5
夜の果てへの旅（下）
セリーヌ
生田耕作訳
人生嫌悪の果てしない旅を続ける主人公の痛ましい人間性を描き、「かつて人間の口から放たれた最も激烈な、最も忍び難い叫び」と評される現代文学の傑作。
204305-3

オ-1-2
マンスフィールド・パーク
オースティン
大島一彦訳
貧しさゆえに蔑まれて生きてきた少女が、幸せな結婚をつかむまでの物語。作者は優しさと機知に富む一方、鋭い人間観察眼で容赦なく俗物を描く。
204616-0

各書目の下段の数字はＩＳＢＮコードです。978－4－12が省略してあります。

オ-1-3
エ　マ
オースティン
阿部知二 訳
年若く美貌で才気にとむエマは恋のキューピッドをきどるが、他人の恋も自分の恋もままならない――「完璧な小説家」の代表作であり最高傑作。〈解説〉阿部知二
204643-6

ク-1-1
地下鉄のザジ
レーモン・クノー
生田耕作 訳
地下鉄に乗ることを楽しみにパリにやって来た田舎少女ザジは、あいにくの地下鉄ストで奇妙な体験をする――。現代文学に新たな地平をひらいた名作。
200136-7

チ-1-2
園芸家12カ月
カレル・チャペック
小松太郎 訳
軽妙なユーモアで読む人の心に花々を咲かせて、園芸に興味のない人を園芸マニアに陥らせ、園芸マニアをますます重症にしてしまう、無類に愉快な本。
202563-9

ハ-6-1
チャリング・クロス街84番地　書物を愛する人のための本
ヘレーン・ハンフ 編著
江藤　淳 訳
ロンドンの古書店とアメリカの一女性との二十年にわたる心温まる交流――書物を読む喜びと思いやりに満ちた爽やかな一冊を真に書物を愛する人に贈る。
201163-2

ほ-12-1
季節の記憶
保坂和志
ぶらりぶらりと歩きながら、語らいながら、うつらうつらと静かに時間が流れていく。鎌倉・稲村が崎を舞台に、父と息子の初秋から冬のある季節を描く。
203497-6

ほ-12-2
プレーンソング
保坂和志
猫と競馬とともに生きる、四人の若者の奇妙な共同生活。〝社会性〟はゼロに近いけれど、神の恩寵のような日々を送る若者たちを書いたデビュー作。
203644-4

ほ-12-3
草の上の朝食
保坂和志
猫と、おしゃべりと、恋をする至福に満ちた日々を独特の文章で描いた、『プレーンソング』続篇。夏の終わりから晩秋までの、至福に満ちた日々。
203742-7

ほ-12-5
もうひとつの季節
保坂和志
鎌倉で過ごす僕とクイちゃんと猫の茶々丸、近所に住む便利屋の松井さん兄妹。四人と一匹が織り成す穏やかな季節を描く。〈解説〉ドナルド・キーン
204001-4